有華人的地方就有

龍人的作品

戰神之路

卷·6

不渝之戀

【大結局】

龍人 作品集

CONTENTS

內容簡介

他能列位全球第一殺手，這只因他擁有一身奇特的絕技。

但他為了追求真愛，而進入了另一個陌生的國度——幻魔大陸。

在這擁有人、神、魔的幻魔大陸國度裡，他才知道自己的力量是多麼的渺小，但不知是宿命的安排，還是天地對他的憐惜，超越自然的能力與毀滅空間的魔法竟不能置他於死地。無數次的征戰中，他卻發現了自己的體內竟孕含著蒼天萬物之靈——天脈！他才知道他原本屬於這裡，於是——

他成了遊盪大陸的落魄劍士！

他成了一個強大帝國的未來君主！

他成了控制黑暗力量魔族的聖主！

他成了大陸萬族美女心目中的英雄！

他成了三界強者眼中不可擊敗的神！

但在擁有數種身分與無數情人的他，卻發現幻魔大陸出現了另一個強大的自己。

是什麼力量能複製幻魔大陸人、神、魔三界第一強者的身體？

會有誰擁有控制人、神、魔三界的能力？

他為了擺脫命運的安排，無奈之下踏入了挑戰自己的路！

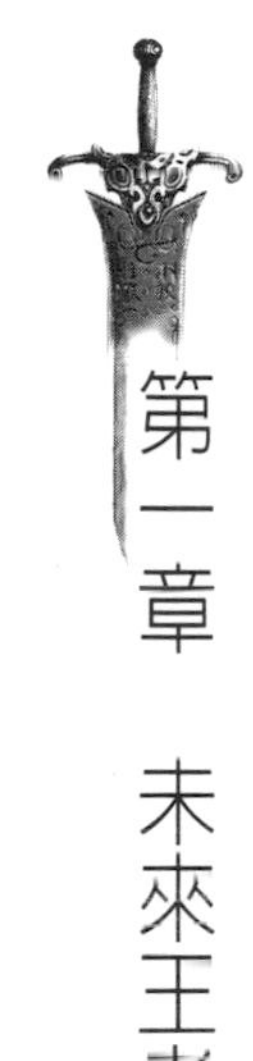

第一章　未來王者

「師父！」他終於想起了眼前這神像是誰，想起了那曾經深埋的記憶。

「噗通……」影子雙膝跪了下來，雙眼淚如雨下。

天下道：「你終於記起自己了，我想，你也應該明白了為什麼要與朝陽一戰，為什麼我要幫你設計殺死安心。」

是的，影子明白了，明白了自己的使命不是反抗，而是阻止，阻止朝陽！因為他是神族未來的王者！是師父梵天選中的未來的王者！但他出生於魔族，身上有著最大的惡，而朝陽正是自己身上惡的化身。他要成為王者，首先必須戰勝自己身上的惡。是以，千年前，當聖魔大帝一統幻魔大陸之後，因小時對紫霞的情感，他必須將自己的心一分為二，做成紫晶之心。而這時，他也就將自己的惡與善一分為二，他要戰勝魔的化身，才能夠成為神族的王者，這是他注定的劫數。

那個殺死梵天的，也正是心中的惡！

可是，神魔之心為何同時在一個人身上？千年前的疑問仍存在，仍是自己與自己的戰爭。

影子道：「雖然我已明白，但我仍不希望有人參與這場戰爭，這是我自己的事。」

天下反問道：「你認爲這是你自己的事？」

影子無比肯定地道：「是的。」

天下道：「在我看來，卻是關乎整個神族。梵天選你就是希望你能夠代替他掌管整個神族，這是你的使命，也是你的職責。」

影子道：「神族現在不是有冥天這位命運之神麼？」

天下道：「命運之神所司職的是幻魔空間所有生靈的命運，而不是神族的大小事務。」

影子道：「他現在不是好好地掌管著整個神族麼？還有我不得不戰勝自己的命運。」

天下忽而變得很激動地道：「你以爲你的命運是他在掌控？」

影子迎向天下的目光，他發現天下眼睛內有著盈動的淚光，心中十分詫異。

這時，天下搖了搖頭道：「沒有人瞭解他，沒有人知道他心裡有多苦。試問，誰能承受永遠沒有盡頭的孤寂煎熬？除了他，沒有人能做到！」

說著，竟有淚水從天下眼角滑落。

影子從跪著的地上站了起來，望著天下，道：「你哭了，你知道他，你與他有何關係？」

天下道：「不，我與他沒有任何關係，我只是能夠感受到他的孤獨，這種沒有終點的孤獨是沒有人可以承受的。」

影子知道天下在撒謊，但他並沒有繼續問下去。一個人總有一些事是不足爲外人道的。何況，天下的話中包含著如此深沈的情感，這說明天下不是有意瞞他。

影子收回自己的思緒，道：「你想幫他獲得解脫？」

天下一驚，不禁道：「你怎麼知道？」

影子自顧道：「但你認爲你能夠做到麼？我看你連自己都無法得到解脫。」

天下顯得有些淒然道：「那又怎樣？只要人活著，就無法真正得到解脫，也許死之後，也不能夠解脫，除非達到無我道，破除心中的執念。」

「無我道？」影子不明白。

天下定了定自己的心神，從剛才的情緒中恢復如常，道：「實話告訴你，以朝陽現在的修爲，你根本無法與他相戰，他的體內有著戰神破天的不世修爲。破天在煉神鼎承受千萬載的煉化，其功力之深無人匹敵，如今朝陽承襲了破天的全部功力，就算是命運之神冥天，也不一定能夠戰勝他。以你此刻的修爲，要想勝他，更是癡人說夢。而你要想勝他，必須將自己的修爲達到無我道，破除心中的執念。而我設計將安心除去，就是爲了擾亂他的思維和注意力，讓他失去判斷力，爲你爭取機會。接下來，我還會針對朝陽施以各種策略，爭取足夠的時間，將你的修爲提升到無我道，達到像你師父梵天一樣的修爲，這也是你戰勝朝陽唯一的機會。」

影子親眼看到朝陽一劍揮出，便將昔日戰神屬下四大戰將一劍吞滅，雖然他們當時沒有反抗，但這也是無可奈何之舉，因爲他們心中知道，根本無法與之爲敵，所以他們選擇了放棄。而影子自知，自己根本無法同時將四人打敗。影子想起第一次與天下見面之時，天下以棋局對自己的警示，其目的雖然是爲了對自己的鼓勵，但在棋局中的敗，也說明了自己確實不是朝陽的對手。而如今爲了能夠讓自己真正取勝，天下顯然早已做好了準備。

影子收攝心神，道：「何爲無我道？」

天下沒有直接回答，卻道：「你知道這裡是什麼地方麼？」

影子道：「難道這裡不是刑台？」

天下道：「不錯，這裡確是刑台，但這裡也是整個幻魔大陸靈氣彙聚之地，這裡建的三座神廟，相背而向，三面互鼎，每一座神廟內祭祀的神像皆不相同，分別是梵天、冥天、破天，乃神界的三尊神。他們駐於此地，就是爲了鎮守住此地的靈氣，因爲這裡是創世之神傾心所化之地。當初創世之神神化爲幻魔空間山川萬物之後，唯有此處靈氣不滅，氣勢沖天，梵天、冥天、破天爲了防止靈氣被他人所利用，顛覆神族，特意以三人的神像合以靈力將這裡的靈氣鎮守住，而我正是奉命看守此地之人。」

影子驚訝不已，他沒想到這看上去極爲普通、不起眼的神廟竟然有著此等作用，與曾經的妖人部落聯盟的祭天台禁區有著極爲相似之處，所不同的是，一個是爲了鎮住靈氣不外洩，另一個是被施以封禁。另外，眼前的這座神像是屬於師父梵天的，那剛才神廟內的神像又是誰呢？冥天還是破天？怎麼與自己長得如此相似？

天下這時道：「現在我領你去見見破天的神像，然後，帶你去靈氣所聚之地，幫你滌盡心中執念，修成無我道，但能否成功，全得靠你自己，如果你不能放下自我，那一切都是白費。所謂無我道，也就是忘記自我，破除執念，達到玄冥無我之境！」

說完，便轉身往剛才所進之門的方向走去。

影子跟著天下走去，心中卻仍在想著天下剛才所說之話：「如果天下現在帶自己去的神廟是屬於戰神破天的，那麼自己先前所見的神像定是冥天的，但冥天的神像又怎麼會與自己長得如此相似？」

橫穿過廣場，影子隨著天下進入了第三座神廟內。神像是屬於戰神破天的，其形象威武傲世，眼中充滿著無窮的戰意。

天下道：「這就是戰神破天。神族的百年大戰，破天能夠與梵天、冥天抗衡一百年，足以說明破天的可怕，雖然他最後被封禁於祭天台禁區，但單以個人實力而論，破天無疑是三人中最爲厲害者，也最擅於領兵作戰。今天的朝陽，不但繼承了破天的不世修爲，還繼承了破天的絕世戰意。以他如今的實力修爲，除了冥天，再無其他人可以與之匹敵，但他並非完全沒有破綻，不可戰勝。昔日梵天與冥天戰勝破天，所依靠的並非完全是兩人的實力，而是破天對自我的執念。當強烈的執念欲望不能夠得到滿足時，必會反傷其身，這你從他的眼神便可看出。

而無我道則是以無我的玄冥之境以不戰爲勝，其戰意雖強，若是遇到連自己身心生死都放棄之人，便無法找到對手，其所擁有的力量只會自傷其身。這就是以不戰爲勝的無我道——放棄、忘記自我！這也是成爲神族王者的境界。」

影子這時道：「如果我放不下自我呢？」

天下一下子怔住了，半晌才道：「你是說你不想自己的修爲達到無我道？」

影子道：「作爲被師父所選中的未來神族的王者，也許我應該達到無我道之境，可那樣，就等於放棄了自我。師父當年離開神族，所爲的是什麼？也許就是爲了能夠擁有自己，按照自己的意願去生活。當時他已是神族的王者，可他最終還是放棄了。既然師父當初作出這樣的選擇，爲什麼我還要走他曾經放棄的路呢？是的，也許無我道真的如你所說，可以幫助我戰勝朝陽，但這種方式並不是我想要的。」

「我今天來見你，所要說明的是：這是我自己與自己的戰爭，我不想別人摻和進來。無論結果怎樣，都是我自己的事情，師父選我爲未來神族的王者，其實我並不想。千年前，我與朝陽之戰，兩敗俱亡，世界仍是這般存在，並沒有太多的改變。這一戰，現在又將重演，如果我敗了，那說明勝利是屬於朝陽的，但我知道我不能敗，有人等著我去救她，所以我必須贏！我要靠我自己去爭取勝利，只有這種勝利才是屬於我的，才是我想要的。而是否成爲神族的王者，千年前的我與現在的我都一樣，這一點並不重要。今天，我已將話說得很明白，我不再希望有人參與我與朝陽之間的戰爭，如果可以，就將你們對無語大師所用的手段也解除吧。」

說完，影子也不管天下有何反應，走出了有著破天神像的神廟。

影子離開後，天下的身側出現了月戰。

月戰道：「師尊，我們現在該怎麼辦？」

天下道：「他的記憶雖然被重新喚起，卻與先前一樣沒有絲毫改變，但我相信他遲早會來這裡修練無我道的，一切都按照原先的計劃進行。」

月戰道：「可現在剩下的時間並不多，就算他答應，他能否在這麼短的時間內悟透無我道？」

天下道：「有緣者片刻即可，無緣者用盡一輩子的時間也是枉然。」

月戰道：「師父相信他是有緣之人嗎？」

天下沈吟著沒有回答。

不是每一個問題都有著必然的答案的……

早上。

這又是一個新的早上，風和日麗，光禿的樹木投出很長的背影，一隻無家可歸的野貓發出孤伶伶的叫聲。

通往曾經的妖人部落聯盟的城門大開，十萬全身甲冑的將士踏上了行程，在暗魔宗魔主驚天的帶領下開始穿越死亡沼澤、征戰空城的行程。

城牆上，看著逶迤而行的隊伍，朝陽道：「按照慣例，大師爲這次戰事占卜一下吧，看看結果如何。」

身旁的「無語」道：「聖主相信占卜的結果麼？」

朝陽道：「我只想看看占卜的結果。」

「無語」看了看天空，天空一片碧藍色，成絮狀的雲彩在遠處堆積著，也不知從何而來，去往何處，無端端地落在了這一片碧藍當中。

「無語」道：「卦相顯示，聖主會輸。」

「會輸？」朝陽道。

「是的，這是無語占卜到的結果。」「無語」道。

朝陽道：「看來大師是隨同我走向一條失敗之路了。」

「無語」道：「這是無語的選擇，每一個人都必須遵從自己的選擇。」

朝陽道：「大師還可以選擇在結果未出現之前做出第二次選擇。」

「無語」道：「有的人一輩子只會做出一次選擇，而有的人一輩子總在不停地選擇，無語不想活得太累，所以不願再做太多的選擇。」

朝陽輕輕一笑，道：「大師不愧是大師。」

「無語」道：「無語也僅僅只是無語。」

朝陽道：「大師似乎有些變了，你已經不再像我以前所認識的無語。」

「無語」道：「也許，當一個人無知的時候，他可以表現得無畏，而當他愈接近他所要達到的目標時，便開始相信，曾經被自己鄙棄的事實了，這是一個生者的無奈。」

朝陽道：「看來大師對生命似乎又有了新的認識，卻不知這種認識是好還是壞？抑或是一個老者意識迷糊的表現。」

「無語」道：「但願如聖主所說，是一個老人意識迷糊的表現。」

朝陽道：「我想去見一個人，不知大師願不願一同前往？」

無語頗感意外，道：「聖主這時想見何人？」

朝陽嘴角露出微微的笑意，道：「待會大師見了自然知曉。」

「無語」隨著朝陽來到的，是一個令他極爲吃驚的地方——沈沒了的妖人部落聯盟！他們腳下盡是沼澤漩泥，沒有寸土。

「無語」不是很明白朝陽爲何要帶他來到這裡，而且是徒步，用了整整一個白晝的時間。

「無語」知道，以他與朝陽的修爲，採用馭風之術，從遼城到這裡不會超過片刻的時間，何況朝陽是要帶他見一個人，而這個人顯然不會在這裡。

此時天色已暗，隨著夜風的拂至，陣陣惡臭迎面撲來。

朝陽這時道：「知道我們爲何要走到這裡麼？」

「無語」道：「無語不明白聖主用意。」

朝陽道：「我想大師也不會知道，不過，我願意告訴大師。大師應該知道創世之神的故事，相傳，創世之神創造這個世界之後，其身體的各部分便化爲山川河流，成爲他所創造的這個世界的一部分。」

「無語」自是知道這個傳說，他點了點頭，但他還是不明白這與他們來到這裡有何關聯。

朝陽接著道：「大師一定覺得這裡惡臭難當，但大師一定不知道，這片沼澤地是創世之神的鮮血浸染之地，而且是他的最後一滴鮮血，因爲已瀕死亡，無法施法，所以才成了這惡臭的沼澤之地。而我們之所以徒步來到這裡，就是爲了表示對創世之神最後一滴血的敬意。」

「無語」有些不敢相信地道：「這裡曾是創世之神最後一滴血的浸染之地？」

「不錯，正是因爲如此，這裡才形成了數百里的沼澤地，而無人知其原因。」朝陽道。

「無語」有些不可思議地道：「聖主又是如何知道這些的？」但話一出口，他便十分後悔，以他現在的身分，是不宜問出這個問題的。

但朝陽似乎並沒有覺察到什麼，他毫不在意地道：「因爲我見到了戰神破天，是他告訴我這一切的。」

「無語」彷彿明白了些什麼，他整理了一下自己的思緒，道：「無語不是很明白，聖主帶無語來此，告知無語這些是什麼意思，難道這件事與聖主帶無語所要見之人有關？」

朝陽道：「之所以帶大師來此，是想大師有個心理準備，不至於到時茫然無措。」

「無語」本想再說些什麼，只覺眼前身影飄動，朝陽從他身旁消失，朝一個方向飛逝而去。

「無語」望著朝陽飛逝的方向，心中不由一驚，嘴裡不自覺地吐出兩個字——「空城」！

夜晚的空城是寧靜的，從空中看下去，似一個沈溺於夢中，不願醒來的小孩，城牆上，巡兵井然有序地來往巡視。

這時，自南向北，夜空中一團黑雲向空城方向飛速移動，黑雲所過之處，由遠及近，掀起狂暴颶風，席捲天地間的一切，巡城將士驚詫莫名，不知何物。

這時，颶風邊緣的氣流已經到達空城，城牆上的旌旗先是獵獵狂舞，隨之旗杆競相折斷，站在城牆上的將士立即感到呼吸不暢，身體站立不穩，隨時都可能被不斷加強的颶風所捲走，刀槍劍戟紛紛丟棄，狼狽不堪地撫住城垛，竭力保持著身體的平衡感。

空城內的樹木亦開始搖曳狂舞，斷木橫飛，屋頂的瓦片揭頂而起，紛如雨下。

整個空城，隨著颶風觸角的不斷推進，囂亂不堪。

負責整個空城安全的天衣帶著一隊人剛好巡視到颶風所襲來的方向，他已經強烈地感到這颶風中所包含的毀滅性的氣息。他不知這是因何而致，但此刻已由不得他再多想什麼，飛身而起，向城牆上飛掠而去。他必須弄明白，這莫名其妙的颶風到底是因何而起，只有這樣，他才能阻止這場颶風可能帶來的毀滅性災難。

天衣雙腳踏於城垛上，以自身的氣場對抗著襲至的颶風，保持幾何的平衡，儘管這樣，他還是感到了陣陣壓迫感，舉目朝那團飛速移動的黑雲望去，立即感到了那團黑雲中所隱藏著的不可抗拒的力量，也立即明白，這莫名其妙的黑雲乃是由非自然力破壞天地間氣流的平衡所致，但到底是誰擁有如此強大的力量，可以破壞天地間氣場的能量平衡呢？當今世上有誰能夠做到？

如果這是一個人所爲，那這人實在是太可怕了！

思慮電轉而過，天衣知道，現在的自己已經不能再多想什麼了，王授予他保護空城的安全，他就必須阻止這場災難的來臨。此刻，他首先要做的是探清這黑雲的中心到底是何物，抑或是何人！

望著那團即將逼近空城的黑雲，天衣的目光已經壓縮成了一條直線，而他的精神力已穿透那颶風所形成的氣浪，直取那團黑雲的核心而去。

可天衣的精神力剛剛觸及那團黑雲的力量範圍，立即感到一道比他自身強大數百倍的精神力反擊，天衣的精神力一觸即潰，身體似斷線的紙鳶般從城頭直落地面，身體所落之地，周圍十米內的路面石塊皆化爲碎石飛濺。

「好強悍的精神力！」天衣不禁歎道，心中也在暗自爲自己慶幸，若非他剛才只是試探性的精神力觸及，留有充足的迴旋餘地，恐怕此刻他已經成了精神白癡。儘管如此，天衣知道自己更沒有後退的餘地了。

「嗖……」天衣從地面彈射而起，手中佩劍順勢破空劃出，形成一道數十丈長的銀白劍氣，直取那團黑雲。

漆黑的夜空霎時如銀星飛逝，耀亮無比。

而天衣則隨著劍氣的推進，不斷地向黑雲的核心地帶靠去。

可當劍氣剛剛觸及黑雲，便淹沒不見，轉瞬間，又從原路反射出一道強逾數十倍的超霸劍氣，以肉眼不可分辨的速度向不斷逼近的天衣反射而來。

劍光縱橫，夜空一片淒迷，而黑雲推進的速度絲毫不受阻礙。

天衣見自己刺出的一劍竟以強己逾數十倍的力量向自己反刺而來，心中早有準備。他知道，面對如此強悍的對手，不宜力敵，第二劍已經在第一劍刺出後隨之揮出，但這一劍也不是與之對抗，而是借勢改變自身向黑雲靠近的角度，以避免被劍氣所傷。

天衣的第二劍與劍氣相接，剛一觸及，劍勢收回，身形借力左移一個身位，繼續挺劍逼向黑雲的核心，他的最終目標是黑雲核心的人，或是其他的什麼東西。他深深明白，只有接近最核心，才可能阻止這場即將到來的災難，才會不負王所授予的使命。

空城上空，颶風不斷加強，瓦片紛飛，樹木折斷，哭喊聲在狂風中破碎，呈現出一副人間地獄的景象。

這時，天衣也離黑雲的核心愈來愈近了，那裡面所散發出的強大力量使他的推進也愈來愈有種力不從心之感。他知道，必須在尚能控制自己身體之前儘快靠近那黑雲的核心！出劍的頻率愈來愈快，身形的變化也愈來愈難以捉摸……

終於，他知道，自己等待的最佳時機已經到來了，他可以用自己的生命化成利劍，刺穿這團黑雲，與裡面的敵人同歸於盡了！

天衣的劍高擎過頂，手中之劍射出一道劍光，直沖九天蒼穹，虛空中銀蛇電舞，霹靂炸響連綿不絕。

霎時，劍光之中，彷彿有無窮的力量逆向迴旋，向他全身彙聚。天衣全身散發出如太陽般熾烈的耀眼強光，照亮整個空城上空，使那團黑雲的陰霾也褪色不少。

而此時，天衣與手中之劍漸漸合二爲一，他的人慢慢變成劍，而劍也漸漸成了他的人，人與劍已不再分彼此。

虛空中，儼然出現了一柄劍芒四射的參天巨劍，吸收著天地間的能量。

「敗滅之劍！」黑雲核心傳出人的聲音：「看來你是一個從死亡之中得到重生之人，是死亡地殿賦予了你這種力量吧，但在我的面前，你休想以自己的生命換得這重生的一劍！」

雄渾的聲音在空城上空飄散。

天衣以自己的生命催發的「敗滅之劍」尚未來得及成型，黑雲核心牽出一道飛旋的氣流。氣流彷彿是一隻巨拳，以驚電般的迅速向天衣狂轟而去。

「轟……」天衣與九天蒼穹相接的劍氣頓時土崩瓦解，異象消散，人劍相互還原，而尚未成型的破碎劍氣則如萬千柄劍四散激射，若流星殞落，紛如雨下。

破碎劍氣雖未成型，但所過之處，摧枯拉朽，城牆、房舍、地面、石板紛紛被穿透而過，而守城的將士及尚在睡夢中的空城居民死傷者更是無法計數。

慘號之聲摧人心肺。

此時的天衣自空中飛落，以身化劍吸收虛空中的力量尚未來得及化爲進攻，便被摧毀，他的身體又如何能夠承受？沒想到他費盡心機的進攻竟是如此不堪一擊，這是一件何其可悲的事情？他唯一的收穫是可以確定這團黑雲是由一個人在控制，而更爲可悲的是，他連這個人的面目都未曾見到。

天衣的胸口還有一口氣，他絕對不能忍受這種失敗，身上肩負著王所賦予的使命！

他運轉體內殘存的力量，止住下跌之勢，臨空屹立，重新面對著那團黑雲。

一口鮮血沖上嘴邊，天衣強忍著吞了下去，血絲自嘴角溢出。

天衣揮劍直指，大聲喝道：「你要想毀滅空城，就必須先過我這一關，否則你的陰謀休想得逞！」

聲如狂雷，在空城上空震盪不絕。

只聽黑雲中心傳來一個冷冷的聲音：「沒想到你中了我一拳，還能夠站起來，看來我是小看你了，天衣大人！」

天衣心中一震，驚道：「你認識我？」

「我何止認識你，還認識你父親安心，你這魔族的叛徒！」

天衣頓時明白了，道：「你是朝陽！」

是的，也只有今日之朝陽，才擁有能打破天地間氣場平衡的力量，他應該早就想到這一點。

朝陽道：「自魔族有史以來，你是第一個背叛魔族之人，你父親安心因爲你背叛族人，已被處死，現在輪到你了！」

天衣道：「不要將什麼所謂魔族的概念強加於我身上，今天站在你面前的我已非昨日的天衣，與安心也無絲毫瓜葛。我今日站在你面前，乃是授王之命，護衛整個空城，我的職責便是

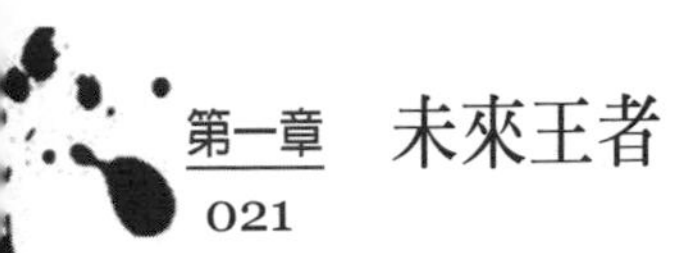

保證空城的安全，空城的存亡便是我大衣的存亡，其他之事一概與我無關。今日的我，乃是爲空城而戰！」

朝陽冷笑一聲道：「看來今日的你確實非昔日的天衣，死亡地殿讓你得以重生，也讓你擺脫了一切束縛。不過對我來說，這一切都已經不再重要，你在我眼中已沒有任何價值，所以今天你必須死！」

話音落下，黑雲中央旋起一團漩渦，從漩渦中間有一隻魔手牽引而出。

龐大無匹的氣機頓時向天衣迎面撲來。

第二章　降魔手印

天衣眼睜睜看著那充滿無窮力量的魔手向自己襲來，如同面對著一步步逼來的死亡，他拚命抗爭著，手中之劍不停發出震動的嗡鳴，卻絲毫不能突破氣場的鎖定。

死亡一步一步逼近，而他的心似乎離自己的身體愈來愈遠。

他無法突破，是以，他唯一可以做的就是等待死亡的到來……

天衣閉上了眼睛，有兩顆珍珠般的淚珠從眼角溢出，那是他對王的愧疚，在心裡道：「王，天衣只有下世與你一起作戰了。」

「轟……」一聲震越天地的巨響，掀起萬馬奔騰般的氣浪，向四周無盡擴散。

整個空城如同在風雨中搖曳的孤草，似乎隨時都可能被吹到天之崖、海之角。

天衣感到自己飛了起來，身體向無盡的虛空深處延伸著，一切都身不由己。

他心中自語般道：「難道自己就這樣死了嗎？」卻絲毫沒有感到臨死前的痛苦，他還可以感覺到自己的身體，感覺到自己身體的重量，感覺到自己的意識還依附在身體之上，咆哮的風聲在耳際此起彼伏。他的手動了動，發現還受著自己思維的控制。

他詫異地道：「難道自己沒有死？」

「你當然沒有死。」

熟悉的聲音伴著風聲在天衣耳際響起，而且是三個人同時說話的聲音。

天衣睜開眼睛，映入眼簾的是三張熟悉得不能再熟悉的面孔——落日、漓渚、殘空。他的身體被三人接住，正緩緩地落往地面。

是的，他沒有死。

而此時，在空中，影子倒退十數步後才穩住身形。剛才所產生的巨響，正是影子替天衣接下黑雲內朝陽的攻擊所致，而天衣則是被兩人產生的衝擊波捲走。從影子的臉色來看，他似乎也並不輕鬆。

影子平靜地道：「你來了。」

黑雲中傳來朝陽的聲音：「我今天來此，並非是爲了找你。」

「那你目的何在？」影子道。

「我要見一個人。」

「誰？」

「你沒有必要知道。」

影子道：「那我將盡一切可能阻止你。」

「憑你？」朝陽一聲冷笑，道：「你現在還不是我的對手。」

「這並不重要，重要的是我要阻止你。」影子的語氣無比平靜，但又顯得無比堅決。

朝陽道：「那你就不妨證明一下自己到底擁有多少實力。」

黑雲突地開始旋動，從中間緩緩地旋成了一個巨大的黑洞，並且向外緩緩擴散，片刻之間，偌大的一塊黑雲便被那旋轉著的黑雲所取代，且開始向整個天地蔓延，整個天地間的氣浪似乎被旋轉的黑洞所產生的氣場所牽動，引得夜空下驚電四處耀舞，炸雷的響聲不絕於耳。同時，黑洞所產生的吸力也愈來愈大，先是塵土、落葉、斷枝被吸入其中，接著便是大塊的瓦片、石塊，甚至整棵樹。處於黑洞周圍的將士緊緊抱住城牆，保持身體的平衡，功力不強者，雙手雖然抱住城牆，但雙腳已經赫然離地，被黑洞所產生的氣旋牽扯著。

影子處於旋轉的黑洞中心，獵獵的風吹得他的頭髮瘋長，左手心那冰藍色的光芒開始隱現，月光刃似乎隨時都可能破空而出。

這是影子第一次在戰場上面對朝陽，也是他第一次在現實中從敵對的立場上面對著從自己身上分離出的另一個「自己」。

自我爲戰，這場曠古鑠今的對決到底會有著什麼樣的結果呢？是影子贏，還是朝陽勝？但——真的有人可以戰勝自己麼？如果真的可以戰勝自己，那敗的豈不又是自己？這是一種矛盾的對立，但眼下已經成了即將出現的事實。

城牆上，落日、天衣、殘空、漓渚以關注的目光注視著空中的影子與朝陽，對於任何人來說，這樣一場絕無僅有的決戰都是值得期待的，這種對決，從某種程度上講，已經超越了武道本身的範疇，上升到對人的一種剖析和對自我認識的一種延伸。無論是誰勝，都會顛覆原有的對人自身認識的局限性，甚至可能會拓展出對自我認識的新空間。

但對落日四人而言，這一切又似乎並不重要。在他們的腦海中，信念只有一條：絕對不能讓王輸！

影子的面容顯得極爲肅穆，雖然與朝陽面對著面，但他卻根本無法感應到朝陽的存在，或者說，他所感應到的是整個宇宙，宇宙就是朝陽，朝陽便是整個宇宙，世間萬物，一切都包括其中。隨著他精神力的不斷往黑洞深處延伸，甚至對自身存在的感應也漸漸模糊了起來，整個世界似乎都淡化成虛和無，又似乎顯得無比充盈，一切生靈盡在其中，四周所在，無一不都是「我」。

影子心中震駭，他曾親眼見到朝陽一腳將妖人部落聯盟的祭天台禁區踢飛，在這個世界上消失掉，但他仍沒有想到，以朝陽現今所擁有的力量，竟然可以擬化出整個宇宙，讓人感到，宇宙的存亡就是朝陽的存亡，這種結合給人的感覺太過震撼，是絕對的不可戰勝。

此時，隨著黑洞旋轉氣浪的不斷加強，那些緊抱住城牆、被氣浪吸扯著的將士已經無力再支撐，慘叫著被吸扯入黑洞之中，消失不見。隨著時間的推移，已經有愈來愈多的將士對自身不能把持，而且，隨著黑洞所及範圍的不斷擴大，漸漸地開始波及到那些住在空城的人們。

不難想像，照此發展下去，整個空城似乎都可能夷爲平地，而空中的影子，則沒有絲毫的動彈。

「不行，我們必須阻止才行！」天衣見已有眾多將士被黑洞吸扯進去，不由得出言喝止道，他知道，再這樣發展下去，不知有多少人會這樣無緣無故地死於非命。

落日道：「怎麼阻止？」

天衣道：「聯合我們四人之力形成一道保護氣牆，將空城罩起來，不讓這黑洞所產生的氣旋滲入。」

殘空不由得疑惑道：「以我們四人之力可以做到麼？畢竟我們是四個人，各人所修真氣不盡相同。」

天衣斷然道：「可以，只要你們三人將真氣彙聚於我身上，再由我將你們三人的真氣轉化成自由的，便可以做到。」

殘空疑惑道：「這樣行嗎？」

「不行！」落日忽然斬釘截鐵地道。

天衣望向落日道：「爲什麼？」

落日道：「先不說以你的修爲是否可以承受我們三人同時施加的功力，更重要的是，我們不能忘記自己的使命！」

天衣三人心中一震。

落日繼續道：「我們的職責是幫助王完成他的使命，不能讓王出現任何危險！」

說完，便望向空中的影子，天衣、殘空、濟渚三人的目光隨即也都投向了空中的影子身上。

是的，他們最重要的使命是不能讓影子有任何閃失，只要影子有何閃失，他們的使命將以失敗告終，也就沒有任何存在的必要了。

一邊是他們的使命，一邊是眾將士，乃至空城居民的生死，四人的心靈顯然很沉重。

「我們應該相信王。」濟渚忽然開口道。

落日、天衣、殘空皆把目光投向濟渚，不明白他這突然間說出的話是什麼意思。

濟渚繼續道：「我們應該相信王有能力解決自己的問題，面對朝陽，我們中沒有任何人可以幫王，這是王自己的事。」

落日道：「難道我們就這樣不顧王的生死？你忘了我們離開死亡地殿所肩負的使命？」

濟渚道：「我沒有忘，我們的使命是幫助王，但真正面對朝陽時，只有他自己才可以解決，我們每個人的心裡應該很清楚這一點。」

三人不語，面對朝陽，他們確實幫不上王任何忙，誰又能夠幫助別人戰勝自己呢？

「那我們就開始吧。」殘空這時道。

四人對視一眼，落日道：「那就將你們三人的功力傳給我，讓我來完成這最後的工作。」殘空、濎渚、天衣都沒有說什麼，以天衣現在元氣大傷的身體，根本不可能完成將其他三人的真氣轉化，而不管是殘空、濎渚、落日，三人中的任何一人，所要做的事情都是一樣，一樣有著生命的危險，此時此刻，他們沒有爭的必要。

天衣望向落日，道：「你要小心。」

落日輕鬆地一笑，拍了一下身旁濎渚的肩，道：「放心，我什麼時候讓你們失望過？」

「那就來吧。」濎渚突然豪氣萬丈地道，將手按在了落日背心，雄渾的功力如江海般輸入體內。

殘空見狀，也大聲道：「我也來了。」將左手按在了濎渚背心，功力緩緩通過濎渚的身體傳給落日。

只有天衣沒有說什麼，他默默地將手按在了殘空的背心……

四人連成一體，落日體內三股截然不同的真氣緩緩流轉，經由落日自身的丹田之氣導引，慢慢地向丹田彙聚。

落日體內經脈賁張，似一條條扭曲的蛇突現於表皮之上。四股強大的真氣彙於一身，落日的身軀無形中似乎脹大了一倍。

這時，丹田內一隻拳頭般大小的晶球開始慢慢形成，天衣、殘空、漓渚相繼跳離落日身旁。

突地，一道比太陽還要熾烈的強光自落日身體四周爆綻開來，整個天宇一下子被照亮。瞬息間，一個光球在空城上空慢慢擴大，光球外，黑洞所產生的強大氣流打著旋兒滑走，無法進入其中。

片刻過後，整個空城便被籠罩於這耀亮的光球之內，裡面一片安寧，寸風不進，如同白晝，而光球外，旋風呼嘯，天昏地暗。

天衣、殘空、漓渚臉上相繼露出了笑容。

成功了，落日成功了！

待他們回頭尋找落日時，只見落日如同一灘爛泥般倒在地上，滿身虛汗。

「你們看，空中有人在打鬥！」早已被驚醒的空城居民中有人喊道。

天衣四人望向夜空，只見影子手中的月光刃已經破空劃出，向那黑洞奔襲而去。

月光刃進入黑洞，冰藍色的光芒乍放，黑洞一分為二，隨即潰散，無主的氣流到處亂撞。

「你們看王！」殘空大叫道。

這時，只見影子似浮草一般，隨著四竄的氣浪翻滾，沒有絲毫的自控能力。

倏地，漓渚躍身而起，衝破剛剛形成的光球，向影子飄落的方向掠去。天衣、殘空也相繼跟了去，落日亦從地上掙扎著站了起來，尾隨其後。

空城上空保護的光球被衝破，整個大地上所有的防衛一下子全部潰散，那到處亂撞的氣浪立即使空城陷入一片瘋狂的囂亂中。

漓渚將影子隨氣浪翻滾的身體接住，立即運轉功力，將其攝入自己的保護屏障內，落往地面。

此時的影子渾身酥軟，真氣潰攻，額頭冷汗不停地冒出。

「王，你怎麼了？」漓渚關切地喊道，天衣、殘空、落日在他們身旁落定。

影子睜開閉著的眼睛，虛弱地道：「我耗盡了所有心神，才找到機會發出月光刃。」

「我說過，因爲你現在根本不是我的對手。」在他們上空，朝陽現了身，悠然道。

天衣四人立即戒備，面對著身在空中的朝陽。天衣冷聲道：「我們不會讓你傷害王分毫！」

朝陽冷笑一聲，道：「現在的他根本不值得我殺之，何況，我今天來此的目的並非是爲了殺他，我會給他機會，讓他有足夠的實力與我爲戰。只有那一天，我才可以向『他』證明，我是這個世界最強者!哈哈哈……」

大笑聲中，朝陽朝空城內飛遁而去。

「王，我們現在該怎麼辦？」天衣問道，四人焦灼的目光等待著影子的指示。

影子略爲調息，四散的真氣重新又聚起，遊於體內。他望著朝陽飛逝的方向，道：「如果我估計得不錯的話，他今晚來空城的目的應該是刑台。」

「刑台?!」天衣道，他知道，刑台乃是天下的所在：「我們該如何應付?」

影子道：「既然我們負責保衛空城，就要保護好這裡的一切！」

刑台。

朝陽站在屋頂之上，這時，一個人在他身旁飄落站定。

是「無語」。

「大師似乎來晚了些。」朝陽不冷不熱地道。

「無語」道：「因爲無語老了，跟不上聖主的速度。」

朝陽不置可否地道：「是嗎?看來大師是真的已經老了。」

「無語」道：「途中，無語爲此行占過一卦。」

「哦?」朝陽頗感意外，道：「卦相怎麼樣?」

「無語」道：「卦相呈現出血光之氣。」

「哈哈哈……」朝陽暢快地大笑道：「我敢保證大師平生所占之卦，沒有一卦比這一卦更靈更準了。」

「無語」看了看刑台的三座神廟，道：「聖主帶無語見的人就在這裡嗎？」

朝陽道：「是的，她就在這裡，而且是一個大師應該很熟悉的人。」

「無語」心中一震，道：「無語不明白聖主這話的意思。」

朝陽道：「是嗎？『大師』不明白嗎？那本聖主就讓『大師』明白！」語氣中特別突出「大師」二字。

「無語」眼中閃過一絲驚芒，左手拇指扣住食指，突然向朝陽發動進攻！

金光乍現，一道手印化成三十六道印光攻向朝陽周身三十六處要害。

「降魔手印？」朝陽一陣冷笑，他的右手不知何時已經探出，「無語」還未來得及有所反應，左手腕脈已被朝陽扣住，三十六道手印就在即將擊中朝陽身體要害的一剎那，頓時土崩瓦解，消失於無形。

「無語」極力運轉全身功力，想掙脫，可體內真氣剛一調動，全身所有經脈立即被一道湧入的力量所封禁，如同將全身經脈截爲無數段，稍一運功，就會經脈爆裂，「無語」立即將升起的丹田之氣強行壓住。

「九翟，你的性子似乎急了些。」朝陽不慍不火地道。

九翟冷聲道：「你早已知道了我是誰？」

朝陽搖了搖頭道：「並不早，只是在安心死之後才知道，是他告訴我的。」

九翟有些不解地道：「我不明白你的意思。」

朝陽道：「你現在不明白，等見了你應該見之人，本聖主自然會告知你們。」

「鏘……」赤光大盛，聖魔劍脫鞘而出。

朝陽手腕翻動，赤紅劍芒疾吐，朝刑台中間的空地劃去——

「轟……」

巨響聲中，大地開裂，朝陽扣住九翟的手腕往開裂之處疾衝而下……

影子與落日、天衣、漓渚、殘空五人來到了刑台，剛才，他們看到了那熟悉的赤紅劍光，知道朝陽必是來此無疑。

他們剛欲進入刑台，在神廟門口，一個人擋住了他們的去路。

影子道：「我要見天下。」

「師父說了，現在她不見任何人。」站在他們面前的是一個十五六歲的小姑娘，有著勝雪的衣衫，挽著髮髻，聲音十分輕柔。

落日這時道：「我們王有急事必須見她，還望小妹妹通報一聲。」

小姑娘道：「你們還是請回吧，師父說今天不願受到任何人的打擾，你們不要讓我爲難。」

漓渚望向影子道：「王，看來我們要使用非常手段了。」

影子沈吟著，他不明白天下這時候為何不願見他。朝陽到來，弄出如此大的動靜，她應該不會沒有察覺，但她為什麼不願見自己呢？難道這之中有什麼事情不為自己所知？聯想上次至此時，天下所說之話，他的心中充滿了好奇。

影子道：「好，那我們現在就進去。」說完大步向神廟內走去，落日四人並排緊隨其後。

那小姑娘見狀，忙道：「不行，你們不能擅闖刑台禁地。」雙手張開欲加以阻擋。

但影子五人進入神廟的步伐依然故我，絲毫沒有聽到那小姑娘的警告。

小姑娘見自己的樣子定是無法阻止這五人進入神廟，不由拔出了手中精美的佩劍，以劍護胸，斥道：「你們要是敢闖進刑台，就休怪我不客氣！」

但她的話顯然是沒有用的，影子五人已經開始闖門。

小姑娘嬌斥一聲，手中之劍舞起一團劍光，向五人疾掃而下。

雖然小姑娘年僅十五六歲，但劍一出，卻也有著睥睨天下的霸氣，讓人不敢小覷。

「王，就把她交給我吧。」殘空這時已然飄身迎上了小姑娘的劍，他的右手食指、中指駢指成劍，朝劍芒最盛之處衝去。

劍尖與手指相接，立即綻出無數火星，小姑娘手腕疾翻，劍勢倏變，朝殘空的手指削去。

殘空手指毫不避讓，反而主動迎上劍刃，就在與劍刃相接的一剎那，手指輕彈。

劍身急劇震盪，小姑娘只覺虎口一陣劇痛，手中之劍幾欲脫手，身子不自覺後退幾步，方才穩住。而這時，殘空戟駢成劍的手指已經頂在了她的咽喉處。

「小姑娘，你的劍雖好，但修爲卻太淺了。」殘空道。

小姑娘滿臉氣得通紅，雖然明知不是殘空的對手，且受制於殘空，但此時她已經顧不得那麼多，不發一聲，手中之劍便向殘空刺去。

殘空似乎早有準備，劍尚未完全刺出，「砰……」地一聲，他的左腳踢在了小姑娘的手腕上，劍應聲落地……

而這時，影子與天衣、落日、漓渚四人已經步入神廟內，神廟內的神像正是影子上次所見到的冥天之神像。

此刻，神廟內已有十人正等著他們，其中一人是月戰。十人都穿著清一色的黑色勁衣，手持古樸的長劍，而且十人臉上都是一樣的木然表情，如同影子印象中第一次見到月戰時一樣。

月戰對影子道：「現在，你不能入內。」

影子道：「我只知道我今天必須見到天下。」

月戰道：「那我們就唯有盡一切可能阻止你。」

漓渚望著眼前的這些人，笑了笑，道：「王，把他們交給我們吧，我們也會盡一切可能阻止他們的，大家大不了阻到一塊來。」

影子道：「好，那他們就交給你們了。」說完，便往神廟後的側門方向走去。

「嗖……」一劍冷劍破空向影子的背心襲來，雖未及體，但凜冽的殺意已經深入骨髓。

影子繼續向前走著，並沒有回頭。他知道，以眼前月戰十人所擁有的實力，落日三人應該有能力應付，他根本無須顧忌。現在對他來說最重要的是，天下有什麼事情不能讓他知道！雖然他知道天下是在幫他戰勝朝陽，但任何人做任何事都不會沒有理由的，她的背後又隱藏著什麼？

就在冷劍即將刺進影子體內時，「鏘……」地一聲脆響，另一柄劍與之相交。

影子知道，這柄劍的主人是漓渚。

身後，金鐵交鳴之聲、利器破空之聲此起彼伏，漓渚、落日、天衣三人都已動手了……

第三章 四殿祭師

朝陽來到了刑台的地下。

刑台上面是由三座神廟組成，裡面分別供奉著梵天、破天、冥天的神像，而在地下，則有一個祭台。

祭台四角燃著萬年不滅的火鼎，最上方則供奉著一顆骷髏頭。

由於長年的煙火繚繞，祭台四周所懸掛的帷幔已被熏成暗紅色，空氣中滿是深沈的香味。

此時，在朝陽面前，面對著祭台最上方所供奉的骷髏頭，有四人盤坐於蒲團上，他們身著鑲有金邊的華麗幻術長袍，雪白的鬚髮垂至地面，而在他們身上長袍的背後，皆以金線繡有圖案，最左邊之人的是九炎烈日，緊隨其後的是隱現於浮雲中的一輪孤月，第三人背後繡有蒼穹殞星圖，第四人背後則是無極之炎。

朝陽掃視過四位並排坐著的老者，道：「九炎烈日乃日之神殿的象徵，閑雲孤月代表著月靈神殿，蒼穹殞星圖是星咒神殿特有的徵記，而無極之炎，乃是地獄之火，代表的自是死亡地殿。如果我說得沒錯的話，四位應該是四大神殿派來看守祭台的四大祭司蒼墨、花照、斷行、祭怨。而你——則是天下！」朝陽說著，突地將目光轉向四位老者背後身側銀髮及地的女子，而她正是天下！

天下看了看朝陽，又看了看朝陽身邊的九翟，道：「不錯，我正是天下。」

朝陽道：「我今晚來此，有兩個目的，一是帶走無語大師，另外一個目的是替破天完成一個夙願。」

天下平靜地道：「我正奇怪你爲何能夠來到這裡，原來是破天告知你這一切的，卻不知破天所謂的夙願又是什麼？」

朝陽輕淡地道：「毀去祭台！」

天下的臉色頓時一變，變得極爲難看，道：「你可知這祭台代表著什麼？」

朝陽道：「破天告訴我，這裡供奉著的是創世之神的頭顱，也是創世之神的元神最後消散之地。他說，唯有毀去這一切，才可以改變乾坤。更因爲，我必須得到創世之神最後所遺留下來的力量，只有這樣，我才能變得更強大！」說完，便笑了。

天下驚駭地道：「你可知這樣做會有什麼後果？」

朝陽道：「那不是我應該考慮的事情。」

天下道：「如果祭台被毀，整個幻魔大陸會因爲失去力量平衡而發生顛覆，整個幻魔大陸甚至可能因此毀去。」

朝陽暢然大笑，道：「這樣一來，豈不是正合我意？」

天下氣得不知如何是好，雖然她早已清楚朝陽的所作所爲，她仍不能保持心態的平靜。她道：「當初，梵天、破天、冥天三神在此以各自神像建立三座神廟，就是爲了以各自靈力鎮守住祭台，不讓創世之神最後的元氣外洩，保存創世之神存在的最後一點力量，卻沒想到你竟敢想將祭台毀去，你……你……」

天下不知該說什麼。

朝陽不屑地道：「也許，這個祭台對你們來說，有著非同一般的意義，但對我來說，它唯一的價值便是使我變得足夠強大。在這個世上，已經再沒有其他事情值得我在意了，只有不斷地使自己強大起來，戰勝冥天，主宰天下，才是我最終的目的！唯有這樣，我才能夠證明自己在這個世界存在過，才能夠證明我的價值。」

說著，朝陽的目光盯著一個地方，變得怔愣，似乎在想著什麼，但在他的眼眸最深處，卻隱隱地有一種孤獨感浮現。

天下知道再說什麼也沒有用，她調整了一下自己的心緒，道：「你會爲你今天所說的話後悔的，有四大祭師在，你根本就不可能做到！」

朝陽將自己的目光收了回來，他望向那四位身著幻術袍、鬚髮及地的老者，孤傲地一笑，道：「聽天下說，在四大神殿，除了四位主神，修爲最高的便是四位祭師。我也想知道，在這個世上，除了冥天及四大神殿的主神外，還有誰可以與我爲戰！不過，現在我所要辦的是第一件事——將無語大師交出來！」他的目光重新投在了天下身上。

天下平靜地道：「你想見無語大師，可以，但你首先必須將九翟放開。」

朝陽道：「我從來不喜歡跟人談任何條件，但爲了表示對無語大師的尊重，我今天可以破這一例。但是，我希望你不要讓我失望。」

說完，朝陽便放開了扣住九翟的手。

九翟重獲自由，體內的真氣又恢復自如。對他來說，沒有絲毫反應的機會便被朝陽扣住手腕，這是奇恥大辱，而縈繞在他心頭、更讓他急於想知道的是：安心死後是怎麼告知朝陽自己的真實身分的？他不相信，一個死了的人還可以說話。是以，他並沒有立即從朝陽身旁走開，而是目視著朝陽，堅毅地道：「我想知道，一個死人是怎麼暴露我的身分的？」

朝陽笑了笑，對於九翟此刻的心理感受，他似乎很清楚。九翟讓他殺了安心，以他的性格，應該早已將九翟殺死，但他沒有，因爲這是他第一次被人愚蠢地玩弄，而毫不知覺。在他心中，很「珍惜」這樣一次被騙的機會，所以他給了九翟能夠活到今天的權力，以表示對這個對手的尊重。他道：「安心雖然死了，但在他意識到自己要死之前，以靈力締造了一個夢，而在當天晚上，安心便將他的這個夢托給了我。」

九翟自嘲地笑了笑道：「我以爲自己做得天衣無縫，以安心之死擾亂你們的軍心，現在看來，我是低估安心了。」

朝陽道：「所以，你要爲安心的死付出代價！」

九翟道：「那你就殺了我吧。」

朝陽道：「是的，你必須死！但在我見到無語之前，還可以留著你的一條命。」說完轉而把目光轉向天下，道：「現在該輪到你兌現自己的話了。」

天下道：「你真的很想見無語？」

朝陽道：「你的話好像多此一舉。」

天下道：「好，那大師就出來吧。」

朝陽聽到自己身後傳來沈重的石門開啓的轟轟聲，他轉過身去，看到了無語正從門的另一面走了出來。

無語道：「無語見過聖主。」

語氣仍是往昔的平淡，但他身上的衣著已經不再是往昔所穿的素樸衣衫，而是一身黑色的鑲著金邊的華麗幻術袍，那蒼老乾癟的臉上一片祥和。

朝陽心中訝然，語氣卻是十分平靜地道：「大師讓我覺得十分陌生了。」

無語道：「這本就應該是無語的模樣，無語走了一大段彎路，終究是爲了這一天。」

朝陽道：「現在他們給了你所要的一切？」

無語點了點頭，道：「是的，無語還是非常感謝能與聖主走這樣一段路，它將是我生命中最美好的回憶。」

朝陽輕笑一聲，道：「擁有不了美好的人，往往把美好的東西當成一種回憶，看來大師並不是真正得到了自己想要的東西，我只想知道，是什麼讓大師改變了?望大師不吝賜教!」

無語道：「這些已經不再重要了，重要的是聖主所看到的眼前的一切。」

「哈哈哈……」朝陽大笑，道：「看來大師是不敢面對我，也不敢面對自己了。很好，既然大師作出了選擇，我會尊重大師所作的選擇。」

無語沒有言語。

現在，對於朝陽來說，一切都明瞭了，無怪乎以無語的修爲會輕易被人所制，原來是他自己「心甘情願」。朝陽的目光掃視了三人一眼，道：「如果我沒有猜錯的話，你們之中應該還有一個人尚未出現。」

三人沒有出聲，而另一扇門有一個人走了出來，來人卻是空悟至空!身上所著，同樣是幻術袍。

朝陽冷笑一聲，道：「漠。」

「不，應該是空悟至空。」空悟至空道。

朝陽道：「空悟至空?天下?無語?所謂幻魔大陸三大奇人，也應該分別來自三個不同的神殿，再加上九翟，一共是四人，代表著四大神殿。你們在幻魔大陸出現這麼多年，想必不會是沒有來由的，我對此倒很感興趣。你們這樣的處心積慮，到底所爲何事？是爲了阻止我，與我作對嗎？顯然不是。冥天到底想幹什麼？」朝陽的心開始在一點點地收縮，他實在不明白這些人既幫他，卻又與他爲敵，這之間到底是怎麼回事？如此錯綜複雜的關係，讓他無法猜透冥天的心裡到底在想些什麼，最終的目的又是什麼。

天下道：「我們只是遵照神主的旨意，在做我們所應該做的事，其他的並不是我們所要關心的，也不是我們應該關心的事。還有一點，我要糾正你，我們並非來自四大神殿，而是來自神界非天宮。」

朝陽道：「非天宮？」他記得破天告訴過他，非天宮乃是神族的天宮，是整個幻魔空間至高無上的權力中心，也是冥天的行宮。朝陽續道：「看來我倒是瞧輕你們的身分了，但是不要緊，你們很快將不會再出現在我的眼前，隨同這座祭台，我會掃除所有障礙，讓這眼花繚亂的一切通通消失！到那時，整個世界就歸於清寧了。」

「鏘……」聖魔劍脫鞘而出，赤紅的劍光繞身一圈，瘋狂的劍靈怒吼著撲向天下、無語、九翟、空悟至空四人……

影子來到了刑台中間的廣場，看到了被聖魔劍劈開的裂口，他知道朝陽定是通過此處進入到裡面去了。

影子記起天下說過，刑台乃是幻魔大陸靈氣所彙之地，三座神廟就是爲了鎮住靈氣外洩而存在。朝陽的突然到來是否就是爲此呢？以他對朝陽的瞭解，或者說是對自己的瞭解，朝陽似乎不是爲了得到這裡的靈力而來，現在的朝陽比任何人都要驕傲，否則他也不會兩次放過自己。還有天下的阻止，讓人更是摸不透。

影子知道，所有這一切，只有他進到裡面才會清楚。

於是不再猶豫，縱身向神殿中躍去！

影子終於落到地面，眼前一片漆黑，他的腳向前走去，空蕩的回響聲不絕於耳，有的只是他的聲音。

憑藉回響聲，影子已經大概知道自己所處的是一個什麼樣的地方。

這是一座有著上千面積的殿宇，空氣中飄浮著因爲長年的煙火繚繞才有的氣味——香甜中帶著些許苦澀。

在他心裡，已經感到另一個自己，感到朝陽的存在，但在他所在的地方卻並沒有感覺到有任何生命，而朝陽的存在是近在眼前的。

影子心中有些奇怪，照常理看，這種感覺應該是不會存在的，如果朝陽在這裡，影子就一定會感應到有生命的存在，除非朝陽已經死了，但影子的感應是，朝陽並沒有死！

需要說明的是，影子的感應，是他與朝陽間特有的互通，是對自己另一半的感知，而並非來自靈識、功力的感應。

他運轉功力，左手月光刃隱隱閃動，冰藍色的光芒自掌心綻開。

就在這時，四周的火鼎「騰」地亮了起來，而影子這時也看到了朝陽。

朝陽站在離他前面十米處，一動不動，神情凝滯，手中聖魔劍揮出的劍式尚未完全使出，似乎就在朝陽揮出這一劍之時，整個人突然間被封禁起來。

影子心神詫異，以朝陽現在的修爲怎麼可能就這樣突然地被人制住？如果說出手者是天下，以影子暗自對天下修爲的探測，她絕對不會比自己更高，至多與自己不相伯仲。

影子向前走去，來到朝陽面前。是的，他現在可以確定，朝陽是突然間被人封禁，五識對外界完全失去感知，整個人如同死去了一般，無怪乎影子沒有感到有任何生命的存在。而且，影子也已發現，朝陽之所以被突然封禁，並不是因爲有修爲比之更高深者所致，對朝陽的封禁來自於地、水、火、風的封禁，以「四大皆空」隔斷朝陽的力量源泉，將之完全從這個世界架空，使他無法得到力量，因爲一個人所擁有的力量，歸根結底來自於他所處的世界，來自於宇宙，這也是一個人存在的根本，地、水、火、風就是宇宙的根本！如果這最根本的東西被抽離，那麼，這個人的生命就與死無異——朝陽就是在剎那間被人封禁了地、水、火、風。

但是，如此一來，對朝陽施以「四大皆空」封禁的應該有四個人，而且是四個修爲相當、彼此十分默契的人同時施爲，否則根本不可能將朝陽給封禁。以朝陽的修爲，四人在施以封禁之時，若是彼此間有失一點點的力量平衡，就會被朝陽強大的精神力所突破，從而無法達到「空」的效果。

無怪乎剛才影子剛剛運功，四周的火鼎突然便亮了，因爲他的力量使這個空間的封禁平衡被打破，火自然就亮了起來。

但這並不是說，對朝陽的封禁也被打破。在朝陽的周圍已經締結了一個無形的結界，無論外界發生了什麼變化，都不會影響到裡面被封禁的地、水、火、風的平衡。

現在，影子所想的是，除了天下，其他的三人是誰？他們此刻又在哪裡？

影子朝四周仔細看去，這才清楚自己所處的地方是一個祭台，也自然看到了祭台上所供奉的那個骷髏頭。而與此同時，他也看到了四個人，四個和朝陽一樣沒有生命氣息的人，但他們顯然不是被封禁了。

四人鬚髮皆白，身著幻術袍，盤坐於蒲團上，面對著骷髏頭。

影子望著四人的背影，心道：「難道對朝陽施以封禁的是他們，而並非天下？他們又是些什麼人？爲何同樣沒有生命氣息？」他心中狐疑著，但絕對不會認爲四人已經死去，他們雖然沒有生命氣息，但在影子的眼中還能夠看到他們生命存在的特徵——那些長長的、晶亮的鬚髮。

「他們在等你。」影子突然聽到心裡有一個聲音對自己這樣說道，他不由得一震，不明白毫無緣由地升起這樣一個念頭。

「是的，我們正是在等候你的到來。」影子的心中突然響起了一個陌生的聲音。

影子更是詫異，這個聲音是如此的陌生，絕對不是他自己對自己說的，但分明又是在自己心裡響起。此人不但可以窺視他的心裡在想些什麼，而且不需要任何介質，直接進行心與心之間的對話。

影子心裡問道：「你是誰？」

「我是來自死亡地殿的祭怨，就在你的面前。」

影子的目光落在眼前四人中最右邊、著無極之炎幻術袍的老者身上，雖然對方盤坐於地，一動不動，五識俱閉，但他仍可以肯定，剛才對自己說話的人正是他。

影子的心道：「是你？」

「對，是我，我們在等候你的到來。」

雖然影子心中早有猜測，但仍道：「我不明白你的意思。」

祭怨的心道：「我們等你來，因爲刑台很快就會被毀，創世之神所遺留下的靈力若是洩出，整個幻魔大陸就可能導致生靈俱滅。」

影子心念電轉，道：「這些都是因爲朝陽所致？」

「是的。」祭怨的聲音有些疲憊地答道。

「可他現在不是已經被你們制服了嗎？」影子道。

「那只是暫時的，除了神主，這個世上已經沒有什麼力量可以永遠制住他。」祭怨道。

影子道：「你們又是何人？」

祭怨道：「我們是來自四大神殿的天祭司，負責守護祭台，鎮守刑台的靈氣。可是現在，我們已經無力鎮定刑台的靈氣了，希望能夠有人可以將創世之神所遺留的靈力接受，不會因爲祭台遭到破壞、靈力外洩，而給幻魔大陸帶來毀滅性的災難。」

影子道：「所以，你們就選擇了我？」

祭怨道：「是的，只有你才可以接受創世之神遺留下來的靈力。而對於你，唯有擁有創世之神遺留下來的靈力才可以與朝陽一戰。」

影子心裡冷笑道：「爲什麼只有我才可以接受創世之神遺留下來的靈力？這恐怕只是你們所尋找的藉口吧？天下呢，天下現在又在哪裡？」

祭怨道：「我們四人已經守護祭台數千載，塵世中事我們從不理會。我們之所以選擇你，是因爲早在兩千年前，我們就一直在等待著今天的到來，因此早在兩千年前，你就已經注定了會在今天來到祭台。我們守護祭台，就是爲了等候你的出現，這是你的宿命，也是我們命定的等待！」

影了不禁笑道：「真沒想到，在我尚未出世之時，命運之神便已爲我命定二千年後某月某日某地的一場遭遇，看來偉大的命運之神真是無所不能，這一點我倒是十分佩服『他』。若沒有偉大的『智慧』和無限充沛無聊的時間，恐怕難以做到。可你又怎麼知道這個人一定是我，而不是朝陽，抑或其他人呢？」

這時，另一個略顯蒼老的聲音自影子心底響起：「因爲這就是偉大的命運，是一個人一生中的命定劫數，每一個人都逃脫不了！」

影子心中一震，這個略顯蒼老的聲音卻有著震撼人心的力量，雖然只是一句話，但重重地敲在了影子的心坎上，讓影子再找不出任何駁斥的言語，也讓他對命運的反抗意識埋下了一種悲觀的陰影。

影子沈聲道：「你又是何人？」

那聲音道：「我是日之神殿的蒼墨，我們自我封禁五識，在此足足等了你二千年。二千年，我們不識人間煙火，等到鬚髮皆白，你又可知，我們也是在等待命定的最後一場劫數的到來？我們用二千年的光陰等待，只因爲我們知道這是自己不可更改的命運，是最後的劫數，也是我們生命的全部價值。」

影子心神劇震，以二千年的時間來等待自己最後的命定劫數，影子不知道是應該用愚蠢還是用境界來形容這四個人，是他們不懂得反抗自己的命運麼？還是他們太過相信自己的命運，認爲自己的命運理當如此？不是別人的安排，是自己必然要走的路，他們只是走在自己所選擇的路上，這也就是他們所認定的生命的價值。

影子恍然有種從另外一個角度、從別人的角度重新看待這個世界，重新看待宿命的感覺。或者說，蒼墨的話爲他指出了另一種看待生命的方式。把握自己的命運，並不一定是對自己命運的反抗，也可以看作是對自己命運的遵從，只要能夠確信，自己所走的是自己想走的一條路，是自己真實的意願，這豈不比任何茫然的反抗更要真實得多？

一個人活得真實，活得自我，有什麼比這更令人欣慰的呢？

其實命運，只是一個人一生的運數，是他的經歷和所遭遇的一切，選擇反抗就注定走上的是一條抗爭的艱辛之路；選擇遵從也是自己對這個世界、對人生的一種態度。人們真正所逃不過的其實並不是命運，而是他自己，是他自己的選擇。那些想逃脫命運的人其實就是用一輩子的時間與自己抗衡，讓自己掙扎在自己所設置的囚籠中，不但毫無意義，而且愚蠢至極。

影子一下子感到自己的腦海思緒萬千，以前所認爲錯的和從未認識到的東西，都以全新的姿態出現在他面前，以前的自己，完全被限制在自己所限制的思維中，只能夠太過自我的、片面地看待這個世界。

「難道自己以前所認識的都是錯的？」影子感到自己的整個世界彷彿都被顛覆了。

他很深地想著一些以前從未觸及的問題……

「你以爲順從，便可以得到你想要的麼？你的命運注定在不斷反抗和鬥爭中走一條別人從未走過的路！我爲你雜亂無序的思想感到可悲。」

朝陽的聲音突然在影子心底響起，不但是蒼墨、花照、斷行、祭怨，連朝陽也能夠知道影子此刻的心裡在想些什麼。

影子陡然驚醒，轉頭望向朝陽，朝陽此時尚被封禁著，但是，他已經感到朝陽開始有生命活動的跡象了，也就是說，朝陽很快就可能突破「四大皆空」對他的封禁。

第四章　創世之力

祭怨的聲音自影子心底響起，道：「你已經沒有時間進行過多的考慮了，朝陽一旦解禁，整個祭台便會被毀，你也就失去了可能戰勝他的機會。那些在你生命中出現、等待著你的人會因為你而失去他們最後的希望。」

影子又一次想起了漠，想起了月魔，接受是否意味著自己被命運所主宰？「他」到底想得到什麼？「他」這樣安排到底是爲了什麼？而自己的意願呢？接受就違背了自己的意願了麼？不！自己要成爲幻魔大陸最強的人！要戰勝命運之神，要解救月魔和漠，就必須擁有足夠強大的力量，就必須首先戰勝朝陽，這才是一切事情的前提。

拒絕並不代表自己掌握了自己的命運，有時，暫時的後退是爲了取得更大的進步。

此時，朝陽的聲音又一次自影子的心底響起，冷笑一聲道：「那你就答應他們吧，憑你現在擁有的力量，要想戰勝我，簡直就是癡人說夢！我倒要看看你擁有創世之神的靈力後究竟會有多厲害！」

影子道：「這就是你來此的目的？」

朝陽道：「不，原本，我是要毀去這祭台的。但現在，我倒要看看，這所謂的創世之神的靈力是怎樣將你從一個弱者變成一個強者的，哈哈哈哈……」

狂笑之聲自影子心底響遍全身，影子自是聽出了朝陽話語中的不屑與諷刺之情，而他也彷彿再一次看到了自己的弱點，就是面對事情時，他所「思」的東西太多。一個太有思想的人，是不能成爲最好的戰鬥者的，而這也是影子與朝陽之間最大的區別。

影子望向被封禁的朝陽，第一次開口說話道：「我不會讓你失望的。」

說罷，轉身將目光投往祭怨道：「我們現在開始吧。」

祭怨還沒有來得及回答，只聽到朝陽的聲音道：「你現在不覺得晚了麼？」

說話聲中，空氣急劇震盪，彷彿有一股極爲強大的「力」欲從某種禁錮中掙扎出來，而對它施以封禁的「力」在這股強大的「力」面前變得岌岌可危。

影子看去，只見被封禁的朝陽兩眼射出攝人的神芒，他周圍那個締造的結界向外急度膨脹，彷彿隨時都可能破滅。

這時，從朝陽前後左右四個方位，虛空突然被撕開，自另外的世界裡飛竄出四個人，四人左手心皆現出燦爛的金光，那是四道靈印！

刹那間，四道靈印同時印在了那急度膨脹、幾欲破滅的結界上。

金光四溢，盈滿整個祭台。

而這四人正是天下、無語、空悟至空及九翟，他們剛才乃是突破幻魔空間四塊大陸之間的結界，隱身於另外的世界裡。

此時，那急劇膨脹的結界受四人靈印封禁，頓時收縮。

而令影子驚駭的是，他看到了四人之中的空悟至空，自己無比熟悉的空悟至空。

這是那個被關在無間煉獄裡的空悟至空嗎？

影子有些不敢相信自己的眼睛，他寧願這是不該有的錯覺，也不願意相信這是事實。

但事實往往並不如人所願，出現在影子眼前的確實是空悟至空，是他曾經無比熟悉的漠，是曾經與他一起殺到星咒神殿的漠，而此時卻在最不該出現的地方出現了。

「四位天祭司，趕快行動！」天下這時大聲催道。

此時，他們四人正全力催發功力，將靈印的作用發揮至最大，結界赫然成了一個金光四射的光球，但朝陽顯然沒有再次被靈印以「四大皆空」給封禁，結界內，朝陽的力量正在與四人同時施予的力量相抗衡，而天下、無語、空悟至空、九翟四人則是以自身的修爲維護著結界不被朝陽所突破。在兩者看似平衡的狀態下，其實朝陽的力量卻是在一點點地逐漸脹大，似乎在「四大皆空」的封禁中找到了與自然界力量嫁接的方法，正源源不斷地恢復著自身強大的力量。

因此，那剛被天下、無語、空悟至空、九翟四人以靈印打回原形的結界，又在朝陽力量的

擴張中一點點地向外膨脹。

天下四人雖全力施爲，催發功力，但面對這樣一個事實，卻又顯得無可奈何，唯有竭力地在時間上予以拖延。所以，天下在對朝陽施以封禁之時，不得不催促四位天祭司趕快行動，其實，他們早就知道以「四大皆空」是根本無法將朝陽長期封禁的，只是沒想到朝陽這麼快便找到了突破「四大皆空」封禁的方法。

這時，蒼墨、花照、斷行、祭怨四大大祭司的鬚髮飄揚飛起。

萬千銀絲在虛空中延伸，向影子逝去。

而此時的影子，只是望著空悟至空，他早知道自己所處的是一個虛假的世界，所有的一切都是一場排好的幻覺。曾經以爲，在這虛假的世界裡，他找到了唯一的安慰，手已觸摸到了那不羈卻真實的靈魂，而他卻不知，他所認爲真實的東西，卻是一種更爲精彩華麗的欺騙。

但此刻的影子卻又顯得無比平靜，抑或說，此生以來，他根本就未曾有過此刻的平靜。一切都是不真實的，那麼，在這場不真實中，自己的掙扎與反抗豈不也是一場精彩的表演？自己豈非也是虛假的？

影子找不到自己的真實存在，他開始懷疑自己的存在也只是一場令人恍惚的幻覺……

萬千銀絲將影子團團纏住，而影子卻沒有一絲的反抗，彷彿他的意識已經脫離了軀體。

銀絲回收，影子的身軀便向四位天祭司所在的方向飛了過去……

「轟……」

一聲巨響，狂暴的氣勁四溢散開，同時，四道身影分別朝四個方向跌落。

封禁朝陽的結界赫然被破，朝陽突破了「四大皆空」的封禁！

「哈哈哈……你們以爲這樣就能將我封禁麼？你們真是太小瞧我了！你們可以從一個空間遁入另一個空間，我也一樣可以從另一個空間獲取力量！」

狂笑聲中，聖魔劍劈出，聖魔劍靈化作怒龍向蒼墨、花照、斷行、祭怨四人奔去。

澎湃逼人的氣勁如同大海中陡然掀起的巨浪，向四人逼至。

朝陽所擁有的力量似乎比以前更爲兇猛！

蒼墨、花照、斷行、祭怨四人對朝陽的攻擊視而不見，不！他們根本連眼睛也沒有睜開，四人並排盤坐於原地，一動不動，長長的鬚髮將影子受制的軀體跪在了他們面前，面對著祭台上所供奉的骷髏頭，以髮絲讓影子對之進行跪拜。身後，聖魔劍靈的攻擊已經迫在眉睫，眼看聖魔劍靈就要一口將四人吞噬掉——

就在這時，四道靈印破空擊在了聖魔劍上，聖魔劍靈那狂暴兇猛的攻勢消解，同時，四道人影破空飛掠，站在了四位天祭司的背後，與朝陽對峙著。

這四道人影自然是被朝陽破禁震飛的天下、無語、空悟至空及九翟，剛才，他們以四道靈印將聖魔劍靈重新封回了聖魔劍上，化解了對四位天祭司的攻擊。

「要想攻擊四位天祭司，就必須先過我們這一關！」天下十分冷靜地道。

朝陽雙眼掃過四人，不屑地道：「你們還有阻擊我的能力麼？剛才對我的封禁已經耗盡了你們九成功力，否則，我又怎能破禁而出？你們現在一成不到的功力又怎麼阻止我？」

確實，四人對朝陽施以的「四大皆空」的封禁幾乎耗盡了他們所有的功力，朝陽所說的剩下一成的功力實是保守的估計。否則，剛才對聖魔劍靈的封禁也無須四人同時發出靈印，此刻他們有種嚴重的虛脫感，但四人必須強撐著，這是他們的使命，不惜生命完成的使命！

於是，九翟道：「用我們的生命！」

朝陽道：「好一句『用我們的生命』！不過，你們的生命在我眼中已經沒有任何價值了，看來來自非天宮的人也不過如此，我先前倒是高估了你們！既然你們想死，我絕不會手下留情，就讓你們四人的生命祭奠安心魔主吧！」

話音落下，聖魔劍化作一道赤紅劍芒，朝四人斜劈而去。

劍勢雖平實無華，卻充滿無窮的力道，但劍勢所指，將四人所有可能的退路全部封死，唯有死接硬拚一途。因爲天下四人若是退讓或迴避，這一劍便會劈在蒼墨四人身上，這種情況顯然不是天下四人所希望看到的。而天下四人若是硬拚，以四人現在擁有的不到一成的功力，絕對無法與朝陽這充滿無窮力量的一劍相抗衡，無論作出什麼樣的選擇，結果只會對朝陽有利。

天下四人除了硬接，已經別無他法！

但是，朝陽萬萬沒有想到的是，天下四人竟以這樣的方式來接他的這一劍！

只見九翟突然縱身躍了起來，他的手聚集了全身僅有的功力，單手擎住朝陽那斜劈而下的一劍。

聖魔劍將九翟的手從中劈開，並削下了九翟的半邊身子。

朝陽略爲一怔，隨即冷笑道：「你們想以此來拖延時間？我便偏不如你們所願！」

聖魔劍再度攻擊而出，這一次的力道較之剛才更爲兇猛，也更霸烈，唯一讓人想到的就是死亡與毀滅……

與此同時，影子靜靜地跪著，面對祭台上所供奉的骷髏頭，糾纏著他的仍是關於存在的幻覺，他不知道自己有沒有真實的存在過。

祭怨四人那長長的鬚髮已離開了他的身上，他的靈魂也已經慢慢地找到了自己的身體。

他道：「自己還能夠做什麼？既然如此，何不把自己也給忘了？」

突然，影子感到自己整個身軀都輕盈了，那些曾經糾纏不休的問題，那些生命中不可承受之重一下子便全部消解了，便像煙雲一樣永遠地消解掉了。

影子笑了。

是的，他應該笑，當這個世界的本質被看穿，所有疑惑就不存在了，心中也就沒有任何執念。所以，他的笑應該是無比恬淡和釋然的，就像沾滿血霧的鮮花，潺潺流動的溪水，輕柔緩和的微風，冬日曬雪的陽光……與天地萬物融爲一體的自然。

蒼墨、花照、斷行、祭怨心中同時發出一陣震動，他們睁開了眼睛，睁開了閉上了二千年的眼睛。他們的眼睛看到了影子臉上綻出的笑容，正是這笑容讓他們不得不睁開了眼睛，也終止了他們準備做卻還沒有做的事情。

因爲影子的笑容已經做了他們應該做的事情。

祭台開始震動，是整個地開始震動。在地底，有著無比強大的力量在沈重中被呼醒了，充滿靈力的光線將平整光滑的祭台地面切成無數小塊，從地底升起，一絲一縷地向影子周身彙聚。

那正是創世之神所遺留下來的靈力！

朝陽攻出的那一劍也因爲這突然自地底溢出的力量半途而止。

天下、無語、空悟至空以爲四位天祭司已經成功了，但當他們回頭望去之時，蒼墨四人什麼都沒有做。

祭怨道：「怎麼回事？」連他都不明白爲什麼創世之神所遺留下來的靈力會突然間從地底滲出。

這時，蒼墨彷彿已有所悟，他平靜地道：「因爲他心中已經無我，他的世界已經成空，創世之神所遺留下的靈力感到了『無我』的召喚，以塡補他心中的『空』——他已經悟透了什麼叫做『無我之道』！」

「看來，我們的存在是多餘的，我們的使命也已經完成了。」花照、斷行同聲說道。

四人相視點了點頭，隨即就像空氣一樣，四人消失在了空中，彷彿根本就沒有存在過。

朝陽收回了聖魔劍，他看著那向影子身體彙聚的靈力，心中反而變得釋然了。他來此，是爲了毀去祭台，但是現在，他看到了另一種結果，這種結果讓他心中產生了一種雀躍。

「以影子現在的修爲，根本無法與自己相戰，但是，擁有了創世之神所遺留下的靈力後的影子呢？」

朝陽期待著這種結果，這也是他直到現在仍沒有對影子採取行動的原因。

不過，這場決戰很快就要到來了。

片刻的時間過去，祭台一切恢復如常，影子看上去彷彿什麼事都沒有發生，他的身形先前是跪對著那祭台所供奉的骷髏頭的，現在他站了起來，轉身面對著天下、無語、空悟至空，還有朝陽。

他的眼神看上去很平靜，在他眼睛的最深處不再是深邃得讓人無法讀懂，而是變成了像虛空一樣的空蕩和廣博。

影子微笑著對空悟至空道：「漠，雖然我知道你的真實名字是空悟至空，但我仍然喜歡稱你爲漠，感謝你讓我忘記了一切本不該屬於我的東西，雖然你欺騙了我，但我仍要感謝你的欺騙。」

空悟至空道：「你不用感謝我，你應該感謝命運所安排的這一切。」

影子道：「是的，我應該感謝命運。」他的目光轉而投向朝陽，道：「其實你也應該感謝命運，沒有命運，也就沒有現在的你。」

朝陽冷笑一聲，道：「是麼？是你最新擁有的力量讓你對這個世界充滿了感激麼？」

影子平靜地道：「我只是不再爲一些不該煩惱的事情而身心疲累，以前，我總是自己將自己弄得痛苦不堪，現在才知道，所有的一切痛苦都是自己賦予給自己的，我不明白自己以前爲何要背著一副擔子前行，所以現在我將之放下了。」

朝陽道：「連你自己也放下了？」

影子點頭道：「是的，連我自己都放下了。」

朝陽一陣冷笑，道：「我爲你感到可悲，一個連自我都丟棄的人根本不配存在於這個世上！」

影子道：「有人告訴我，這叫做『無我道』，說唯有這樣，我才能夠戰勝你。」

朝陽哈哈大笑，道：「『無我道』？那就看三天之後，你能否戰勝我！」轉而又道：「不過，除了你我，今天不能再有第三個人離開祭台！」

影子道：「我不會讓你殺害他們的，如果你能在三天後戰勝我，一切都由你處置，何以急於現在動手？」

朝陽道：「爲什麼？」

影子道：「因爲他們其實是比我們還要可憐的人。」

朝陽會心地一笑。

是的，其實他們是比他與影子還要可憐的人。

朝陽道：「可憐的人活在世上是一種痛苦，那就再讓他們在這個世上痛苦地多活三天吧！」

說完，朝陽大笑著從他破開的裂縫中飛了出去。

影子看著朝陽的身影自祭台消失，良久，他的目光才收回，望向天下道：「天下，你還沒有向我介紹這兩位是誰呢？」他的目光隨即移向「空悟至空」及「無語」。

天下平靜的臉上顯出一付十分驚詫的神色，無語兩人也是一怔，但天下瞬間便恢復了平靜，道：「你已經看出來了？」

影子沒有作答，只是道：「你還沒有向我介紹兩位呢。」

天下道：「他們確非空悟至空及無語，他們和我一樣，是來自非天宮的濈與晨。」

影子點了點頭，道：「原來你們都是來自非天宮？」

雷暴雨肆掠整個妖人部落聯盟，天，已經變了，變得漆黑一片，汪洋般的雨水從空中潑了下來。

一個人，在黑暗中，在雨水中穿行。

狂雷自他頭頂炸響，閃電自他身旁劃過，卻不能近他身，他的腳輕點在已成汪洋一片的水面上，雨不沾身地向前掠行著。

他，竟是無語，是趕著回遼城真正的無語。那天他收到有關星咒神殿確切位置的消息，這是他多年來一直尋找的夢！所以他未與朝陽商量便已經獨自而去，此刻，他正急著趕回遼城協助朝陽。

遼城。

大將軍府內燈火通明，外面是傾瀉的大雨。此時，一名侍衛從大將軍府門口，穿過長長的廊道，一路小跑至議事廳，氣都來不及喘上一口，急急稟報道：「無語大師在門外求見聖主！」

朝陽斜躺在寬大的寶座上，側面向內，聽到侍衛的稟報，不由得將面轉了過來，道：「你說什麼？再說一遍！」

侍衛再次道：「無語大師在門外求見聖主！」

朝陽沒想到無語會來見他，更沒想到是這個時候，他道：「看來他是等不到三天後再死去，傳他進來！」

無語走進了議事廳，道：「無語見過聖主。」

朝陽冷聲道：「大師此刻出現在我的面前，倒是很讓我感到意外。」

無語道：「無語也沒有想到會在今天見到聖主。」

朝陽冷笑一聲，道：「大師說的是哪裡話，從昨天到現在，應該是我們第二次見面了。」

無語頗感詫異，道：「無語不明白聖主的意思。」

朝陽道：「大師能夠不明白我的意思麼？應該是我不明白大師的意思才對。」

無語更是不明白朝陽所說到底是什麼，他道：「無語實在不明白聖主所指是何用意，一月以來，這是無語第一次見到聖主。」

朝陽哈哈大笑，道：「一月以來？第一次？看來大師是突然之間得了健忘症，對以前的事什麼都不記得了。」

第五章　星師破魂

無語發覺事情有些不對勁，但卻不知問題到底出在何處，而聽朝陽的口氣，他似乎真的見過自己。

無語道：「是不是無語離開後，天下派人冒充無語，讓聖主誤認爲此人正是無語？」

朝陽道：「大師真是神機妙算，連這都知道，本聖主真是欽佩之至！」

無語從朝陽的語氣中感覺到了事情似乎並不是如自己所猜，朝陽顯然已經識破了那假冒自己之人，但是，既然識破了，爲何又對自己這般？他實在想不通這期間又發生了什麼事。

無語充滿誠意地懇求道：「無語希望聖主能夠將所發生的事情告知無語，以讓無語作出判斷。」

朝陽大爲厭煩地道：「好了！大師不要再跟我演什麼戲了，還是說說你今晚來此到底有何目的吧！」

無語知道朝陽現在聽不進任何解釋。他調整思緒，平靜地道：「無語這次回來，是爲了履行無語的承諾，幫助聖主，也爲了自己能夠重回星咒神殿。」

「哈哈哈……」朝陽狂笑不已，笑得整個大將軍府都在顫動，無數塵埃從屋頂橫樑間撲撲落下，良久不絕。

無語不知自己何處說錯了，也許，對於他來說，此生第一次感到了無措。

當兩個人的思想出現錯位之時，是很難找到共同語言的。

半晌，朝陽才止住大笑，道：「好一句『幫助聖主』，看來大師是專程來激怒我的，既然如此，我也不必等到三天之後，就提前送你一程吧！」

「鏘……」聖魔劍若疾電一般脫鞘而出，赤紅的劍芒映紅了整個大將軍府。

大雨中，劍芒穿透屋頂，映紅了漆黑的虛空。

議事廳內，無語低頭看了看自己的胸口，只見胸口心臟的地方出現了一個大洞，鮮血正汩汩流出。

聖魔劍從他的胸口穿透而過，釘在了議事廳的大門上。

無語將自己的頭緩緩擡起，目光投向朝陽，不解地道：「無語占卜星象一生，卻從未想過，無語的結局會是這樣……」

無語倒了下去，帶著疑惑和不解倒了下去。一個占卜星象之人，卻似乎怎麼也占不破屬於自己的最終命運到底是什麼，留在無語生命記錄中的，是最初的叛離和最後的尋找回歸，但他終究沒能回去，他死在了自己所選擇的這一條路上，死在了自以爲快要到達終點的路途中，這似乎就是對一個叛離者生命的最終詮釋。

無語沒有找到屬於這個世界的第二種可能。

在無語倒下的那一刻，一個人來到了議事廳的門外，是顏卿。

顏卿看著已然死去的無語，然後對朝陽道：「我要帶他走。」

朝陽看著顏卿，道：「你是何人？」

顏卿道：「我和無語一樣，是來自星咒神殿的占星師，他是屬於星咒神殿的人，我要帶他回去。」

「顏卿?!」朝陽道：「你就是曾經幫助過怒哈的顏卿？」

顏卿道：「是的，那是每一名占星師必須修煉的課程。」

朝陽突然意識到哪裡出現了差錯，忙道：「無語也來自星咒神殿？」

顏卿不明白為何朝陽突然問出這麼一個問題，幻魔大陸所有人都知道無語是來自星咒神殿的叛離者，但他還是回答道：「是的，無語和我一樣，都是來自星咒神殿。我此次遊歷幻魔大陸，既是為了作為一個占星師的歷練，另一個使命就是帶無語回到屬於他的地方。」

朝陽發現自己又一次被騙了，這一次的代價是他親手殺死了無語！一個可憐無辜的老者。

「非天宮！非天宮！！天下，我又一次被你騙了！」朝陽體內充斥著無處發洩的怒火，他的整個人彷彿都欲隨著這團怒火燃燒起來，全身骨骼發出爆裂般的脆響。他的手掌拍了下去，寶座上的檀木立時化爲齏粉，地面破裂，掌勁直達地心，整個空城都在震動著。

「大師，我朝陽對天發誓，一定會爲你報仇！」

聲音撕破雨幕，直達九宵之上，震動整個寰宇，久久不絕，比這場雷暴雨更要使天地爲之震動。

顏卿抱起無語，離開了大將軍府，走進那傾瀉而下的暴風雨中，踏上了無語的回歸之路……

「師尊，無語已經走了。」月戰道。

「嗯，知道了。」天下應道。

此時，在刑台，望著窗外的暴雨，她的臉上沒有一絲歡顏。

「驚天與櫻釋率領的十萬大軍也由阿吉阿祥帶領著進入了地下秘道，正往空城趕來。」月戰道。

天下望著窗外的暴風雨半晌沒有說話。

也不知過了多長時間，她忽然想起什麼般道：「他們有沒有懷疑阿吉與阿祥的身分？」

月戰道：「一切如師尊所想，他們雖然已經上路，但對阿吉和阿祥一直抱著十分懷疑的態度。在大軍開往空城之前，櫻釋還殺了阿吉阿祥一家十三口，而弟子也只是按照師尊的吩咐，收買了阿吉的妻子，讓她說出了在遼城與空城之間有一條地下秘道這件事，而他們卻把懷疑的對象定在阿吉與阿祥身上，師尊果然是料事如神。」

天下道：「一切似乎太順利了。」

月戰道：「那是因爲師尊的計劃周詳。」

天下心有餘悸地道：「可祭台的計劃我們差一點失敗，影子已經看穿了一切，朝陽並不比影子差。」

月戰道：「師尊不是說過，是因爲影子悟透『無我道』，看待萬物不再受任何事情的羈絆，所以才能看穿師尊的計劃麼？況且，朝陽殺死了無語，這一切足以證明，朝陽並沒有辦法對付師尊所設下的計劃。」

天下歎息道：「可能是爲師對祭台之事太過介懷了吧。」

月戰這時道：「弟子有一件事不是很清楚，還望師尊明示。」

天下從剛才的悵然中回過神來，道：「什麼事？」

月戰道：「既然師尊讓濺啓動馭獸術以淤泥怪獸發動對朝陽大軍的攻擊，爲何不一舉將之全部殲滅，而要逼他們進入地下秘道？弟子對此事想不明白。」

天下將自己的視線從雨中收了回來，然後投在月戰的臉上，道：「你想爲師犯下殺死十萬人的罪孽？」

月戰立即單膝跪地道：「弟子不敢！」

天下看著月戰，道：「起來吧，這不能怪你，是爲師所做的這一切事情讓你不得不將爲師往這個方向想。其實爲師何曾想犯下如此多的殺孽？」眼神閃動，彷彿藏著許多不可說之事，心中亦是充滿了無奈。

月戰重又站了起來，他自是看出了今日的師尊與往日有些異樣。她的眼神不再是堅毅、果斷、古井不波，而是充滿了普通人的愁情凡結，對事情似乎變得無法釋懷，憂心忡忡。他突然看到師尊完美無缺的臉上，爬上了一道皺紋，月戰心中一跳，那是一瞬間的蒼老。

月戰不敢再問什麼，也不敢再說什麼，只是站在天下面前不說話。

天下良久才回過神來，見月戰站在面前不說話，道：「你還有什麼事？」

月戰道：「弟子是想請示師尊，下一步我們該怎麼做？」

天下道：「你是說那地下秘道的十萬大軍吧？」

月戰道：「正是。」

天下轉過身去，望向窗外雷電交加的暴風雨，幽幽地道：「他們將由阿吉阿祥帶領著去一個永遠沒有紛爭的地方，那裡是魔族人最好的歸宿。」

「轟……」一聲炸雷響遍整個空城，耀亮的閃電照亮了整個刑台。

月戰突然想到：「難道阿吉阿祥也是師尊的人？所謂的地下秘道和阿吉阿祥，都是多年前師尊爲這十萬大軍安排好的歸宿？」

「砰……」房門被一腳踢開了。

月戰心念頓止，瞬即面向門口，懷中長劍脫鞘而出。

門口站著一人——朝陽！

只見他全身已經被雨水淋濕，長髮與黑白戰袍貼著他的肌膚，脫鞘而出的聖魔劍有血紅色的水在滴落。

月戰見狀，大吃一驚，他怎麼也沒有想到朝陽突然間又來到了刑台，而順著聖魔劍滴落的血水更是讓他驚駭之至。他剛欲開口叫喚，卻聽到朝陽來自地獄般陰寒的聲音響起：「不要叫了，他們都在這裡。」

只見朝陽左手一揮，從其身後突然飛進眾多異物。

月戰正欲揮劍迎上，卻發現那些異物並不是針對他而來，而是並排地在他面前「一」字排開。

那是二十四顆頭顱，是除月戰與天下外，刑台所有人的數目，其中有濺與晨，還有昨天那個十五六歲的小姑娘。

此時，月戰看到，那二十四雙眼睛都是張開的，最後一刻留下的表情是深深的恐懼，瞳仁中映射出的是朝陽惡魔般瘋狂的身影，並沒有隨著他們的死亡而消失。

月戰的身子一陣震顫，不敢相信地道：「你……你將他們全……殺了?!」

朝陽無限痛苦地道：「我已經等不到三天後了，這是你們爲無語大師的死必須付出的代價！現在該輪到你們了！」

接著，發出無比低沈、令人毛骨悚然的笑，讓人感到，他體內還在壓抑著像火山一般沒有爆發的怒焰。

月戰第一次感到「壓抑」給人所帶來的痛苦。他也感到，在朝陽壓抑著的痛苦面前，自己的存在是如此渺小和微不足道，就像是一株生長在火山口的小草，只要火山爆發，便是自己灰飛煙滅時刻的到來。

這是月戰從來沒有過的，來自精神上的絕望感！

而這時，一股力量從月戰的肩頭注入他的身體，讓他絕望的心頓時出現一片清寧。他回頭看去，看到了天下平靜篤定的眼神，而他的肩頭正搭著天下的一隻手。

「師尊！」月戰無比慚愧地道。

天下平靜地道：「你退下，離開這裡。」

月戰道：「可是……」

「退下！」天下不容抗拒地喝道。

「噓……」聖魔劍劃空一指，狂暴的氣勁似怒海狂濤般向天下與月戰湧來。

朝陽大聲吼道：「今天誰也別想離開這裡！」

月戰頓時感到自己的呼吸都變得十分困難，空氣中充斥的，彷彿不是空氣，而是無處不在、令人無法承受的水銀。

天下將月戰拉到身後，再一次道：「快走！」

這一次月戰所聽到的聲音，是有史以來他聽到天下說話最大聲的一次。在他的印象中，師尊無論遇到什麼事情，都是表現得不急不燥，極為平靜，可是這一次……

月戰知道天下這次已是凶多吉少，他強忍著心中的悲痛，道：「不，月戰要與師尊一起共存亡！」

話音剛落，一隻手擊在了月戰的腹部，月戰的身子不由自主地向窗外跌撞而去。

「砰……」地一聲，月戰落在了屋外。

朝陽狂喝道：「你要他活，我便偏要他死！」

「死」字音落，手中聖魔劍怒刺而出，一道上天入地、無從抵擋的狂暴氣勁自虛空中劃出一道凜厲的劍芒，如隕落流星般向屋外瀉去。

整個房間，劍意縱橫，彷彿整個天地都被這一劍所發出的怒意所震駭，一道驚電從天際直落而下，炸響於屋頂之上。

但是天下的神色卻是顯得極為平和，雙手在胸前結印，右手握拳，化作無畏手印；左手豎掌，食指與中指執蓮花狀，三指朝天，配以無畏印沈聲輕念：「以命運之神的名義，幻化萬物的主宰，以吾之命祭請你賜予我的恩澤！」

頓時，天下化作一片虛無，身前濃霧猶如水般擴散，看似緩慢，卻在剎那間將朝陽及聖魔劍融於其中，轉而整個刑台都被一層淡淡的乳白色濃霧所彌漫，儼然成了一個與外隔絕的空間。

而朝陽所刺出的聖魔劍發出的劍意竟在這濃霧中漸漸淡化至無，那聖魔劍中所蘊含的所有力道和殺伐之意變得蕩然無存。

朝陽先是一驚，沒想到天下在今天早晨失去九成功力，而此刻還能化解自己的攻勢。他只覺得剛才體內所積鬱的無形怒焰及充沛的功力，卻也隨之而淡化，體內空空蕩蕩，但他轉而便微笑了，心中明白，這是天下以自身的生命作爲祭請而換得的力量，而他此刻處於天下以生命換得的力量創造的世界內——無爲的世界內！

朝陽冷笑道：「這就是你的世界，你的天下麼？以你卑微的生命換得的力量也想困住我？我倒要看看你的天下到底有多大！」

朝陽站著沒有動，但是有一個人從他所站的身形內走了出來，不！是他的意念自軀體內走了出來。天下爲了讓月戰能夠得以逃生，以自己的生命作爲祭請，創造了一個將朝陽圍在裡面的世界。在這個世界裡，她的形體已經消散，剩下的存在於這個世界裡面的是天下的意念。所以，朝陽也同樣只有以自己意念的化身逾戰天下！

意念的世界裡，所有一切有形的物質——刑台、房舍、神像、桌椅……一切的一切都已經消失，剩下的是虛無之中一片混沌朦朧的乳白色世界，什麼都不存在，甚至連時間與空間在這樣一個世界裡都是毫無意義的。

「天下，出來吧！」朝陽意念的化身以有形的存在出現於這個世界內，他的身上依然披著屬於他的黑白戰袍，手中持有的依然是屬於他的聖魔劍，還有他臉上一貫孤傲與充滿殺意的表情。

霧靄中，天下身著一襲白色如水般的綢衣，走了出來，那銀白的長髮若瀑布一般垂至腳踝，完美無缺的臉龐與修長的身材襯托出只屬於她一個人的高貴典雅。

一切都是意念化成的！

天下篤定的眼神望著朝陽那孤傲充滿殺意的臉，平靜地道：「你現在在我的世界裡。」

朝陽狂笑不已，最後，不屑地道：「你以爲憑你那卑微的力量，就可以將我永遠困在你的世界裡嗎？你也太看得起你自己了！」

天下道：「我知道不能永遠將你困在我的世界裡，但我可以爭取足夠的時間讓月戰逃離。」

朝陽搖了搖頭道：「沒有人逃離，沒有人可以逃離，你及與你有關的所有人都必須爲無語大師的死付出代價，陪他一起死！這是我以自己的生命對他許下的承諾！」

天下道：「這是無語最終的歸宿，在他離開星咒神殿、決定不再回去的那一刻，就已經注定了會有今日的結果，這是他所選擇的、屬於他自己的命，不是你，也不是我所造成的。」

朝陽面露猙獰，壓抑地笑著道：「這就是你們所講的宿命吧？好偉大的宿命！讓我成了劊子手，讓我成了一個被愚弄的人！如果我是你，我也寧願相信這一切都是宿命，但是，那個人是我，而不是你！哈哈哈……」

壓抑的狂笑中，聖魔劍朝天下劈了過去，那層層疊疊的霧氣似波浪般向那邊翻飛，天下意念的化身也被劈得一分爲二。

但劈中的僅僅是虛像，那主宰著這個世界的意念早已逃離。

虛空中，天下的聲音道：「其實與影子之間的這場戰爭，你已經敗了。你殺了安心，殺了無語，而驚天與櫻釋的十萬大軍也已經永遠消失，不再回來，你身邊已經沒有一個可以幫你的人了，唯有孤伶伶的一個自己，你注定是要敗的！你已經沒有條件再戰鬥下去了，放棄吧！」

第六章　忘記自我

朝陽聽得身心劇震，道：「櫻釋與驚天……」卻是什麼也說不出來。

天下續道：「你的結局我早已爲你安排好了，你擁有的路唯有失敗一途。」

「哈哈哈……」朝陽望著虛空狂笑，道：「是麼？你真的什麼都安排好了麼？既然一切都是命中注定，爲什麼你們都在害怕著我？爲什麼你還要以自己的身軀祭請上天賜予的力量？以意念的世界困住我？你們在害怕著我，你們每一個人都在害怕著我，你們所用的一切小小的伎倆是因爲你們恐懼著我的力量，害怕我打破你們所設定下的命運，更因爲你們拿我無可奈何！我是一個逆天者，注定要逆天而行！沒有什麼可以將我打倒！出來吧，有本事就出來與我一戰！」

天下意念的化身重新又現了出來，她平靜地道：「是的，你可以戰勝所有的一切，但是你可以戰勝自己麼？你的心其實已經敗了。」

朝陽冷笑道：「心敗？你把我當成了影了吧?!你不用再在我面前假裝了，你所做的一切不外乎想在我心中種下失敗的陰影。你以爲你叫天下，就以爲自己真的懂得天下？千年前的失敗讓我明白，唯有放下一切才可以獲得勝利。所以，我可以親手殺死安心，殺死法詩藺，殺死無語，讓驚天、櫻釋以及十萬大軍作爲代價，甚至可以讓二十萬大軍渴死於幻城沙漠中，但勝利終究會是屬於我的。因爲，三天後，就是我的三十萬大軍自西羅帝國的腹部直達空城之時，而西羅帝國也將在這期間發生意想不到的事情。這一切，你恐怕沒有想到吧？哈哈哈……」

「三十萬大軍？」天下心神一震：「我怎麼沒有想到……」

「去死吧！」

就在天下心神爲之恍惚時，聖魔劍刺到了，那是一道赤紅的極光射穿這整個世界，也將天下那僅剩的意念擊得支離破碎。

暴風雨從空中飄潑而下，刑台一片淒迷……

一片炸雷在空城上空炸開。

「天下死了。」影子道。

將軍府內，落日、天衣、漓渚、殘空皆驚訝地擡起頭望向影子，此時，他們正圍坐在一起，下棋品茗。

落日道：「王怎知天下已死了？我們上午離開之時，她不是好好的麼？」

影子道：「朝陽又來到空城了，我感到了他體內燃燒著的火焰因得到釋放而平息。」

漓渚問道：「他爲什麼去而復返？難道是他已識破了天下的陰謀？」

影子若有所思道：「我想，是因爲無語死了，才讓他如此怒氣沖天，否則，沒有什麼事情可以讓他如此動怒。」

洛日有些不解地道：「他對其他人的生死可以做到無動於衷，卻對無語的死亡如此在意？」

影子輕輕端起桌上的一杯熱茶，輕啜一口，望著杯中碧綠的茶水道：「因爲在某些方面，他與無語是相同的。一個在質疑著這個世界，另一個在反抗著這個世界。所走的是相近的一條路，這便注定了他們在感情上是惺惺相惜的。」

落日、天衣、漓渚、殘空都以一種奇怪的目光看著影子，因爲影子所說的話完全是一種置身度外的語氣，不帶任何一點感情色彩，不再像以往提起朝陽時語氣中含有的複雜情感，彷彿如今的朝陽與他一點關係都沒有，彷彿沒有三天後與朝陽的生死決戰。

落日有些小心翼翼地道：「干，你變了。」

也許，從今天上午離開刑台，他們已經發現了影子的不一樣，但此刻，他們終於可以確信，影子在某些地方確實發生了改變。

影子擡起頭來，看到四人奇怪的眼神，微微一笑，道：「是的，我確實有了某些改變。從前，我對這個世界總是感到很陌生，找不到自己在這個世界上該以什麼樣的身分存在，與朝陽所發生的事讓我一直感到是命運在安排著這一切。所以，我總是在反抗著，反抗著所有發生的一切，拒絕著所有到來的一切，我以爲只有這樣才能夠做真正的自己。」

「但長期以來，我的內心深處又存在著許多疑問，不知道自己到底在做些什麼。我的思想總是處於一種昏亂的自我抗爭之中，想掙脫出來，卻又茫然無目標。我的內心總是痛苦地掙扎，努力不去想這些事情，一直在告誡著自己，一定要成爲幻魔大陸最強者，突破四大神殿，戰勝冥天，將月魔及空悟至空解救出來。可是免不了又去想其他，連天下都說我心中有太多的疑問，直到今天早晨在祭台看到了『空悟至空』，當時我以爲他是真的空悟至空，我的世界一下子坍塌了，腦海中一片虛無，什麼也感覺不到，什麼也聽不到，什麼也看不到，我以爲自己會這樣死去。」

「後來，我感到自己的意識在漸漸脫離軀體，慢慢地，在一片虛無的世界裡，毫無目的地飄啊飄，飄到了一個很遙遠的地方，周圍的世界一片靜寂，我睜開眼，看到了一個空靈的世界，有陽光、有風、有樹、有草、有小溪、有湖、有山……還有許多人。我看到了他們每個人臉上都掛著微笑，帶著輕快的步子來來往往，我知道那是真正發自內心深處的喜悅。我自問，爲什麼自己活得如此之苦？爲什麼不能像他們一樣，臉上帶著來自內心深處真誠的微笑？我問了他們中的一個人，那人告訴我，說他們以前都和我一樣，要想去除所有苦惱，唯有忘記自我。」

「『忘記自我』，當我想著這個問題時，意識又回到了自己的身體，我又看到了朝陽，看到了天下，看到了那假冒的空悟至空及無語。面對他們，我還能做什麼？我什麼都做不了，既然如此，何不忘了自我？當我對自己說這句話的時候，我的身心一下子整個都輕盈起來，那些糾纏著自己，剪不斷、理還亂的思緒一下子便被拋到了九霄雲外。就在這時，我感到了自己已經不再是以前的自己，四周有無窮的力量在開始向我彙集，我感到了一種無我的力量。而就在此刻，我亦明白了什麼叫做無我道——放棄一切，忘記自我，這樣才能擁有無窮的力量，這樣才能從這紛擾的世界中超脫而出。」

影子一口氣說了這麼多，落日、漓渚、殘空三人既明白，又似不懂，這些來自影子心中最深處的東西，若沒有相同或是相似的經歷，是很難完全明白的。但他們有個相同的觀點，就是今日的影子已不是昨日的影子。在敍述著如此複雜的心理變化和人生歷程時，他的語氣是始終如一的平靜，不帶任何感情色彩。落日、漓渚、殘空三人心中不禁疑惑地問道：「這就是無我道？」

只有天衣對影子的話有著深深的感觸，在從死亡地殿獲得重生之前，對自己的身分，對妻子的感情，他心中的痛苦和矛盾與影子有著許多相似之處，只是他們尋得解脫的方式有所不同：一個是拋棄以前的生命，獲得重生；一個是悟透無我道，獲得重新的自我。

天衣恭敬地端起桌上的茶杯，以茶代酒，肅然道：「王，恭喜你悟透無我道，獲得超脫！」說完，將杯中茶水一飲而盡。

影子微微一笑，亦將杯中的茶水喝乾。

剩下落日、濰渚、殘空三人有些怔怔地看著天衣。

半晌，濰渚將嘴巴湊近落日的耳朵，用手捂著，輕輕地道：「看來天衣已經開始學會拍馬屁了，我們大家今後可得小心他。」

話音雖小，但是每一個人都聽到了，引得眾人一陣大笑。

笑過之後，落日忽然肅然道：「王，有一件事落日不是很明白，想請問解答。」

影子道：「你想問我是否還堅持突破四大神殿，戰勝冥天，將月魔及空悟至空救出來，對嗎？」

落日心中驚訝，口中卻道：「正是。」

影子回答道：「是的，我會堅持。但是，這僅僅是我履行對他們的承諾，不再執著於戰勝命運，掌握自己的命運。」

「為什麼？」落日不解。

天衣、濰渚、殘空也都以期待的目光等待著影子的答案。他們知道，雖然所做的事情沒有發生改變，但事情所代表的意義已發生了本質的改變。

影子道：「因為這個世界上根本不存在所謂的命運，執著於命運的人總是被命運所打敗。」

落日道：「難道冥天不是命運之神嗎？」

影子沈吟著，半晌，他道：「他也是一個可憐的人。」

落日、天衣、漓渚、殘空四人茫然地對視著，四人皆不明白影子這話是什麼意思。

在神族的西邊盡頭，有一片宮殿，叫做落霞宮。夕陽西下，金黃的光芒照在落霞宮上，紫光四溢，翻卷的雲海被染成了紫色，那時，總有一個人從落霞宮歡快地跑出，在紫色的雲海中，飛旋著美麗的舞姿，陶醉於唯我的世界裡，那是一天中她最快樂的時光。

只不過，這已經是很久以前的事了。如今在神族，已不再出現這幕景像，落霞宮已經成爲神族除了非天神殿外最冷清的地方，殿前精美的玉階上已經積滿了塵垢，那是年復一年時間的累積。

現在，又是一天的傍晚時分，落霞宮反射出的紫色光芒讓西邊天際的雲海又染成了紫色。紫霞坐在了落霞宮最後一級的玉階上，眼睛凝視著雲海的深處，一動不動……

……

「看，紫霞，那個人又在看你。」歌盈笑嘻嘻地指著雲海下面的一座孤峰之巔，在那上面，有一少年，正以手撐著下巴，凝神地望著她們所在的方向，眼睛充滿了憧憬。

紫霞自是知道歌盈所指之人，她心中湧起一陣甜蜜，卻故意裝著不知道，茫然道：「你說的是誰啊，我怎麼不知道？」飛旋的舞姿卻是不曾停歇，跳得更爲歡快了。

花之女神影道：「你不知道？你每天傍晚都在這裡自我陶醉地跳著舞，竟然會不知道?!你真是把我們當成傻瓜了，我們早知你每天不變地在此跳舞是爲了跳給他看，好一句『我不知道』，呵呵呵……」

說著，與歌盈一起放聲笑了起來。

紫霞的臉頓時脹得如晚霞一樣紅，飛旋的舞步也停了下來，道：「你……你們瞎說！」

「對，我們在瞎說！」歌盈與影異口同聲道，說完又極爲曖昧地放聲笑了起來。

紫霞氣極，一揮衣袖，道：「不理你們了。」

說著，便從翻騰的紫色雲海走出，踏上玉階，往落霞宮行去，連她自己都覺奇怪的是，心裡的甜蜜感反而更盛！

「唉……」歌盈這時深深地歎了一口氣，陰陽怪氣地道：「看來那呆子今天看不到我們紫霞姐姐美麗的舞步了，真是可憐啊。」

紫霞回過頭來，佯裝怒道：「你們兩個給我閉嘴，小心我把你們的嘴巴撕成兩塊。」

歌盈與影立即將嘴捂住，發出怪異的聲音道：「我們好怕哦，怕情郎今晚睡不著覺。」說完，邁開腳步，在雲海中飛也似的跑了，留下一串串歡快的笑聲。

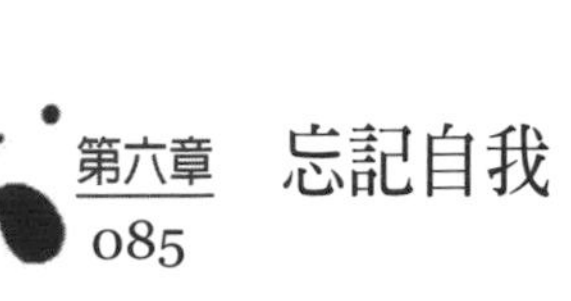

待兩人走後，紫霞坐在玉階上，透過雲海，往下望去，那人已經離去了，她心中不禁想著：「是啊，他今晚會不會睡不著覺？」

只是在當晚，紫霞失眠了。

第二天，非天神殿。

這是紫霞第一次不是爲了獻舞來到這裡，作爲命運之神的三位侍女之一，她只能在命運之神召喚時方能夠爲之獻舞。她從來沒有見過命運之神長得是什麼模樣，「他」總是高高在上，把自己藏在陰暗孤獨中。和所有人一樣，紫霞總是在猜測著這個天地間擁有至高無上意志的神，長得究竟是一付什麼模樣，有多高，有些什麼喜好，儘管在神族，她和歌盈、影是離「他」最近的三個人，但命運之神的存在對她們總是一個謎。不見「他」和任何人說話，總是生活在自己孤獨的世界裡，生活中與之相近的是紫霞的舞、歌盈的歌、影的花，她們三個人，彷彿構成了「他」生活的全部。

這次，紫霞一個人來到這裡，雖然不是第一次，但對這座陰暗宏偉的殿宇，心中仍是充滿了謎一樣的色彩。她不敢往上看，一步步向前靠近，每走一步，她的腳步就在這殿宇中發出巨大的回響聲。她從來沒有感覺到非天宮是如此之大，心中更是對命運之神的第一次單獨召見感到忐忑不安，各種猜測在她心頭湧起，卻又一一被否認。

一個趔趄，紫霞差點跌倒，原來她已經到了命運之神至高無上寶府前的玉階。

紫霞心神驚慌，連忙跪倒，道：「紫霞奉命參見神主。」心中暗自罵著自己的失禮，不知神主是否會懲罰她，悔恨不已。

可紫霞等了半晌，卻沒有聲音回答，她連大氣都不敢喘一口，又不敢再次出聲，只得靜靜等著，一動也不敢動。

終於，上面傳來聲音道：「起來吧。」

紫霞聽得一驚，這是她第一次聽到命運之神開口說話。以前，她與歌盈、影只是同時奉命來獻舞、獻歌、獻花，完畢便離去，不曾聽「他」說過一句話。僅僅三個字，讓紫霞感到了在無窮無盡的孤獨中求生的人，她不敢相信這世上竟有著如此孤獨的聲音，心中瞬間溢滿了一種深切的同情感，禁不住擡眼往上望去——她卻忘了，在她面前的是幻魔空間至高無上的命運之神，更忘了剛才讓她的起來之言。

陰暗的光線中，紫霞看到了那張臉，那張在千萬年的孤獨中消蝕沈淪的臉，如此的寒冷！如此的威嚴！如此的孤傲……！而又是如此的令人心痛！彷彿是一個倔強而又怕光的孩子。

紫霞的雙眼不禁溢滿了淚水。

「你是神族大戰後，第一個敢如此正視我的人。」冥天緩緩地道。

紫霞一下子驚醒過來，這才明白自己犯下了不可彌補的天大罪行，惶恐地道：「紫霞不是有意的，請……請神主恕罪！」

「起來吧，我不會處罰你。」冥天道。

紫霞戰戰兢兢地站了起來，低下頭，不敢再看冥天一眼。

「知道我爲什麼召見你嗎？」冥天道。

紫霞再也不敢心猿意馬，胡思亂想，連忙回答道：「紫霞不知。」

冥天道：「因爲我有一個任務要交給你。」

自從懂事起，紫霞從來沒有聽說過神主授予過任何人任何任務，心中奇怪，卻又不敢問，更不敢擡起頭來，只是道：「紫霞將不惜一切，完成神主交給的任務！」

冥天道：「但你還不知我交給你的是什麼任務。」

紫霞毫不猶豫地道：「無論是什麼任務，紫霞將不惜一切代價去完成。」

冥天緩緩地道：「但事後你可能會後悔，現在拒絕還來得及。」

紫霞心中一怔，不知是什麼事會令自己後悔，但是，當她眼前浮現出冥天那張在千萬載的孤獨中消蝕沈淪的面容時，心中陡然湧起了不惜犧牲自己的生命，也願意爲之分擔一切的衝動，只是希望不要讓這張面容看起來如此孤獨。

紫霞斷然道：「紫霞絕不會後悔！」

但是她何曾想到，她的命運從此刻便發生了改變，一個千年的噩夢就從這一句話開始了它的序幕……

此時，望著那翻捲著的紫色雲海，想起爲自己死去的歌盈、影，想起千年前的聖魔大帝，想起現在的影子與朝陽，紫霞心裡禁不住問自己：「你會後悔麼？」

沒有人回答，只是知道，晚霞的美麗過後，是屬於她一個人的、冷寂的漫漫長夜……

「你在想他？」泫澈走了過來，坐在了紫霞身旁，她看到了紫霞臉頰悄悄流落的一滴淚。

紫霞望著那漸漸開始暗去的紫色雲海，道：「不，我想起了從前。」

泫澈看了一眼紫霞的樣子，然後道：「你知道嗎，三天後就是他們決戰的日期，結果只有一個人會贏。」

紫霞淡淡地道：「也許誰都不會贏，就像千年前一樣。」

泫澈道：「但這次可能並不一樣。」

紫霞道：「我已經做完了自己應該做的事，無論結果怎樣，於我都沒有任何意義。」

泫澈這時卻道：「影子已經成了神。」

「成了神?!」紫霞的身軀微微一震，這是她未曾想到的一件事情，顯然出乎她的意外。

泫澈望向那鮮豔的紫色轉爲黑色的雲海，道：「他已經拋棄了原來的自我，悟透了無我

道，這代表著他從一個人成為了一個神。」

「忘記了自我，成了神又怎樣？」紫霞怔忤地道：「就像神族的一切，表面看上去精美華麗，高高在上，但有誰知道，他們的靈魂已經被抽離，只是在無窮無盡的時間中度過無數孤獨的日子，有的只是一個軀殼。」說到此處，紫霞又不由淒然一笑，道：「這就是『他』最後想得到的？」

泫澈聽著紫霞的語氣，將自己的目光從雲海中收回，重投到紫霞臉上，道：「你所說的『他』是誰？」

紫霞沒有回答，她只是微笑望著泫澈那充滿疑惑的臉，道：「你很快就會知道。」

言畢，起身，踏著玉階，往落霞宮走去。

泫澈望著那往落霞宮而去的背影，心中重複著紫霞最後所說的那一句話：「很快就會知道……？」

「他」是誰？

是影子？是朝陽？還是冥天？

第七章　空城閱兵

暴風雨過後的天氣是最好的天氣，多日不見的太陽在昨天的那場雷暴雨過後終於掛在了空城的東方。

空氣也變得前所未有的清新，呼吸入體內，再將濁氣排出，有一種長長壓抑後徹底放鬆的輕鬆感，目光則如野馬般縱橫奔騰，可以清晰地看到對面的空城，甚至是城頭上的守軍。

影子身著銀亮戰甲，黑色戰袍，腰佩代表西羅帝國至高軍權的逖邇戰劍。他的身後是一律戰甲戰袍的落日、天衣、漓渚、殘空四人，這是除了上次閱兵台檢閱二十萬大軍外，影子又一次如此隆重地出現在空城將士面前。

城牆上，旌旗飄揚，戰士威武站列。

影子望向城外大片的沼澤之地，昨晚一夜的雷暴雨讓整個沼澤之地積滿了很深的水，陽光照射下，波光粼粼，曾經的妖人部落聯盟在一夜之間彷彿變成了汪洋大海。

而在這「海」面上，除了空中飛掠的鳥，一個人影都沒有。影子站在此，就是爲了尋找朝陽那已經出發的十萬大軍。

望著波光粼粼的水面，影子回過頭道：「天衣對此有何看法？」

天衣自然知道影子所問的問題是朝陽已出發的十萬大軍爲何連一個人影都沒有看到，他道：「王，天衣不知。」

影子道：「是啊，我也不知，探子回報說昨天朝陽的大軍已經在妖人部落聯盟行進三分之一，而在一場雷暴雨後突然消失不見，彷彿自人間蒸發一般。」

天衣道：「這有兩種可能，一是他們全部已經死去，另一種可能是他們已經化明爲暗，全面轉移。」

落日這時道：「我倒希望是第一種可能，那樣，我們就可以不戰而勝了，呵呵呵……」

漓渚沒好氣地瞪了落日一眼，道：「瞧你一副傻樣，朝陽是誰，你以爲天下有這等好事？依我看，他們是趁著昨晚的雷暴雨全面轉移，等到三天後給我們來個措手不及。」

落日不服氣地道：「那你說他們轉移到哪裡去了，飛天還是遁地？你沒看到眼前是一望無垠的水嗎？轉移，轉你個大頭鬼！依我看，那十萬大軍都被昨晚的雷暴雨給淹死了，難道沒聽說過雲霓古國的軍隊都是旱鴨子嗎？」

漓渚這時卻得意地道：「嘿嘿，你這句話可得罪人囉，你忘了這裡的某某人曾是雲霓古國的禁軍頭領嗎？竟敢罵他的人都是旱鴨子！」

落日彷彿突然間想起什麼似的，道：「哎喲，你看我這記性，竟把我們天衣大人給忘了，對不起對不起，我收回剛才所說的最後一句話。」

說完，便朝天衣望去。

但天衣絲毫沒有理會兩人的戲鬧之言，他肅然道：「王，依我之見，無論那十萬大軍是突然間全部遇難，還是突然全面轉移，對我們來說都不重要，我們所要做的是嚴守空城，沈著應戰，不應被對方的改變而混淆我們的視聽，從而影響判斷。」

影子點了點頭，道：「你說得不錯，我們不能因為別人而改變自己。」

落日這時又道：「你看看，王和天衣說得多好，不能因為別人而改變自己，這才像真正有大將之風，哪像你說的什麼『措手不及』，依我看，要給他們來個迎頭痛擊！」

漓渚一時找不到反駁的詞，只是「哼哼」了兩聲。

影子這時問道：「我們現在有多少人馬？」

天衣道：「除了上次王所檢閱的二十萬直屬軍部的大軍外，以前鎮守空城的還有十萬，另外，從西羅帝國各地調派來的有七十萬，但是，一直到現在，只有最近的酈城和洛城共有八萬軍隊趕到，駐紮於城外二十里，其他的六十二萬大軍至今未到，所以實際上我們可用之兵僅城內的三十萬和城外可隨時支援的八萬人。」

「哦。」影子頗感奇怪，這是他一直沒有在意的事情，道：「有沒有發函詢問西羅帝國軍部？」

天衣道：「我已經在七天前發函過去，詢問此事，但至今沒有一點消息。」

這時，落日與漓渚也不再戲鬧，皆望向影子，從此點看來，似乎情況有些不妙。

影子並沒有表現得十分驚訝，鎮定地道：「你怎麼看？」

天衣想了想，道：「據我對軍隊國事的瞭解，駐紮於各城各地的軍隊，雖然同屬帝國軍部，卻各自爲政，爲著各自地方的利益，儼然割據一方，特別是遇到重大事情時，除非戰火燒到自家城池，否則便不願輕易出兵，就算是出兵，也是一些老弱殘兵，並且在時間上根本無法保證，這一點在幻魔大陸各國是常有的事情。況且，西羅帝國如今的疆土，新近開拓的占了三分之一，各地勢力割據更是厲害，更不願隨意出兵，而且他們都處於邊遠地區，很難保證及時趕到。恰好這次調兵的地方都是那些邊遠地區，真正維護西羅帝國的精銳部隊，除了這次帶來的二十萬，其他的都沒有動用，目的是爲了保證帝都阿斯腓亞的安全。所以，王，最好不要依靠他們。」

影子搖了搖頭，道：「我所擔心的並不是這一點，而是會不會有其他的意外發生。」

「其他的意外發生？」天衣想了想，道：「這似乎不太可能，有的，也除非是邊界地區一些小的戰事，不足爲懼，現在的西羅帝國，應該不會發生大的軍事政變……」

說到此處，天衣突然頓住了，恍然大悟地道：「王是說西羅帝國將會有大的軍事政變發生？」

落日、漓渚、殘空這時的注意力也高度集中，影子道：「不排除這種可能，抑或是其他，我不敢肯定，只是在昨晚天下被殺之後，我突然間感應不到朝陽的存在了，這讓我心中有種強烈的不安感，所以今天與你們一起出來巡城。」

落日這時亦正色道：「對於朝陽，其實已不足爲懼，他失去了安心與無語，只剩下驚天與櫻釋可供調遣。現在，驚天與櫻釋率領的十萬大軍已然消失，就算是暗自轉移，也不能起到大的作用，除了他自己，已無人可用，更不可能玩出其他的什麼花樣。況且，如果他是想一個人逞一時之能的話，只怕早就與王一決高下了，何必等到三天之後？王所代表的是西羅帝國，他所想的無非是全面擊敗王，統一整個幻魔大陸。但很明顯，他只有通過妖人部落聯盟，攻下空城這一條路，否則也不會等到今天。」

天衣點了點頭，道：「落日說得很對，王無須過多地操心，王感應不到他，或許是王已經與以前不一樣了。我們現在最重要的是守住空城，保證兩天後的決戰勝利，就算是西羅帝國內部發生了軍事政變，也不足爲懼。」

影子搖了搖頭道：「不，他一定還有人可以用，只是我們現在還不知道而已。」說著，便陷入深思之中……

過了片刻，影子彷彿突然間想起了什麼，道：「你們可知西羅帝國與雲霓古國除了妖人部落聯盟是最近的相連之地外，還有其他的什麼地方？」

天衣、落日、漓渚、殘空四人對視一眼，這個問題顯然是明知故問，但他們不知影子問這話的背後是什麼意思。天衣試探著道：「莫是說朝陽會派軍隊從幻城沙漠進攻西羅帝國？」

影子重重地點了點頭。

天衣立即否決道：「這不可能，沒有軍隊可以從幻城沙漠度過，對西羅帝國發動進攻，就算他們度過了沙漠，到了西羅帝國也沒有絲毫作戰能力，等同於死路一條。」

影子道：「也許以人族的軍隊來衡量，這些話沒有錯，但對於魔族軍隊就不同了。魔族之所以能夠長期在幻魔大陸存在，就是因爲他們能夠忍受任何艱苦的環境，而且爲了達到目的，可以犧牲一切，想別人之不敢想！」

聽得影子此言，落日、天衣四人心中皆是一震。是的，以魔族人的冷傲堅韌，要想度過幻城沙漠，這似乎不是不可能，但同樣也是要付出巨大代價的。以朝陽的個性，爲了達到目的，爲了成爲最後的勝者，他是可以做到不惜一切代價的。

漓渚仍有些不敢相信地道：「這樣說來，我們現在在空城，而西羅帝國的其他地方，已經發生了難以預料之事？」

天衣雙眼顯得極爲冷峻，道：「看來對方以從遼城進攻空城爲誘餌，虛張聲勢，實則是暗渡陳倉，聲東擊西！」

落日道：「難道我們一時障目，全部被他給騙了？」說著，有一種忿忿不甘之感。

影子這時則十分冷靜地道：「現在下這個定論尙爲時過早，一切只有待調查之後才會有結果，但有一條可以肯定，那就是我們現在的所有消息已經被封鎖了，因此至今我們都沒有得到除空城以外的任何消息。」

「王，我們現在該怎麼做？」天衣、落日、漓渚、殘空四人同聲道。

影子道：「殘空，你現在前往遼城，調查遼城現在駐紮的軍隊數目，我要知道朝陽的軍隊是怎樣分配的。」

「殘空遵命！」殘空大聲領命，從城牆上飛身而下，腳踏粼粼水面，向遼城方向飛掠而去。

影子又道：「漓渚，你負責前往阿斯腓亞，將現今發生的事情一一調查清楚，並且在最短的時間內迅速趕回空城。」

漓渚單膝跪地道：「漓渚謹遵王的旨意！」

說完，身形倏地從原地消失，化作一道虛線，消失在空城上空。

影子這時再向落日道：「落日，你和漓渚一樣，立即回西羅帝國，目的是查出朝陽的軍隊有否從幻城沙漠進攻西羅帝國，並迅速探明其軍隊人數及其動向，而且在後天天亮之前一定得趕回空城。你擔負的使命也是最重要的，務必做到萬無一失！」

落日亦單膝跪地，朗聲道：「落日一定不會讓王失望！」說完，腳踏虛空，馭風而行。

看著落日的身影從面前消失，影子緩緩將目光收了回來，面向天衣，道：「天衣，你的使命是將我們擁有的力量進行整編，以最佳的狀態迎接即將到來的大戰。無論朝陽以怎樣的策略拿下西羅帝國，但他最終所要做的是拿下空城，所以，最終的戰場還是在空城！」

天衣道：「天衣已經布署好一切，隨時準備迎接大戰的到來。但是，王，你自己有什麼打算？」天衣的話語露出關切，從影子的語氣中，他知道影子心中也已經有了自己的打算。

影子的目光投向深邃的虛空，悠然道：「我要去一個地方，見一個人。」

第八章　夢想和平

影子離開空城，他所至的地方卻是一座直插雲峰的高山，山上千株老柏，萬節修竹，雲霧飄散處，陽光搖曳。

影子不知道這是一座什麼山，也不知自己爲何會來到這裡。他久久地望著這座山，記憶深處感到很熟悉。

「還有什麼是被自己遺忘了的麼？」影子心裡問著自己。

他開始往這座山攀去，到達山巔之時，他看到了一塊石頭。

石頭面向著西方，石頭前面是萬丈深淵。

影子眼前浮現出那經常纏繞著自己的夢：一個少年坐在石頭上，看著映滿西天的晚霞，晚霞中，似乎有一人在翩翩起舞……

影子不禁一笑，心道：「是了，那不正是自己年少之時麼？一切皆因源自那時，才得到開始。明明一切已記起，卻偏偏將這一段給忘了，看來那纏繞著自己的夢，讓自己將那一段真的當成了夢。」

影了在石頭前坐了下來，雙手撐著下巴，望著西邊的天空，彷彿又重新回到了少年時，彷彿又看到了那晚霞中翩翩起舞的身影，他的眼中露出了童真般的憧憬之情。

那一段記憶，此刻正占滿著他的腦海。

……

「我要你。」

「你要統一幻魔大陸。」

「我要你。」

「你須使三族和不共處，沒有戰事爭端。」

「我要你。」

「你要將自己心的一半和西天的晚霞煉化成一顆紫晶之心。」

「我要你。」

「如果你能做到這三條的話。」

……

當最後的一縷陽光消失在地平線，一切暗淡下來時，影子才從這一段回憶中醒過神來。

一切就從這樣的一段對話開始，此時想起，仍是如此鮮明，彷彿就發生在昨天。

影子想從石頭上站起離開，卻發現自己根本沒有坐下去，而是一直都在站著。但在那塊石頭上，剛才確實坐著一個人，而他此時已從剛才的坐姿改爲站了起來。

影子看到了朝陽，剛才坐著的是朝陽而不是他自己，他則錯把朝陽與自己混爲一體，而在面對晚霞時的那段時間，他確實感到的是一個人——他是朝陽，朝陽也是他。

影子隱約感覺，在面對晚霞，在面對那段時光之時，兩人是互爲一體的，沒有絲毫差別，這樣說來，他心中仍存在……

朝陽道：「你也來了，在這個時候，你應該來。」

影子心情回復平靜，道：「是因爲你來了，所以我來了。」

朝陽微感詫異，道：「哦，此話怎樣？」

影子道：「是你讓我來的。」

朝陽沒有否認，微微一笑道：「但也是你自己要來的，你的心若是沒有被這一段記憶喚起，沒有人可以勉強你來。」

影子道：「無怪乎我的心感覺不到你的存在，原來你在這裡拋棄了現在的你，回到了少年時，而在少年時，我們是同一個人，你即是我，我也是你。」

朝陽微笑著道：「你可記住，現在的我是沒有心的，屬於我的半邊心已經不存在，剩下的只有你體內的半邊，是那半邊心讓你來到了這裡，因爲這裡有它的記憶。」

影子不想在這個問題上糾纏下去，他知道，這是毫無意義的，道：「你想怎樣？」

朝陽張開雙臂，無比輕鬆地道：「我想怎樣？我不想怎樣，只是覺得在大戰開始之前，有必要一起看看自己的從前，這樣，無論是誰死去，也就不再有遺憾了，生存著的人是會記得有這樣一個共同的夢想的。」

影子道：「以前的一切對我都已不重要了，它們也不再屬於我。也許，我的心讓我來此，是爲了瞭解這僅有的從前。」

「哈哈哈……真的麼？那它們就只能屬於我了。看來，我們之間的距離愈來愈遠了，差別也愈來愈大了，或者說，你已經不是我，不是現在的我，也不是從前的我，因爲你已經沒有了我所擁有的歷史。」朝陽的語氣中充滿了鄙棄，同時也充滿了自信。

影子的心爲之一陣震動，但很快又變得平靜了。

朝陽傲然道：「看來創世之神遺留下來的力量確實讓你改變不少，但不知一切是否真的如你所說！我似乎已經等不到兩天後，而急於想知道你此刻的修爲已經達到了何種境界。」

就在朝陽話音剛落的一剎那，他的右手倏地探出，一拳已轟了出去。

風，直沖九霄而起，貫天直下，形成一個強大的氣旋，接通朝陽轟出的一拳，那一拳儼然已成爲氣旋的核心，虛空因它而陡起旋風，也因它而開始扭曲變形，並向四周擴散，身前之萬物亦因此而變得模糊。

世界，儼然已成了一個混沌不清的邪魔之境。

影子卓立於山之巔，狂暴氣勁所指之中心，身上衣衫戰袍隨風揚起，長髮若亂絮橫拂，他臉上的表情則顯得靜若止水，面對使天地崩裂的攻勢，他的存在如怒海狂濤中的一葉扁舟，雖險象環生，卻讓人有著自心底煥發出的輕鬆感。

而他臉上淡然自若的表情，在狂暴的拳勁攻擊核心看似若有若無，但漸漸的卻愈來愈明顯，在狂暴的攻擊中心潛移默化地滲透，隨即慢慢擴展開來，與宇宙萬物有著很微妙，卻又不能覺察的相互融合，使他的存在，彷彿並不是一個因數，與整個宇宙構成某種聯繫，只要他一動，整個宇宙就會在剎那間發生某種變動。

但是，朝陽的心境並沒有受到影子表現的影響，反而激起了他更為強烈的鬥志，戰意變得空前高漲，氣勢已影響至方圓數十里。

高空中旋動的氣流將剛剛降臨的暗夜攪得忽明忽暗，而朝陽氣勢所覆蓋的方圓數十里草木生靈都開始劇烈地顫抖，並且彷若被一股極為強大的力量所吸引，枝葉齊齊隨著那只拳頭的推進而發生改變和移動。

拳頭推進的速度很慢，慢到一種令人不可思議的地步，與不斷瘋長的狂暴氣勢形成一個鮮明的對比。

整座高山內的草木生靈隨著拳頭的推進而呈枯竭之態，在緩慢的過程中，樹葉的色澤彷彿一點一點地被抽離，變得枯黃，如同被烈火焚燒過。漸漸的，樹枝樹幹也開始爆裂，樹皮剝

落，整座山響起絡繹不絕的炸響之聲。

山中的動物則如驚弓之鳥，莫名狂燥地四處逃竄。

這時，一隻慌亂四竄的野兔突然撞到了影子與朝陽之間，撞到了牠生命中離死最近的地方，強暴的氣勁眼看就要將這隻愚蠢的兔子碾得粉碎，化爲煙塵，就在這時——

一種全新的生機頃刻間在整座山彌漫開來，如同一股清新祥和的風吹過死亡的荒野，更如同在無邊無際的黑暗中突然閃現出一束亮光，照亮了整個黑暗。

那些驚慌失措的動物一下子全都停了下來，感受著空靈般的寧靜。

這一切，皆源自影子平靜的臉上所展現出的淡淡微笑。

是的，正是由於他的微笑，才使這個瀕臨死亡的世界，重新煥發出生機。

朝陽目光莫名一跳，心頭更是微微一震。

但這時，更爲猛烈的進攻已經開始，那蓄勢已久的一拳終於爆發，緩慢的推進變成了無法用眼睛來形容的極速！

「轟……」天地爲之一暗，變得無比靜寂，無聲無息，一切彷彿都在這一刻靜止、凝固。

天地無聲！

但這只是一刹那，是在心中存在的一瞬間，瞬間過後，一團耀眼的強光閃耀於高山之巔，照亮了整個蒼穹。

與此同時，整座山體發出激烈的晃動，高山之巔，在影子與朝陽之間，一條裂縫自中而開。

整座高山，一分爲二！

那隻野兔從撕開的裂縫中摔了下去。

影子與朝陽分立兩座山頭，氣勁散去後的微風拂動著兩人身上的戰袍和長髮。

朝陽道：「你沒有讓我失望。」

影子亦道：「你也沒有讓我失望。」

「哈哈哈……」朝陽發出暢快的大笑，道：「我對兩天後的決戰更是充滿了期望！」

大笑聲中，朝陽就像暗夜中的流星，劃過天宇，從影子的對面消失。

影子看著朝陽從視線中消失，又看了看自己的手掌。

他的掌心，印著朝陽的五指印……

影子回到了空城。

他到的時候已經是第二天早晨，也就是說，過了明天，就是他與朝陽的決戰之日。

當他雙腳跨入將軍府之時，殘空與天衣正在等他。

殘空從遼城調查的結果，與他事先所料相符。

那些駐紮在遼城通往雲霓古國帝都隘口外的五十萬大軍已消失得無影無蹤，有的是一頂頂空空的帳篷如山般連綿搭建著，以及一些來回巡視，用來迷惑人視線的守兵。

朝陽言稱有八十萬大軍進達遼城，進攻遼城時，只調用了三十萬，其中十萬在進攻時戰亡，另十萬在驚天與櫻釋的帶領下消失不見，而現在守在遼城的還有十萬大軍。

朝陽早在拿下遼城之時，已經將那五十萬大軍盡數轉移，留下空營帳，就算是深悉天下興衰之秘的天下也被朝陽所布下的疑陣瞞騙過去。

現在，影子更加確信，朝陽真正的精銳部隊已經穿越沙漠，行進於前來空城的路上。而在阿斯腓亞發生的政變，其背後一定是朝陽所爲。只要拿下空城，再將象徵著整個西羅帝國的帝都拿下，那整個西羅帝國無形中已經是屬於朝陽了。更且，若朝陽能將阿斯腓亞在攻打空城之前拿下，則可借此影響影子的軍心，甚至達到不戰而勝的效果。

從此看來，朝陽似乎早已料到會遇到各種阻力和打擊，在任何人都沒有留意的情況下出了一支奇兵，達到出奇制勝的效果。顯然，對事情的發展和整個大局，朝陽已成竹在胸。

影子現在所要做的是等待落日與漓渚回歸。

現在，離三天決戰之期只剩下一天了，他想，朝陽那支自幻城沙漠推往西羅帝國的軍隊也已經快要到達空城了，而落日也應該快回來了。

中午時分，當影子與殘空在將軍府的花苑中喝茶，天衣出去視察軍情之時，落日果然回來了。

影子看著落日額頭滲出的細密汗水，親自爲他斟上一杯茶。

落日輕笑一聲，道：「謝謝王。」

影子道：「情況怎樣？」

落日在影子身旁的一張空凳上坐了下來，道：「事情果然如王所料，朝陽有五十萬大軍欲過幻城沙漠進入西羅帝國，但在沙漠中因各種不可抗拒的因素死了將近二十萬，有三十萬大軍經過一路的調歇和補給，向空城方向行進，現在已到了空城五里之外駐營休息。」說完，又給自己斟滿茶水，一口飲盡。

影子道：「這些我基本上已有所料及，我現在想要知道的是一些我不知道的事情，相信你不會讓我失望。」

落日呵呵一笑，道：「王真是太看得起落日了，但落日又怎能讓王失望呢？落日發現這三十萬大軍一路行進，幾乎沒有遇到任何城池的阻擋，每到一處，都是這個城池主動打開城門讓其通過。」

影子詫異道：「竟有這種事？」

落日道：「當然，這一切並非是無緣無故發生的，而是因爲這次率領這三十萬大軍的有三個人。」

專門提起。

「三個人？」影子與殘空同感詫異，他們相信這三人決非簡單易與之輩，否則落日也不會

落日道：「你們猜猜這三人是誰？他們是魔族的三位護法長老——風、雲、月。一路上，他們以魔族魔法控制所經每一座城池的城主，迫使其大開城門，那些城主根本沒有能力與之抗衡，這也是我第一次見識到魔族的長老，他們看似平和，但修爲似乎比驚天安心還要高深，這是我親自涉險試探得出的結論，決無半點差錯。以前之所以一直沒有發現他們，原來是朝陽一直將之隱藏了。」

影子這時道：「魔族長老只有三人嗎？」心中不禁聯想到了帝都阿斯腓亞突發的政變。

落日詫異道：「王爲何有此一問？」

影子道：「你只須回答我。」

落日眼中露出欽佩之色，道：「這下給王猜對了，魔族的長老確實不止三人，而是四人，他們合起來稱爲風雲玄月，只是在他們之中，我沒有發現玄長老。」

影子露出深邃的眼神，道：「我知道玄長老此刻在哪裡。」

落日詫異地道：「王知道？」

一旁一直未曾出言的殘空也以一種狐疑的眼神看著影子。

一個未曾見過之人，而影子卻知道他在哪裡？

影子道：「他應該在帝都阿斯腓亞。」

「是的，王說得沒錯，玄長老確實在帝都阿斯腓亞。」尚未見人，漓渚的聲音已傳進了三人的耳朵，待言語落音，漓渚也已經出現在三人面前：「但他現在已不在阿斯腓亞，而來到了空城外五里的地方。」

「爲何？」落日問道。

「因爲他在阿斯腓亞待不住了，被我趕到了這裡。」漓渚顯得極爲自信地道。

影子沈聲道：「這樣看來，阿斯腓亞的四座衛星城對阿斯腓亞發動進攻，是他在背後所爲？」

漓渚朗聲回答道：「王所言不錯，情況正是如此。玄長老施展出魔族上古邪異魔法，將四城主的心神同時控制住了，迫使他們做出了違背自己意願的舉動。」

落日道：「那現在四位城主呢？」

漓渚輕描淡寫地道：「被我殺了。」

「被你殺了?!」落日大叫起來。

漓渚道：「不殺他們幹嘛?難道讓他們繼續攻打阿斯腓亞?我可知道王不希望看到這個結果。」

落日道：「你將玄長老趕走不就行了麼?」

漓渚沒好氣地道：「你以爲玄長老很好趕麼？要不是我把四人殺了，將其頭顱掛在阿斯腓亞的城門口，震駭住那些攻城的戰士，你以爲他會離開？」

落日沒好氣地「啐」了一口，道：「我還以爲是你將玄長老打敗，逼他離開的，原來是這麼回事，說話顯得那麼理直氣壯，我還以爲多了不起呢！」

漓渚理直氣壯地道：「我才沒有那麼蠢呢，四個弱小的城主不解決，卻去和他硬拚硬，難道力氣多得沒地方使？你以爲我有病啊！」

落日道：「欺軟怕硬的傢伙。」

漓渚嘿嘿一笑，道：「這叫做智者用大腦思考，愚笨者用大腳思考，落日兄與我肯定不是同一種思考類型的人。」

……

兩人沒「營養」的爭吵沒完沒了，而漓渚帶回的意外則讓影子感到由衷的高興。這樣一來，不但阿斯腓亞之危得解，而且，對朝陽來說是一種打擊，這也許是他未曾想到的。

形式並沒有影子所想的那般糟，而是顯得勢均力敵，一切都取決於明天的決戰。

第九章　人魔之戰

空城外，朝陽的三十萬大軍駐紮了下來，此時已是決戰前的靜夜，整個營地，只有中軍帳內的燈亮著，中軍帳內，風雲玄月四位長老靜坐著，他們從進入西羅帝國到現在，整整二個月，一直在等著朝陽，但朝陽一直都沒有出現，但相信朝陽在今晚一定出現。他們已經按照朝陽三月前的秘密指示，成功地將大軍從西羅帝國腹部帶到了空城，且讓整個西羅帝國一片混亂，唯一的缺憾是阿斯腓亞沒有及時攻下來，關鍵時刻被漓渚殺死四位城主，並且將之頭顱懸掛於城門前，從而瓦解了所有戰士的進攻信心，也使他們在進軍空城之前，取下西羅帝國新任帝君的首級用以祭旗的計劃得以泡湯。

此時，整個營地萬籟俱寂，唯有巡夜的將士來回的整齊腳步聲，而在對面不遠處，已是在望的空城，城牆上燈火通明，來往的將士身影威武。

深夜時分，四位長老的耳根同時動了一下，中軍營外響起了鞋底與枯草磨擦所發出的細小聲音，四人同時從自己的座位上站了起來，肅然以待。

朝陽掀開門簾走了進來。

風雲玄月四位長老同聲道：「參見聖主！」並以單膝跪地。

朝陽走到最上首屬於自己的座位上坐了下來，為自己斟上一杯早已備好的酒，輕輕喝上一口，然後道：「四位長老辛苦了，起來吧。」

四人站起，重新歸座。

朝陽看了四人一眼，道：「知道我為什麼如此晚才來嗎？」

風長老身為四大長老之首，道：「屬下等不敢妄加猜測。」

朝陽道：「我去尋找驚天及櫻釋兩位魔主了。」

四位長老皆顯得茫然，不明白朝陽所說之話的意思。

朝陽也沒看他們，他輕啜著杯中之酒，道：「也許你們不知道，安心魔主已被我賜死，無語大師也被我殺死，而驚天與櫻釋率領的十萬大軍在進軍空城的途中突然消失。」

任憑四人經歷世事無數，也知戰場上什麼意外都可能發生，但朝陽此言一出，四人的身軀都不由得為之一震，就是在千年前，這種巨人的損失也沒有發生過，而安心與無語被殺死，讓他們不敢對朝陽有任何的妄加猜測。聖主，在魔族就代表一切！風長老只是道：「敢問聖主，驚天與櫻釋魔主為何會突然消失？」

朝陽道：「這一切只因為一個人——天下，但她現在已經死在我的手中，而驚天與櫻釋兩位魔主所帶領的十萬大軍則在她製造的絕境中，被帶進了一條地下秘道。」

風長老忙問道：「聖主已經找到他們了嗎？」

朝陽搖頭道：「沒有，我只是找回了一個人，相信他應該知道櫻釋與驚天爲何消失的原因。」

「帶進來！」在朝陽的傳令聲中，門簾再次被掀開，全身無法動彈的月戰在兩名身著戰鎧的戰士帶領下走進了中軍營內。

風雲玄月四位長老看著帶進的月戰，他們心中已經知曉朝陽要他們做什麼。

於是風長老道：「聖主，就將他交給屬下吧，屬下有辦法讓他說出驚天與櫻釋兩位魔主的下落。」

朝陽道：「但是風長老應該知道，現在離明天決戰的時間已經不多了。」

風長老道：「聖主放心，我們會竭盡全力的！」

朝陽道：「我希望你們不要讓我失望。」

這是一個漫長的夜，漫長的夜裡注定人們是一下一下數著時間度過的，就像數著自己所剩無多的生命。

每一個人都成了先知，每一個人都似乎能看到明天，但明天又是模糊的，就像對自己生命的臆測，在絕望的同時還抱著一絲幻想，幻想著勝利，幻想著生命的延續，在延續中編織著一個自己所夢想的後世，那裡有著自己希望得到而尚未實現的一切。

但這一切僅僅是幻想，幻想並不代表事實，幻想往往與事實站在兩個對立面，只是在這個夜裡，只是在這個能幻想的夜裡，給自己一點精神上的安慰。

這樣想著的是空城的戰士，也可能是朝陽的三十萬大軍，甚至可能是朝陽、影子、落日、天衣、滴渚、殘空及魔族四大長老，誰又能真正窺得屬於每個人內心最深處的東西？誰又能夠保證自己對生命已無一絲眷戀？

當清晨的陽光伴著清脆的鳥鳴出現在空城上空時，戰爭也已經開始。

城外的大軍已黑壓壓的一片向空城逼近，但在離空城五百米處卻靜峙不動，鋒利的槍戟在早上初升陽光的照射下，反射出森寒的光芒。但在這時，從大軍的中間，走出一支由千人組成的黑色方陣，踏著整齊有序的步伐向空城城門的方向邁進。

他們身著火焰般的紅色戰袍，外套黑色斗篷，一邊手持鋒利戰戟，一邊手持魔法光盾，在兩軍對壘的情況下，給人帶來一種沉重的壓抑感。而且，在這壓抑感背後，還燃燒著非常濃烈的瘋狂戰意，一步一步，有條不紊——他們在向前推進！

「魔族戰士！」

城牆上，所有將士的心中都同時跳出了這四個字，雖然他們對這場戰爭早有心理準備，甚至是慘烈的犧牲，但是，在面對著這只有一千人的黑色方陣，他們心中不自覺升起了一股寒意，有一種壓抑得透不過氣來的感覺。心，情不自禁地隨著黑色方陣的移動而跳動。

以這種寂靜和壓抑的方式上演這場戰爭，似乎是誰都沒有想到的。

「王，這一千人是準備攻打城門的。」天衣向他面前的影子解釋道。他也同樣感受到了這一千人所帶來的壓抑感，但是，作爲一個帶兵多年的人，他所要說的並不僅僅是這些，他深深地明白，一場戰爭的勝利與否，很大程度上決定於全體將士的士氣，他是想通過說話來引起影子的注意和必須採取的相應策略。

影子自然注意到了這一千魔族戰士的出現對空城將士心理的微妙影響，但他並沒有急於下決定，他在等待最佳時機，等待著這一千人所帶來的壓抑感大到讓人不能承受之時，再作決定。因爲物極必反，當事情達到某種極限之後，若是能夠突然將劣勢轉化爲優勢，那勢必將大大提高士氣，從而將高漲的熱情轉化爲勝利的基礎。

所以，影子在等！

旌旗在晨風中飄揚，兩軍數十萬大軍任由這一千人在戰場中間移動，本應慘烈紛亂的戰場透著一種詭異。

黑色方陣離城門的距離已經不到一百米，突然，震天的響聲撕破了這戰場上的詭異和靜寂，那是數十萬大軍同時發出的強烈喊聲，響徹天地，直達九霄雲外。

「大風！大風！大風！大風！大風！大風……」

那是屬於影子的大軍齊聲喊出的聲音，在這喊聲中，一長髮飄揚之人，身著戰甲，肩披戰袍，手持利劍，如天神降世一般從城牆上飄落於那一千魔族戰士面前，身上透著無比凜冽的先天劍氣和霸殺之意。

赫然是殘空！

殘空的劍呈四十五度斜指地面，整個人站立不動，宛如一柄參天巨劍！凜冽的劍意從戰袍內湧起，若水般向那黑色方陣撲去，而劍意所及，更掀起地面黃塵，從空城城牆上看下去，那攜帶著黃塵的滔天劍氣，如萬馬奔騰，奔向那一千名魔族戰士。

城牆上眾將士見殘空一人面對一千魔族戰士便可發出如此強烈的氣勢，心中積蓄的壓抑感頓時一掃而空，更湧起了無比強烈的信心和求勝欲望。

「大風！大風！大風！大風！大風！大風……」

呼喊聲一浪高過一浪，若滾滾風潮般響徹戰場的每一個角落，直擊向對面那三十萬大軍的心靈！

戰爭一直持續到天色昏暗，這時，朝陽的軍隊突然停止了進攻，往回撤退。這一天，朝陽的大軍一共發起了九次猛烈的進攻，其目的都不是攻取城池，而是對空城內施以猛烈的毀壞。

雖然天衣指揮若定，盡力壓制著對方的火力，摧毀了對方數十個黑色方陣，殲敵五千，但己方的損失也有兩千，且城內大部分建築都有不同程度的損壞，死傷更是無法統計。從這一點來看，空城的損失遠比對方大得多。

夜晚，空城將軍府。

影子、殘空、天衣三人正襟而坐。

天衣將一天的戰報悉數向影子彙報，並道：「估計明天，對方就會進行攻掠城池的行動了。」

影子卻搖了搖頭道：「不，明天他們仍會繼續著今天的進攻，也許是在今晚或是黎明之前都未可知。他們的目的旨在先破壞城內的一切，不同於戰爭的所謂城池之爭，朝陽需要的只是勝利，因此他會選擇毀掉城池，在我們山窮水盡、毫無支援的情況下，再進行攻城。那樣，他即以極小的代價，獲得最大的回報。如此，他就可以認爲是徹徹底底地將我擊敗，因爲他是一個驕傲的人！」

天衣聽得心中一驚，是的，這是一場不同於以往的以奪取城池爲目的的戰爭，而是以勝利爲目的，爲了達到勝利的目的，甚至可以不惜付出一切代價。從今天朝陽沒有出現可以看出，他並不急於拿下空城。

天衣道：「王認爲我們應該採取什麼樣的應對策略？」

影子道：「無須採取什麼新策略，一切按照預先的計劃行事。」

天衣道：「可是，若是如此一來，整個空城的居民就會遭殃，而空城也會守不住。」

影子顯得極爲平靜地道：「這是一件避免不了的事情，也是戰爭的本質。」

天衣沒想到影子會是這般回答，連一直沒有說話的殘空也以錯愕的眼神望著影子。

天衣道：「可是這樣一來，我們不就是敗了麼？」

影子道：「如果單以城池失守作爲失敗標準，那我們確實敗了，但事實並非如此！」

天衣驚訝地道：「王是說落日和漓渚……？」

影子道：「不僅僅是他們。」

天衣顯得不解地道：「天衣不明白王的意思。」

影子道：「到時你自然會明白的。」

他的眼神隨著他所說的話，看起來十分悠遠，但又顯得極爲平靜，彷彿一切都很簡單，如探囊取物。

天衣和殘空不明白影子心裡是如何想法，但他們都看到了影子平靜的眼神中所透露出來的自信。他們的使命是攜助影子突破四人神殿，既然影子心中已有另外的打算，他們沒有必要追問到底。他們相信影子，相信影子作出的任何決定。

天衣這時道：「王，還有一件事天衣須提醒您，驚天、櫻釋與那十萬大軍至今沒有任何消息，也許他們也在等待著一個什麼樣的機會。」

影子道：「這一點你們放心，我心中自有主張。」

第二天黎明時分，果然如影子所料，朝陽的大軍對空城發起了又一輪的進攻，進攻的火力比第一天更爲猛烈。

這樣的進攻持續了整整十天，全體將士的死傷已經達到四萬，城內居民死傷更是無以計數，整個空城內除了將軍府，到處呈現出一片殘亙斷壁的景象，大街上滿是四散的人和死屍。

持續了十天高昂鬥志的軍心也開始有些渙散，幸而天衣和殘空一次又一次親自上陣奮勇殺敵，才讓守城的將士沒有放棄——天衣的言行總是能在絕望中激起他們無窮的鬥志。

在全體將士高昂的鬥志面前，對方的死傷至少也達六萬。

只是影子，除了第一天，在接下來的幾天內，他再沒有在戰場上出現過，對面的朝陽也始終未見其身。

第十天夜晚，在所有人都感到睡意侵襲時，喊殺聲突然響徹整個夜空，朝陽的大軍發動了全面攻擊，在漫天火把的映照下，所剩下的二十餘萬大軍如奔騰的洪流般向空城發動進攻。

天衣、殘空及全體將士、空城居民都在睡夢中被驚醒過來。

第九章　人魔之戰

119

天衣知道，決定空城生死存亡的時候終於到來了。

第十章　血染空城

真正殘忍的搏殺彷彿此時才開始，劍起血湧、刀揮頭下的場面屢見不鮮。

天衣不愧是有領導才能的大將之材，面對魔族戰士如潮水般的攻擊，他總能沈著應戰，將攀上城頭的人一次又一次殺到城腳下，儘管他現在可以調用的軍隊已經不多，但在彼此間的相互支援上，總能將最少的兵力發揮到最大的作用。只要那一邊城牆出現險情，總能在第一時間等到支援的隊伍趕到，而他的表現更是能激勵每一名戰士的鬥志。

影子這時候出現在了城牆之上，在萬千的廝殺中，他的存在如水般平靜，不起絲毫漣漪，而眼前慘烈的殺伐根本沒有出現在他眼中，他的眼睛平視著前方，在五百米外的一座小山丘上——朝陽終於出現了，身後則站著風、玄、月三位長老。

儘管軍隊的一次次進攻都被天衣挫敗，但朝陽卻絲毫不爲所動，反而充滿了十足的信心，似乎已經成功在握。

朝陽這時對身後的風長老道：「是時候了吧？」

風長老謙恭地道：「回聖主，是時候了。」

就在朝陽的話音落下之時，空城內突然爆起了激烈的喊殺之聲。

天衣一驚，回頭看去，卻見城門處突然湧滿了魔族軍隊，與守住城門的將士廝殺起來，其數量赫然有十萬之眾。

天衣吃驚，不知空城內怎會突然殺出十萬魔族大軍，彷彿是從天而降。天衣心道：「怎麼可能？這不可能！」

但是一切都擺在眼前，天衣還看到那率領大軍者赫然就是已失蹤的驚天與櫻釋！

他不明白驚天、櫻釋率領的大軍怎麼會突然出現在城內，而且是在自己的眼皮底下！

影子回過頭來，亦顯得吃驚。儘管他早知朝陽會有一支奇兵，但也絕對不會想到這支奇兵會在突然之間出現於城內——他平靜的眼中閃過驚詫。

如果不及時進行制止，空城很快就會落入朝陽手中。

影子大喝一聲，道：「天衣，立即調用洛城和酈城的八萬大軍進行支援，將其他三面城門的守將迅速調至北城門！」

「是！」天衣大聲領命，隨即戰鼓響了起來，守於其他各處的軍隊蜂擁著向北城門處彙集支援。

影子左手的月光刃破空劃出！

虛空頓現一片淒迷的冰藍色。

月光刃斬落而下，城內那衝在最前面與守城將士戰在一起的魔族軍隊，至少有一千人被飛旋著的月光刃斬下頭顱。

守城的將士見狀，頓時士氣高漲，他們這是第一次見到影子出手，不明白爲何突然間有月亮自空中跌落，但看到對方有上千人被月光刃斬下頭顱，頓時有種上天都在幫助自己的感覺，其反抗的鬥志可想而知。

櫻釋與驚天見狀，知道要是不能將影子牽制住，己方若想打開城門，那是不可能的。兩人飛身躍上城頭，正欲發動對影子的進攻時，卻聽到朝陽睥睨天下的聲音自虛空中傳來：「兩位魔主，你們根本不是他的對手，還是把他交給我吧。」聲音響徹整個戰場。

櫻釋與驚天看了一眼影子，從剛才出手的殺傷力，他們知道自己兩人合起來也不是影子的對手。兩人依言領命，又從城牆上飛身躍下，但他們並不是回到自己的軍隊進行指揮，而是飛身從守城的將士頭頂掠過，直往城門衝去。

影子沒有阻擋驚天與櫻釋，而天衣此時從城牆上飛身掠下，迎上了櫻釋與驚天，擋住了他們前進的路線。

「要想打開城門，首先得過我這一關。」天衣的臉上顯出慣有的嚴謹之色。

驚天大聲叫道：「你以爲憑一己之力就能阻止我們打開城門麼？你老爹安心都沒有這個能耐，何況是你？看在你老爹的份上，速速離開，我可以當作沒有看見你。」

天衣極爲平靜地道：「那你們就不妨試試能否過我這一關。」

驚天大叫道：「我是看在安心後繼無人的份上才放過你的，你不要不識擡舉，逼我出手，否則你唯有死路一條！」

天衣道：「不要在我面前提安心，我與他已沒有任何關係，我也已經不再是以前的天衣，要想打開城門，就拿出你們的本事來！」

驚天氣得哇哇大叫，道：「如此大逆不道的話你也說得出來，看來我今天非得替安心教訓教訓你不可了！」

拳猛地攻了出去，化爲萬千，天衣的眼前滿是驚天充滿霸烈的拳影。

而驚天的身體在原地飛快地旋轉，身體的周圍亦呈現出了無數的拳影，因拳勁掀起的勁風自他身體形成了一道氣牆，在暗夜中顯得極爲怪戾與狂暴……

一股粗若數丈的旋風原地飛起，驚天如同是掌握這旋風的神靈，踏著向天衣推進的洶湧狂風，朝外飛撲而來，彌天拳影在空中連接成一張網，鋪天蓋地般襲向天衣。

天衣卓立於勁風中，身上的戰袍因風而獵獵作響。面對驚天即將到來的攻擊，他顯得分外平靜，眼睛只是平視著眼前所看到的一切。

拳影在空中凝結，驚天整個人裹入了自己功力催動下形成的氣勁風暴中，風暴突然轉成了呼嘯的旋風，他的人被拋向天空，至最高點後，再倒衝而下。

這時，驚天同時再次推出了雙拳！

「轟……」

一聲巨響，整個戰場上的廝殺聲頓時被淹沒，而天衣雖處於攻擊的最核心處，卻準確地找到了驚天的雙拳。

他的一隻右手同時將驚天的雙拳接住。

剛才那狂暴的風瞬間潰散，將守城將士與魔族戰士刮到了一起，四散倒退，城門處的將士被勁風吹往兩邊，留下一條通往城門的寬敞大道。

天衣與驚天自空中緩緩落至地面，天衣的手輕輕往前一推，「咔嚓……」兩聲骨骼斷裂的聲音頓時傳出。

這時，驚天的眼中顯出極度不可置信的神色，連聲道：「這怎麼可能？這怎麼可能？」

致命的一擊，換來的卻是自己雙手的殘斷！

一旁的櫻釋冷傲的眼中也閃出驚詫之色……

空城內，天衣與驚天、櫻釋戰成一團，十萬魔族大軍與城北區的守軍戰在一起，城頭上到處是借雲梯攀上城牆的魔族戰士。

而此時，那些急於趕來城北區支援的將士，卻受到了火、風、金、光等精靈的阻擊。

那無端的烈火、狂風、強光在空城內此起彼伏，而遇上金之精靈的將士則手中的武器無端地被奪去，在空中聚合，再如天女散花般向各人反攻而去。

對於普通的人族戰士，遇上四大精靈的攻擊，他們連方向都找不到，更遑論能夠趕往北城門進行支援了。

與此同時，在半空中與雲長老戰在一起的殘空，突然射出五道劍脈，雲長老在毫無可遁的情況下被五道劍脈從胸前各大穴位洞穿，頹然地從空中跌落，落在了蜂擁著攻城的魔族戰士頭上。

殘空落在了影子身旁，道了聲：「王。」

影子道：「天衣需要你的幫助。」

殘空當然明白影子的意思，他看了一眼對面五百米的朝陽等人，便從影子身旁離去了。

——影子面對著朝陽！

朝陽的聲音這時從五百米外傳了過來：「那些是他們的事，你我的決戰還沒有開始，如果你現在參與，那我們之間的對決等到現在就一點意義都沒有了。」

聲音充滿了嘲諷之意，對影子剛才以月光刃殺死那些人感到鄙夷。在他的眼中，若是以影子的方式解決問題，一切也就不必等到今天了，無論他派十萬大軍從妖人部落聯盟進攻空城，還是從幻城沙漠進入西羅帝國腹部，再取道進攻空城，都是一種形式，向所有人、包括冥天證明他的一種形式，這種形式的證明是兩人智慧的碰撞，而根本不關於個人的武力。

朝陽是這樣想的，也是這樣做的，所以他希望影子——希望在某種意義上的另一個自己也是這樣做的，他不希望自己的對手是一個被他所鄙夷的人。

影子自然明白朝陽話語中所包含的意義，但他並沒有任何表示，只是道：「也許，你現在高興，尙爲時過早，究竟誰輸誰贏，還是一個未知數。」

朝陽哈哈大笑，道：「是嗎？依現在的情形看，你還守得住空城嗎？」

說完，朝陽轉而對身後的三人道：「風長老，現在該輪到你們出手了。」

風、玄、月三位長老齊聲道：「屬下謹遵聖主聖諭！」

說完，三位長老破空飛掠向空城。

三人不待著地，身形自空中交錯換位，剎那間，三人變成了三道暗影，如同是三個幽靈，衝向城門口。

就在接觸城門的一剎那，三條暗影合而爲一，撞在城門上。

整個鐵鑄的厚達三尺的城門發出劇烈震動，城門與城牆連接處，石塊散落，整個城牆也在剎那間發生激烈晃動。

影子的臉色微變，這時，風玄月三位長老又從城門處四散後掠，掠至半空，身形又化三道暗影，再度合三爲一，欲對城門發動攻擊。

影子知道，若是再度以如此之力重轟城門，城門必塌無疑。

而此時城頭上，已有魔族戰士陸續攀上城牆，但此時影子並沒有作任何阻攔，似乎朝陽剛才所說的話對他起了作用。

「轟……」巨響傳出，城門在風玄月三人的重轟下赫然坍塌，城牆數處發生開裂，城牆坍塌，守城的將士紛紛落下，如潮水般的魔族戰士從城門口和坍塌處衝進空城。

朝陽凌空飛渡，亦落到了城頭上，站在影子面對，他那睥睨天下的話語再度響起：「現在你還有什麼可說的？你已經敗了，勝利很快就會屬於我！」

影子平靜地道：「是的，空城確已失守，但這並不代表勝利屬於你。」

朝陽道：「是的，最終的勝敗取決於你我，但你首先在智慧的對決和較量上已輸給了我，這是你必須面對的事實。」

影子道：「你並沒有明白我的意思。」

朝陽道：「我只是明白了事實。」

影子道：「事實是戰爭還沒有結束。」

「沒有結束？」朝陽心中一跳，他似乎想到了什麼。

這時，從朝陽大軍駐紮的地方突然有漫天的火把自夜空中燃起。

戰鼓轟鳴，喊殺聲直沖雲霄。

朝陽心中一驚，他知道這並不是屬於他的軍隊，他軍營所在的地方已經空無一人，所有的人都已經投入到戰爭中去了。他心念電轉，忖道：「難道是西羅帝國支援的軍隊？」但他又立即否定了自己的想法，風長老已經給了他非常明確的答覆，不再有任何軍隊支援空城。

「但這突然冒出的大軍是從哪裡來的呢？」

很快朝陽就知道了答案。

只是這時，剛才轟開城門的風長老飛身掠到朝陽旁，有些著急地道：「回稟聖主，現在空城擁有的軍隊只有十數萬，我們幾乎沒有遇到任何有效的抵抗，也沒有碰到西羅帝國軍部直屬的二十萬大軍。」

「那是因爲我率領著他們早已離開了空城，直到你們攻進空城才會現身。」落日的聲音突然自空中傳來。

話音落下，落日與漓渚從空中飛掠而至，落在了影子身旁。

這時，突然冒出一支不知道數目多少的大軍正士氣高昂地向空城殺來。

朝陽此時方明白了影子話中的意思——早在風長老率領的大軍來到空城駐紮之前，影子已將城內的二十萬精銳之師調往城外，等到他們攻擊空城之後，再進行反抗。而留在城內的是原先駐守空城的十萬大軍及後來來自酈城、洛城的八萬援軍，連影子剛才以月光刃殺死一千魔族戰士，現在看來，也似乎是作爲演戲成分而存在，是爲了做給他看、騙取他的信任的。

朝陽立即下令道：「命令所有攻入城內的大軍迅速退出城外！」

他感到，影子將之引誘至空城內，其目的似乎並非僅止於此。

風長老領命，立即飛身至半空，運足功力，傳音道：「所有魔族將士，立即退往城外！」聲音層層蕩開，傳遍空城的每一個角落。

那些剛剛攻進城內的戰士正在奮力殺敵，突然間聽到如此命令，使他們一時之間不明所以，均爲之一愣，但就在一剎那，不少魔族戰士的首級被守城將士的刀鋒利地砍下。

第十一章　人魔共焚

很快，在風長老的再三重複下，所有魔族戰士都明白了這是不可更改的命令，於是紛紛從城內又蜂擁著向外衝出。

影子道：「你現在這樣做，已經太晚了。」隨即傳音下令道：「殘空，引爆空城！」

「轟……轟……轟……」

爆炸聲連綿不絕，只見整個空城火光沖天，地動山搖，哭喊聲此起彼伏，城牆一面一面地倒塌，一副人間地獄的景象。

而那些有幸從城內衝出的魔族軍隊，則被靜候以待的利箭射穿胸膛。

影子那埋伏在外的二十萬大軍，沒有讓一個逃出城外的魔族戰士有活命的機會，同時也沒有一個空城居民及守城將士有機會逃離那行將毀滅的城池。

在爆炸聲中，在火光沖天中，在哭喊聲中，整個空城從幻魔大陸開始消亡。

當城牆倒塌，火光覆滅時，這個世界上也就不再存在空城，也不再有空城居民，剩下的只是供人憑悼的殘垣斷壁。

不論是一個人的死亡還是一座城池的毀滅，其實不如想像的那般複雜。也許，僅僅出於一瞬間，這樣的時間，連一株草都來不及發芽，連一滴水都來不及在太陽下蒸發，連一隻鳥都來不及破殼而出。

毀滅遠比生成來得容易。

影子看著空城的最後一點火光熄滅，他的眼神與開始一樣，還是顯得平靜若水。

在他身後剩下的是落日、天衣、滴渚、殘空及二十萬大軍，而在朝陽的背後，則只有驚天、櫻釋及風玄月三位長老。

天亮，晨風撲面。

影子與朝陽站著仍沒有動，他們的表情看上去一如往昔，一個平靜若海，一個傲然若山，身上的氣機沒有半絲流露。

但此時落日、天衣、滴渚及驚天、櫻釋、風玄月三位長老，額前不斷滲出細小的汗珠，雙眉緊蹙，目光則死死地盯著前方，彷彿透過影子與朝陽的身體，正在觀看著一場驚天動地的決戰。

事實上，通過他們的眼睛，通過他們心中的勾勒，這場決戰已從昨晚進行到現在，他們的心正在感受著那場驚心動魄的對決。

而那二十萬大軍，每人的眼耳口鼻都有血絲往外溢出，不斷有人站立著突然倒下，暴斃身亡。而這一切，並沒有任何外力對他們進行衝擊，僅僅是因爲他們的心在虛擬的感受中無法承受，自己讓自己死去，一個接一個，絡繹不絕。

周圍百里之內的所有生靈，在這一場無法用眼睛視見的對決中，也都在紛紛死去。樹木紛紛乾枯，從中爆裂，完整的大地莫名其妙地突然開出極大的裂縫，流淌的河水開始逆向回流，空中的小鳥只要在百里範圍內，翅膀就會突然僵硬，從虛空中頹然掉落，落地之時，胸膛開裂，破碎的心臟從裡面爆出。

但一切看起來又是那般平靜，溫暖的陽光和縷縷晨風沐浴著大地。

二十萬大軍已有一半人倒地身亡，每一個死去的人都是眼耳口鼻溢出血絲。

落日、驚天等亦在承受著這場看不見的戰鬥，他們的心正感受著山在坍塌，海在狂肆，天在變動，地在下陷，萬物在死亡。朝陽與影子之間的戰爭已經將他們捲入其中，他們無法從自己『心』虛擬的戰爭中超脫出來，即使每一個人的『心』虛擬的戰鬥並不完全相同，但每一個人都感受到了不斷逼近的死亡……

神族落霞宮。

泫澈與紫霞在一起。

落霞宮前的花海在急劇撤翻，疾走變幻，那是花之女神所留下來的，從枯萎中，紫霞又讓它們煥發了生機。

而泫澈只是在一旁看著她。

泫澈道：「他們在戰鬥。」

紫霞噴了水，專心地擦拭著花的每一片葉子，沒有說話。

泫澈又道：「無論誰是勝者，終會有一人突破四大神殿，直面神主，神族很可能會發生改變。」

紫霞仍沒有說話。

泫澈看著紫霞，良久，她轉身往落霞宮外走去，可等她雙腳即將跨出門檻時，又將身子轉了過來，道：「其實我知道在你心中藏著的人不是朝陽，也不是影子，而是神主。」

紫霞的手一陣劇顫，手中擦拭的葉片硬生生地被扯了下來，她的人隨即呆立著。

這時，泫澈雙腳已經跨出了落霞宮，背影漸漸地遠去。

落霞宮一片寂靜，紫霞就這樣呆立著，手中拿著那片扯下的花葉，臉上的表情看不出任何的悲喜。

沒有人知道她此刻在想些什麼，只是讓人想到，在一望無際的大海一端，有一塊迎風而立的石頭，在某個月朗星稀、風平浪靜的夜晚，它突然看到了遠在對岸的一個背影，那是一個孤獨得想讓它哭的背影，它知道無法涉過這漫漫海水，所能做的只是在海的這一端，以同樣的姿態陪伴著海的另一端的背影，不惜以一生的孤獨和付出作為代價。

這是一種絕望的守候，卻不曾有過後悔。

紫霞這時幽幽地道：「我知道，這也是你的決戰。」

決戰在繼續著，唯一可以看得到的證明是那完全倒下的二十萬大軍，那些死在自己「心」虛擬戰爭中的可憐人，第一次體會到了虛擬力量的強大。或許，從來沒有人會相信，這場以他們的想像力虛擬的決戰，會讓他們死去。

但事實就是如此，那倒下的二十萬大軍，心都已經爆裂了，他們無法承受。

落日、天衣、漓渚、殘空及驚天、櫻釋、風玄月三位長老，他們似乎也處於崩潰的邊緣，血絲佈滿眼眶，自耳口鼻緩緩溢出，心急劇地跳動著，衝擊著胸前的肋骨，彷彿隨時都可能破胸而出。只是他們看上去能夠承受的程度略有差別，落日、天衣、漓渚、殘空的心跳沒有那麼劇烈，眼耳口鼻滲出的血跡還只是那麼一點點，但驚天、櫻釋、風玄月三位長老則不同，那滲出的血絲已經流得很長很長，沿著臉頰和耳根，已流過脖頸——從這一點也可看出每一個人修為的高下和承受能力的高低。自死亡地殿獲得重生的落日、天衣、殘空、漓渚確實已今非昔比，他們潛藏著的能力並沒有完全發揮出來。

此時，在幻魔大陸的極北之境，溫度莫名地升得很高，終年的積雪開始融化，雪崩的情形到處可見。

在幻魔大陸西邊的大海，海底火山爆發，引起的海嘯沖起數百米的巨浪。在南邊，百年不見的大雨傾盆而下，沖毀河流堤壩，淹沒城市村莊。在東邊雲霓古國，心情莫名煩燥的人們，進行著無端的尋事和挑釁，隨處可見爭吵和搏鬥的場面，鮮血染滿了每一個地方。

整個幻魔大陸都處於一種異常的情況中，似乎某種自然規律遭到了破壞，所有事情都朝著毀滅的方向發展，而沒有人知道，這一切都源自兩個人之間那場看不見的無形戰爭，這場看不見的無形戰爭已經擾亂了幻魔大陸原有的規律，破壞了萬物的平衡，使一切都處於一種顛覆後的狀態。

空城已經毀滅，殘留下的是爆炸過後的殘垣斷壁及隨處可見的屍體，和風在空城上空吹拂著，顯得那般平靜。

整個幻魔大陸，也只有這方圓百里是平靜的，但同樣也是充滿死亡的。

除影子、朝陽及落日、漓渚、大衣、殘空，還有驚天、樱釋、風玄月三位長老，其他的生靈，包括花草樹木，天上飛的，地下爬的，都已經停止了牠們的生命。

第十二章　意念之劍

此時，驚天、櫻釋、風玄月三位長老也開始倒下，就像那已經倒下的二十萬大軍一樣，他們的心同樣無法承受而爆裂。而對於驚天與櫻釋，天下本已爲他們安排好了一個歸宿，但很不幸，他們被風雲玄月四位長老在那條秘密地道下找到。那條不知通往何方、以創世之神的腸子所化成的地下秘道剛好從空城地下通過，而這也正好成全了他們及十萬大軍在這場戰爭中的死亡。

或許這就是命，天下心中不殺的善念並不能改變那早已既定的命運，他們終於還是逃不過自己的命運。

此時，落日、天衣、漓渚、殘空四人亦現出不能承受的掙扎之態，身體急劇顫動，心臟跳動的頻率愈來愈快，已經超出了他們所能承受的極限，完全由不得自己控制。四人臉上呈現出瀕臨崩潰之前最後的絕望，血從眼耳口鼻汩汩流出，就在四人即將倒下的一刹那——

「鏘……」

一聲脆響傳出，四人的心所承受的壓力頓時消滅一半，接著，又是「鏘……」地一聲脆響，所有來自心的壓力頓時消散於無形。

天地間有一種長久壓抑後的徹底放縱，那長久壓在胸口的悶氣也得以吁出。落日、天衣、漓渚、殘空四人跪倒於地，感受著心跳漸漸減慢、恢復正常所帶來的放鬆，從死亡的邊緣走了一遭，沒有人比他們更明白，擁有正常的心跳是一件多麼幸福的事情。

四人擡起頭來，他們看到影子手中的逖遡戰劍與朝陽手中的聖魔劍都已經一斷爲二，正是由於兩人手中的劍相繼斷裂，他們才得以從死亡的邊緣撿回一條命，而他們的心在虛擬的決戰中也已經「看到」了這場決戰的結果。

是的，影子與朝陽之間的決戰已經結束，從無聲無息中開始，也從無聲無息中結束，而斷劍是這場決戰中唯一用眼睛所能看到的結果。

此時，影子以平靜的目光注視著朝陽，道：「你敗了。」

朝陽傲然的臉上迅速現出痛苦的表情，額頭上的汗珠大顆大顆地掉落，狂風吹來，他的身子一個踉蹌，忙虛弱地以斷了的聖魔劍拄地，才未倒下，黑白戰袍裹著的身軀，此時看來顯得格外脆弱。

半晌，朝陽才擡起無神的眼睛，心有不甘地道：「不！我不是敗給你，而是敗給我自己，是我自己讓自己敗了！」

影子道：「因爲你心中只有自己，而我心中卻沒有我。你始終無法超脫你自己的局限，表面上看你擁有天下無敵的力量，但你始終是怯弱的，你的戰是爲了掩飾心中的怯弱和自己的微小，你想向天下所有人證明自己的強大，你可以欺騙天下所有人，卻欺騙不了自己。這是每一個人心中的弱點，你不能做到無我，便無法從中超脫。」

朝陽突然爆發出強勁的力量，大喊一聲：「不！我的力量可以毀滅一切！你化身萬物，我讓萬物消亡；你化身大海，我讓大海乾燥；你化身虛空，我讓虛空開裂；你化身大地，我讓大地塌陷——你無法戰勝我！」無神的眼睛突然射出攝人心魄的神芒。

影子極爲平靜地道：「但你卻無法毀滅你自己，你自己就是生命的存在。」

朝陽的臉開始扭曲，變得極爲猙獰，狠狠地道：「所以，你讓我自己毀滅我自己！」

影子不置可否。

朝陽續道：「爲什麼你我本爲一體，同是一人，而你卻可以做到無我，完全拋棄以前的『我』，這到底是怎麼一回事？我爲什麼在你身上找不到以前的一點痕跡？我以爲你化身爲我時，只要毀滅了我，就如同毀滅了你，就像千年前一樣，但是爲什麼會出現現在這種結果？你告訴我！」

朝陽的聲音近似瘋狂。

影子道：「該說的我已經都說了，當我悟透無我道後，自我的束縛、生命的局限、命運的把握、一切生的大義……在我眼中皆如浮雲，隨風而來，隨風而去，一切皆是空，而自我只不過是宇宙中的一顆微塵，在浩瀚之中根本就無法找到自身的存在。那些閃亮的星宇，所散發出的，只能是毀滅前的最後一絲亮光。它們耗盡一生的光亮，所換來的卻是毀滅！人也一樣，耗盡所有力量換取對命運的把握，得到的也只能是毀滅。而唯有放棄自我，才能得到永生！」

「哈哈哈哈……」朝陽發出極度壓抑的冷笑，笑得全身不住地顫抖，笑得血從嘴角溢出：「真的是這樣麼？我卻不信！放棄自我等於死亡，不！我決不會放棄！」

暴喝聲中，朝陽挺起已斷的聖魔劍，憤然衝向影子。

天地、虛空、萬物呈現出一片凄迷的血紅色，聖魔劍若血海中的精靈，張狂地咆哮著。

朝陽已經將全身剩下的所有力量都彙聚於這一劍之上，劍在推進，而他的人卻在慢慢消散，就像破碎的光的聚合體，漸漸模糊，消失在血紅的海洋裡，剩下的是那不死的意念支撐著劍，以一種無與倫比的速度刺向影子。

九天之上狂雷轟鳴，大地之上劇震轟鳴，高山崩塌，海水咆哮，河斷其流，彷彿世界末日的來臨。

落日、天衣、殘空、漓渚驚恐地看著毀天滅地的一劍層層向影子推進，他們不知世間有誰能夠抵擋這以不死意念化成的一劍！

而影子面對這一劍卻不爲所動，他的心神是鎮定的，眼神是寧靜的，表情是平靜的，他所面對的彷彿不是這毀天滅地的一劍，也不是朝陽不死的意念，而是大自然和煦的風，青青的草，潺潺的水，他的人幻化成萬物，而萬物也是他。

劍落空了，聖魔劍落空了，在刺進影子身體的一剎那，在離影子心臟一寸不到的距離落空了，彷彿一下子抽走了所有的力量，頽然地落在地上，發出鏗鏘的響聲。面對影子，無論多強的不死意念，終歸於無。

朝陽就這樣死了，也許他從來都沒有存在過，以五大元素的靈魂複製成的只是一個在現實中延續的夢，此刻醒來，夢也就破碎了，而留在記憶中的，是此刻正徐徐自空中落下的黑白戰袍，還有已斷的聖魔劍。

一切都已開始消散！

戰場上，剩下的只有影子、落日、天衣、漓渚、殘空五人。

落日、天衣、漓渚、殘空四人向影子靠近，四人單膝跪地道：「王，你贏了。」

影子的臉上並沒有絲毫勝利後的喜悅，他的眼神望著遙遠的方向，那是幻魔大陸的正東方，聲音毫無感情地道：「是嗎？我贏了嗎？」

「你已經成爲幻魔大陸最強的人！」

影子將自己的目光收了回來，自語般道：「幻魔大陸最強的人？」接著便是一聲冷笑。

四人覺得影子的語氣有些怪，當他們擡起頭來時，正好看到了影子嘴角那帶有嘲諷的冷笑，這種笑讓他們感到了一絲陌生。

這時，影子將目光投到四人身上，剛才恍惚的神情也變得正常，道：「你們起來吧。」

四人相繼站了起來，殘空將隨手撿起的聖魔劍遞給影子。

影子接過聖魔劍，沈思著注視聖魔劍良久，然後將目光投到地上的那件黑白戰袍，他走了過去，將黑白戰袍拾起，這時，一顆菱形的晶石掉在了地上，影子認得，那是月魔讓他找回的月石——月靈神殿的聖器。

影子手掌張開，內力一吸，月石便到了他手中。

現在，他所要做的是突破四大神殿——可在突破四大神殿之前，他要去一個地方，那是月魔對他的要求：幫助那些隨同月魔一起背叛月靈神殿、如今被封禁在幻城地下的月魔一族解開封禁。

幻城地下城市。

影子一個人來到了這裡，他不想其他人打破這裡的安寧，讓天衣、落日、殘空、漓渚四人留在了外面。而此時，他身上披著的是朝陽留下的黑白戰袍，那斷了的聖魔劍也與之相隨，看上去使人無法將他與朝陽區別開來，落日四人甚至有時產生一種錯覺：影子即是朝陽！

而對著這些靈魂意識被封禁的行屍走肉，此刻的影子已是平靜如水，曾經對月魔的承諾，留在記憶中的，僅僅是一句話，之間已沒有任何感情可言。

想起在無間煉獄與月魔相見時的情形，當初扣動心弦的東西，無形中已經消散，再也找不回來。

他從懷中掏出月石，功力暗運，冰藍色的月芒如水般傾瀉開來。月芒所過之處，那些行走著的月魔一族都停了下來。

影子口中念道：「以月的名義，破除一切封禁和詛咒，讓每一個沈睡的靈魂從夢魘中走出，感謝月的恩澤！」

冰藍色的月芒傾灑到地下城市的每一個角落，清新的月華透過那一具具行屍走肉，月的能量讓那些沈淪於夢魘中的靈魂一點點地復甦，意識一點點地回復，眼睛不再木然；心臟開始跳動，血液緩緩流淌，一切都以正常人的標準在復甦。

命運之神的詛咒已經被解除。

影子將月石收回，看也不看這些人一眼，便轉身離去。

這是他當初對月魔的承諾，此刻既然已履行了自己的諾言，除了還要救出月魔，他已想不出還有什麼可以在他心裡停留。

「你要去哪兒？」當影子轉身踏出第一步時，熟悉的聲音自影子身後響起，聲音中含有的是關切。

是羅霞。

影子並沒有回過頭，他道：「去我該去的地方。」

羅霞的眼中隱現擔憂之情，道：「你真的要去麼？」她知道自己所說的是傻話，但她卻找不出其他的話可說。

影子道：「那是屬於我的路，我必須走下去。」

羅霞咬了咬嘴唇，半晌才道：「謝謝你幫族人解開詛咒，月魔一定會很高興的。」

影子道：「你想說的是這些嗎？」依然是背對著羅霞。

羅霞聽出了影子話中的冷意，她想起了在雲霓古國的片斷，心中一陣酸楚。她知道，此刻的影子已經不再是她以前所認識的大皇子，他們之間再也找不回以前的親切感，有的是遠隔千山萬水的距離。她強忍著湧上眼眶的淚水，道：「是的。」

影子道：「你好好保重，在月魔沒有解救出來之前，月魔一族需要你。」說完便向前走去。

卻聽到羅霞出言道：「等一下！」說著，便追向影子。

影子停下了腳步，但他並沒有轉過身來。

羅霞來到影子面前，她並沒有擡眼看影子，而是低著頭，從懷中掏出一樣東西，那是影子從另一個世界帶來的史努比。

羅霞道：「這只史努比是你遺失在雲霓古國的，我一直帶在身邊，現在是還給你的時候了。」說完，便將手中的那只史努比遞給影子。

影子接過史努比，他似乎忘了自己曾經擁有這樣一個小東西，以至連遺失了都不曾發覺，或是他曾經將它送過人，是別人將它遺失了……這些，都已經開始模糊，就像他已經不太清楚自己到底是來自另外一個世界，還是一直都生活在這片充滿奇幻的土地上一樣。只是有一些東西在模糊的記憶中重疊著，纏繞著，變得遙遠，彷彿成了別人的。

但無論情況到底怎樣，其結果都已經與影子無關了。他重新將史努比遞到羅霞手中，道：「既然它現在在你手中，那它只能是屬於你的，如果它所代表的是曾經，但曾經已經過去了，它也不再屬於我。」

羅霞有些不懂地望著影子，道：「爲什麼說是『曾經』？」雖然她已經感到與影子之間那無限遠的距離，但這兩個字讓她的存在完全在影子的世界中抹去。

曾經，代表的是消逝的一切，是一無所有，是不會再重現的夢。

影子沒有作任何回答，他的腳步繞過羅霞已經邁開，漸漸地遠去，消失於地下城市。

羅霞則呆呆地望著手中的史努比，口中念著道：「曾經，曾經，曾經……」

極北寒區。

影子與落日、天衣、殘空、漓渚四人來到了星咒神殿所在地。

在他們面前，矗立著一座高達萬仞的雪山，是星咒神殿所在的星咒神山。巍峨萬仞的星咒神山在紛飛的雪花中清朗俊秀，身在雪中，卻孑然於雪的世界之外。山之巔，那如洗的碧空，閃爍著一年四季的星芒。

這樣一個地方，影子曾經來過，此刻他再次來，那些曾經的記憶浮現於腦海中，卻恍如隔世。

是什麼變了？是他麼？還是星咒神殿？

總是在不自覺間，一些熟悉的東西愈來愈遙遠，一個一個的人在漸漸遠去。記憶是留給自己好，還是留給別人好？抑或，最好是一片空白？

影子戰勝了朝陽，因爲他悟透無我道，因爲他可以忘記自我，但在朝陽死後，那些代表他以前的一切似乎也已經完結，他的人沒有目標，徹底變得麻木，沒有靈魂，所有的一切彷彿都與他無關，他只是站在另外一個世界看著眼前的這個世界。而在以前，雖然是走在一個人的路上，感到孤獨，但至少還有「思」，還有「想」。而現在，他似乎連孤獨也沒有了，他感到自己整個人都是空的，連「思」、「想」都不存在。

難道這就是「無我道」？

面對星咒神山，與以前的一切進行徹底決別！在開始新的生命之旅前，他有了第一次反思。

因爲他眼前看到的星咒神山只是一座山，找不到第一次與空悟至空設計來星咒神殿之時明確的目標和洶湧的戰意，救出月魔及空悟至空已經不再牽動他任何情感。

面對這已經到達的星咒神山，他只是久久地站著。

雪，堆積在他肩頭。

天衣、落日、漓渚、殘空四人面面相覷，不知道影子此刻心裡在想些什麼。從戰勝朝陽之後，影子已經很少和他們說話，這一路走來，他們之間再也沒有以前的那種嬉鬧，他們知道影子變了，但不知影子究竟會變成什麼樣。

四人只是並排站在影子的身後，任雪在他們肩頭堆積著。

星咒神山的雪似乎永遠是溫和的，它只是一片一片靜靜地落下，沒有任何風，但也永不停歇，如同星咒神山上空那永遠掛著的夜幕和閃爍的星芒。

這樣的站立過了一天，漓渚終於忍不住道：「王，我們已經到了星咒神山。」

影子的神思似乎這才回復過來，他收回了空茫的眼光，轉過身來，道：「有一件事情想問問你們。」

四人看到影子的樣子很鄭重，雖然不知影子想問的是什麼問題，卻不敢有絲毫怠慢，天衣道：「王有話請說。」

影子道：「我想知道，當這個世界的一切離他愈來愈遠，是否說明這個人已經不再屬於這個世界？」

天衣四人面面相覷，一時啞然。他們不知如何回答這個問題，也回答不了這個問題，他們無法弄清影子問這個問題的心態，如果簡單地理解，影子所問這個問題的答案應該是肯定的，因為當一個人感到世界離他愈來愈遠時，這個人應該死了，或者瀕臨死亡，離死不遠，但此刻的影子顯然並不是如此。這樣一來，沒人敢予以這個問題答案。

落日笑了笑，彷彿安慰似地道：「王，不要想得太多，不是每一件事情都非要弄明白不可，有些事情弄不明白反而比弄明白要好。」

影子搖了搖頭道：「落日，你沒有明白我的意思，我是真的感到這個世界離我愈來愈遠了，包括你們，雖然與我相隔不過三尺之距，但我們之間卻彷彿有著千山萬水，我無法與你們溝通，也無法與這個世界溝通。我的人彷彿已經成空了，不停地往上升，與你們愈來愈遠。」

四人聽得驚駭，並不是因為影子所說的話，而是影子說這番話的語氣。依照常人，面對這樣的問題，應該是充滿了痛苦和困惑，但影子的語氣卻是十分平靜，平靜得讓他們吃驚，彷彿是在敍述一件與己毫無關聯的事，完全不應該是當事人應有的表現。

正當四人不知說什麼才好的時候，虛空中有一個男子的聲音傳來——

「因為你已經是神！」

第十三章　決戰星空

星空中所傳的聲音，影子聽出是屬於星咒神的，他朝虛空中望去，那先前隱身的星咒神赫然出現星咒神殿上空。

縱橫數十里的宮殿，高逾幾千仞的城牆，垂直於天地間，呈六芒星狀分佈，氣勢恢宏，金碧輝煌。

落日、天衣、殘空、漓渚也擡頭望去，在驚歎之餘，並沒有看到那剛才說話之人。

「神。」影子道，語氣是肯定，沒有一絲疑問。

「是的，你已經成爲神，不再是凡塵中人，塵世間的一切也不再屬於你，所以你與他們之間的距離愈來愈遠，就像當初你感覺與我之間的距離一樣。」星咒神的聲音再度響起。

影子沈吟著。

是的，當他第一次在星咒神殿見到星咒神之時，心底產生的千山萬水之感，就如現在，他與落日、天衣、漓渚、殘空四人之間一樣。

但這樣就代表著一個人成了神麼？

影子道：「這個結果是因爲我放棄了自我嗎？」

星咒神道：「是的，你經過種種磨練，已經頓悟，解除了人一生中最大的牽絆。」

影子並不在乎自己是一個人，還是一個神，這對他並不重要，只是，他感到了這其中有很微妙的東西存在。在他戰勝朝陽後的一切將是「神」與神之間的事，而不是神與人。這其中隱寓著人是沒有資格與神戰的，猶如先前一次來星咒神殿時星咒神對他的不屑一顧，但似乎，又不僅僅是如此。

影子道：「這是神與神之間的戰爭？」

星咒神道：「是的，是神與神之間的戰爭。」

影子道：「如果我是一個人呢？」

星咒神哈哈大笑，道：「你將會死在星咒神殿。」

影子始終平靜地道：「這是否說，我是神就可以突破星咒神殿？」

星咒神一陣啞然，轉而冷笑道：「你的機會只有百分之一。」

影子的嘴角露出一絲笑意，道：「我想，這是星咒神對一個人最高的評價。」

「不，應該是神。」星咒神糾正道。

影子半晌沒有說話，落日、天衣、漓渚、殘空則尋找著如何才可以到達那懸浮於星咒神山上空的星咒神殿，要突破星咒神殿，他們必須首先到達星咒神殿。但此刻，他們還在星咒神山底下，望著虛空中那恢宏的建築，他們無法通過馭風之術到達那懸浮於空中的神殿，況且，眼前所看到的星咒神殿或許只是一種幻像，沒有找到入口，他們進不了。

天衣道：「王，我們找不到。」

影子並沒有在意天衣的話，他重又望著那虛空中的星咒神殿，道：「其實，你們一直在等著我的到來……」想了想，卻又改口道：「應該是歸來，我想知道，我到底是誰？」

影子的話一落，落日、天衣、殘空、漓渚四人俱驚，什麼歸來？難道影子本就是神族中人？抑或，僅僅是影子一種完全沒有把握的猜測？

虛空中的星咒神殿一陣閃動，忽隱忽現，良久才穩定下來。星咒神對影子的話似乎感到了極大的意外，聲音變得冷冷的，隱約含著某種怨恨，道：「沒有人可以告訴你答案，唯有你自己才能夠回答你自己！」

影子的聲音有些低沈：「如此，我便明白了。」

曾經的一切雖然漸漸離他遠去，但那留下的疑惑仍然不解，那隻無形的手在暗中操縱著，是爲了等待他的歸來。以前的一切不再屬於他，原來他有一個早已有的更久遠的身分，現在，他是一個歸來者。

影子轉過身來，面對落日、天衣、漓渚、殘空四人，道：「我們的行程現在才開始。」

天衣誠懇地道：「王，無論前面怎麼樣，我們都會與你一起，這是我們的使命！」

落日笑了笑，道：「王，你是怕我們拖累你嗎？那我們現在就回去。」裝著一副欲走的樣子，腳步卻是沒有移動半分。

影子的嘴角微微露出一絲笑意，這是他多日來的第一次笑。

漓渚大叫道：「王笑了，你們看，王笑了……」

聲音久久回響不絕……

要想到達星咒神殿，就必須跨越星咒神山，除非星咒神殿的大門自行開啟。而面對一個想突破星咒神殿之人，這種可能性是不存在的。

此時，影子五人在陡峭的絕壁小道上往星咒神山攀去，這也是唯一一條通往星咒神山的小道，每一個在幻魔大陸的歷練者來回的必經之路。影子雖然可以憑藉自身所擁有的力量，直接到達山之巔，但落日四人卻不能。

半山腰，雖然四周雪花飛舞，卻是再沒有一片落在星咒神山上，而往下望去，大地都是白皚皚的積雪，一片迷茫。往上望，不再能看到雪，這雪彷彿就是從半山腰同等高的地方飄落的，再極目遠眺，透過碧淨的虛空，西羅帝國隱約可見。

落日驚歎，道：「若是到了星咒神山山巔，整個幻魔大陸豈不都在星咒神山的眼底？怪不得星咒神殿能夠主宰整個幻魔大陸，就這星咒神山之高，就已經足夠嚇人了。」

一向不太喜歡說話的殘空也禁不住由衷地感歎道：「是啊，從山腳往上看，似乎並不覺得。如果我死了，希望能夠葬在星咒神山之巔，向著東方，就可以看到暗雲劍派了。」

「呸，呸，呸……什麼不吉利的話，也敢在現在這個時候說起！誰都不准死，直到相助王完成一切！」漓渚沒好氣地喝止道。

殘空面現腆靦，有些不好意思。

「你們看，這些是什麼？」天衣這時出聲道。

在他的手所指的方向，他們看到了那些嵌於險處叢生崖壁上的碑牌，碑牌上刻著細密的碑文，一直到山頂，形成碑林。

影子早已注意到這些碑牌，每一塊碑牌上都雕刻著某個占星師所觀測到的星象運行軌跡，及相對應的塵世間所發生的事情。比如，幻魔紀年一百三十六年，九翟於午夜觀測天狼星偏離軌跡，直耀東方。翌年，雲霓古國戰事起，國險滅……幻魔紀年三百六十七年，炎汐見六星匯合，幻魔大陸烽煙四起，死二百七十八萬人……幻魔紀年二百十一年，太一星光芒黯淡，附耳星大盛，西羅帝國衰竭，奸佞當道，戰煙四起，而同時歸邪現於帝都阿斯腓亞上空，預示有貴人歸國。其年，久已懸缺太子之位得實……等等，皆是各占星師所觀測到的星象，然後對應幻魔大陸所發生的大小事情。其中，連千年前幻魔大陸所發生之事，也皆有詳細記載，這無數的碑牌，是整個幻魔大陸興衰演變的真實歷史，而這些碑牌上的內容也是占星家師每一個占星師獲得占星師資格之前，所要學習的第一課。

在快要到達星咒神山之巓前，影子還看到了當年無語所雕刻下的一塊碑牌，上面寫道：「無語觀星於天，天不變，星在變，璣衡窺管無害於星。」只有寥寥數語，沒置時間，沒有星象變化，沒有占測結果，不同於其他任何一塊碑牌，看似怠惰，但影子分明看到了無語當年藏在這寥寥數語背後那顆躁動不羈的心，不屑於雷同，對一切的質疑。

面對著這樣一塊碑牌，影子鞠了一躬，後面的落日、天衣、殘空、漓渚也隨著施之以禮。

「貴客來了，請上山吧。」山之巓，有聲音傳來，是顏卿。

五人擡頭望去，見到一個身著黑占星袍之人，站在通往山巓的路口，五人並不認識顏卿。

顏卿自我介紹道：「我叫顏卿，奉主神之命在此恭候五位。」

落日、天衣、漓渚、殘空四人頓時警覺！在山下，他們已經聽過星咒神與王之間的對話，而星咒神並沒有表示絲毫的友善，顏卿的前來接迎，決無善意。況且，他們的目的是爲了突破星咒神殿，因此星咒神山的所有人都會是他們的敵人。

殘空向前一步，沈聲道：「下，讓我來對付他。」

影子道：「無須如此緊張。」轉而，望向上方的顏卿，道：「你知道我來此的目的嗎？」

顏卿道：「知道，主神說，你們來此是爲了突破星咒神殿，主神還說，你們來星咒神山，就是客人，讓我好好款待貴客。」

影子道：「既然已經知道，就無須客氣。」

顏卿卻道：「可能你不知道，星咒神山的占星家族和幻魔大陸其他地方一樣，都是星咒神殿管轄下的居民，只是離星咒神殿近些，得到主神的恩寵。就算主神沒有交代，每一個來星咒神山之人，都會得到占星家族的盛情款待，至於你們來此的目的，那是你們與主神之間的事情，占星家族沒有權力過問。」

影子沈吟著沒有出聲。

背後，天衣出言提醒道：「王，他的話不可信，星咒神山非一般之地。」

漓渚這時道：「王，我們直接殺去，這樣就無須擔心了。」

落日沒好氣地道：「殺你個頭，你就知道殺，王是那麼嗜殺的人嗎？」

漓渚道：「空城不是死了那麼多人嗎？」

話一出口，立即感到了自己的失言，連忙以手捂住嘴。

天衣、落日、殘空三人的利目齊射向漓渚，這是眾人留在心底，卻誰都不敢觸及的話題，卻無意被漓渚說漏了嘴。

漓渚忙道：「王，我一時胡說，請王責罰！」隨即便單膝跪了下來。

影子卻並沒有將之放在心上，道：「起來吧，你所說的是事實，但既然我們來到了星咒神山，就不妨相信他一次。」隨即轉向顏卿道：「那就請帶路吧。」

在顏卿的帶領下，他們看到了居住在星咒神山之巔的占星家族。確如顏卿所言，占星家族與幻魔大陸其他的地方並沒有太大的區別，有街道，有房舍，有店鋪，有茶館，有酒樓……街上是來來往往的人，看上去都顯得很溫和友善，臉上掛著淡泊一切、對生活滿足的笑意。

落日四人的心本來很警覺，但看到街上之人所投來的友善笑容，那份警覺便在不自覺間淡去——那些人真誠的笑，並不像是裝出來的。

他們來到了一家酒樓，盛宴已擺開，滿滿一桌子都是他們所未見過的佳肴，色香味俱全。六位白衣白鬚的老者見到影子五人的到來，忙站起，拱手道：「歡迎貴客的到來。」

影子望向顏卿。

顏卿道：「這六位是族中德高望重的老人，這次也是專程來陪五位貴客的。」從左至右，顏卿介紹道：「這位是鍾伯，這位是星伯，這位是明伯，這位是廣伯，這位是榮伯，這位是成叔。」

每介紹一位，每人都微笑著對影子五人點了點頭。隨後，鍾伯道：「五位是占星家族多年來迎來的第一批貴客，我們六人就代表全族上下對五位的到來表示深切的歡迎。」舉起酒杯，續道：「來，讓我們爲五位貴客的到來乾杯！」

六個慈眉善目的老人舉起酒杯，等待著影子五人舉杯同飲。

影子亦端起酒杯，道：「那我們就感謝占星家族的盛情。」

「王，不可大意！」就在影子舉杯欲飲之時，一旁的天衣出言提醒道。

影子道：「盛情豈可推卻？無妨。」杯中美酒一飲而盡，落日四人見狀，也只得同飲杯中之酒。

六位老者見狀，發出暢快的笑聲，鍾伯道：「貴客真是豪爽，那我們今天就不醉不歸。顏卿，快將貴客的酒杯倒滿。」

酒在一杯一杯地喝，笑聲也一聲聲地傳出，這其中當然有影子的。在這樣一個孤立於世、離天最近的地方，笑聲傳開是能響徹天地的。這樣的笑聲人一生中難得有一次，也只能有一次，因爲，能夠讓天地聽到自己笑聲的人是幸福的，但這個世間的幸福並不多。

此時，在星咒神殿，星咒神也在聽著這笑聲，他坐在星咒神殿聖殿的玄冰王座上，在他下面是護法星宮的五大護法，缺了天馬星宮的天馬護法，那是一個已死去的人——樓夜雨。

星咒神道：「喝完這絕塵酒，他就真的不再是人了。天亮，將是決戰開始的時候。」

鳳凰護法——曾經的銘劍，道：「主神在擔憂些什麼。」

星咒神歎息一聲，道：「是啊，我的確有些擔憂，不明白神主這樣做到底是爲什麼？」

鳳凰護法道：「主神無須擔心，我等會誓死護衛星咒神殿！」

翼龍星宮、天狼星宮、白虎星宮、玄武星宮四位護法也同聲道：「我等誓死護衛星咒神殿！」

星咒神有些自嘲地一笑，道：「我當然知道你們會誓死護衛星咒神殿，但你們難道沒有占測到『那個結果』嗎？」

五位護法一言不發。

星咒神續道：「所有發生的一切，只爲等待『那個結果』的到來，誰也改變不了——神主到底想幹什麼？」眼中滿是不解和疑惑。

玄武護法道：「但神主什麼也沒有說，能否突破四大神殿是他自己的事，四大神殿需要護衛的是整個神族，而不是猜測神主的意願。」

星咒神苦笑一聲，道：「我何曾不是這樣想，但有些事情是顯而易見的。」

玄武護法再次道：「如果需要四大神殿故意承讓，使其突破，這個結果也不是神主想要的。『那個結果』我們可以占測到，但那不是我們應該考慮的範疇，否則無論是對我們，還是對神主，一切都會變得毫無意義。」

星咒神的心爲之一動——是的，結果雖然可以占測到，但自己又何必去考慮它呢？萬物皆在運行中，既在意料之中，又在意料之外，誰也不能肯定這最後的結果。他忽然想起了無語，這個人有著極高的天賦，但他考慮了自己不應該考慮的問題，所以注定逃不過死亡的結局。

一切既在意料之中，又在意料之外，這是星咒神殿的主神對待事情的看法。

第十四章 絕塵之酒

當影子酒醉醒來時，天已經亮了——昨晚的酒、昨晚的歡笑還歷歷在目。

酒樓裡，顏卿及那六位老者已離去，落日、天衣、漓渚、殘空尚在沈睡著。

「的確是人生中難得一次的醉。」影子心裡想著。

他站了起來，面向窗外，遠處是幻魔大陸大大小小的城池——站於星咒神山之巔，將幻魔大陸所有的一切都盡收眼底。

這時，顏卿上了樓，看到影子站在窗口，道：「昨晚看你喝得太多，故沒有打擾，就讓你睡在了這裡。抱歉！」

影子回過頭來，道：「無須客氣，這是我睡得最好的一次，應該我說『謝謝』才對。」

顏卿笑了笑，道：「你也客氣起來了，在幻魔大陸歷練之時，雖然聽說過你，卻沒有見過你，沒想到你是這樣一個人。」

影子饒有興趣地道：「什麼樣一個人？」

顏卿想了想，卻發現找不到合適的詞，道：「其實我也不太清楚你是怎樣一個人，只是你昨晚喝醉酒的時候很可愛。」

影子不置可否地笑了笑，道：「其實連我自己都不知道我是怎樣一個人，我似乎有著十八種性格，不知你信不信？」

「十八種性格?!」顏卿張大了嘴巴，顯得匪夷所思。

影子道：「是啊，十八種。」

顏卿略有所悟，道：「你開玩笑吧？」

影子道：「是啊，不知爲什麼，醉了一場後，突然心情變好了。」說著，若有所思。

顏卿沒有接著影子的話說什麼，卻道：「你昨晚真的不怕我們會對你採取行動？」

影子道：「你是說我喝得這麼醉吧。如果你們對我們採取行動，你現在將會看到另外一種局面。」

顏卿道：「難道你昨晚沒醉？」

影子道：「醉了。」

顏卿不明白道：「那爲什麼？」

影子道：「不爲什麼，不同的事情將會有不同的結果。」

顏卿雖然聽到影子同是以輕鬆調侃的語調與自己說話，卻發現他在說話的時候確實有兩種以上的性格存在，只是壓得很深，不由忖道：「他喝了絕塵酒，卻仍沒有隔斷以前的一切，看來並沒有成爲真正的神！他爲什麼表現出已經成爲了神的樣子？難道……」

「你在想什麼？」影子突然打斷了顏卿的思索，眼神似笑非笑，顯得有些犀利。

顏卿看著影子的眼神，這樣重大的發現不禁讓他有些慌張，道：「沒……沒什麼。」

影子似笑非笑地道：「你說話有些緊張。」

「是嗎？我怎麼沒發現？」顏卿道。

影子道：「但我知道你在想著什麼。」

說話之間，影子的手突然閃電探出。

顏卿還未來得及有所反應，脖頸已被影子的手掐住，只要影子稍微再用點力，顏卿的脖頸便會被掐斷。

影子道：「說，昨晚你們給我喝的是什麼酒？」

顏卿這時反而顯得很平靜，道：「你已經知道了自己的改變，喝的是絕塵酒，任何想隱埋的東西，都會在醉酒之後表露出來，比如你深藏的真正屬於你的性格，都會在不經意間表露出來——你不是神，並沒有真正忘記你自己！」

影子冷笑道：「既然你知道了，就唯有死！」

「死」字音落，只聽「咔嚓……」一聲，顏卿的脖頸便被影子捏斷了。

天衣、落日、殘空、漓渚這時止好醒來，也看到了這一幕。

他們不解，只是此時的影子讓他們感到陌生。

影子鬆開手，顏卿便倒在了地上，死去。

落日忙問道：「王，發生了什麼事？」

影子嘴角浮出一絲冷笑，一字一頓道：「血洗星咒神山！」

四人同時一驚，只見這時影子手中那斷了的聖魔劍已經拔出，聖魔劍靈怒射，赤紅的血光直沖虛空。

四人頓時產生一種錯覺，彷彿眼前站著的不是影子，而是朝陽。

就在影子手中聖魔劍拔出的一剎那，六條白影分別自六個方向向影子疾衝而至。

影子冷哼一聲，道：「憑你們也想阻我？」

聖魔劍繞身劃出圓弧——

赤紅的電芒如波浪般蕩漾開來，只是不知比波浪快多少倍。

眨眼之間，聖魔劍回收，而空中，那向影子疾衝而至的六人攔腰斬斷，變成十二截落在了樓板上。

正是昨晚陪他們暢快喝酒，暢快大笑的六位老者，他們向影子衝掠的速度不謂不快，修爲不謂不高，但面對影子，他們根本無招架之功，鮮血灑滿一地。

而這時，整個酒樓已被手持武器之人圍得水泄不通，每個人都有著塵世中人無法比擬的修爲，身著占星袍。

如此快的時間就將酒樓圍住，顯然早已有了準備，雖然他們剛才看到影子一眨眼間便將顏卿及那六位老者擊殺，但眼中並沒有絲毫懼意。

落日、天衣、殘空、漓渚四人此時也已全神戒備，昨晚對占星家族的好感蕩然無存，任何事情都不是表面看來那麼簡單！

影子哈哈大笑道：「來得正好，免得我四處尋找，就一齊解決吧。」

話音落下，酒樓的上半截突然倒塌，那是被影子剛才殺死六人的劍芒餘芒所切斷，此時經由影子的笑聲震動，便隨聲倒塌。

而在酒樓倒塌之聲，那些身著占星袍之人，一齊奮勇向影子及落日、漓渚、天衣、殘空五人衝卒。

手中兵器劃過一道道寒芒，織成密密的殺網，欲將影子五人攪碎。

沒有人會懷疑，如此殺勢，整座洒樓必會化成齏粉。

而在這時，突然響起一聲暴喝：「慢著！」

接著，一陣疾風自酒樓上空爆開，那密密織成的殺網頓時潰散。那些占星家族之人，被突然爆開的疾風衝得四分五裂，散作一地。

聲音是從空中的星咒神殿傳出的，那團爆炸的疾風正是星咒神所爲。

此時，空中的星咒神殿已經現出，偉大的星咒神站在星咒神殿的大殿門口，一條通往星咒神殿的台階從大殿門口延伸到星咒神山。

影子與落日、天衣、殘空、漓渚五人從倒塌的酒樓飛身衝掠而出，落定。

落日、天衣、漓渚、殘空四人見到空中的星咒神，皆感詫異，明明說話的是一個男人的聲音，但在星咒神殿的卻是一個女子模樣之人，他們懷疑自己的眼睛看花了，抑或，眼前之人並不是星咒神。

但影子這時卻道：「星咒神，算你還夠聰明。」

星咒神道：「你不就是想突破星咒神殿麼？何必殺那麼多人？」星咒神道，若他沒有及時制止，那些人此刻必定已死在聖魔劍下。

影子道：「若不殺人，你會如此痛快將星咒神殿之門打開麼？」

星咒神否決道：「不，你是因爲被顏卿識破惱羞成怒，才一怒之下殺人。你其實並不是影子，雖然你有著和影子一模一樣的外表，你是朝陽！那場決戰，事實上是你贏了，而你，卻借著影子的身體假裝失敗——若非讓你喝了絕塵酒，差一點連我也被騙了。」

落日、天衣、殘空、漓渚聽得驚駭，他們尚未肯定眼前這女人模樣、擁有絕世容顏的人是星咒神，卻又聽到了另一個更讓他們吃驚的消息，四人的目光齊齊射向「影子」。

影子，不！是朝陽。朝陽對四人異樣的目光毫不理睬，只是看著空中的星咒神，道：「你們不是想讓影子勝麼？那我就如你們所願，看你們到底想玩什麼花樣！但是可惜，你們沒有玩這個遊戲的耐心，早早就給戳穿了，真是讓人大失所望，哈哈哈……」

朝陽發出震天的狂笑。

落日四人聽到朝陽的回答，頓時傻了眼，他們是親眼看到朝陽敗在影子之手的，看到朝陽的形體灰飛煙滅，可結果為何是影子敗了呢？他們一時之間理不清頭緒，也不敢相信這個事實，但朝陽的承認……

「王，這到底是怎麼回事？」落日不由得問道，雖然他知道現在問這個問題並不是時候，但還是忍不住問了。

朝陽止住笑，以睥睨天下的眼神看著四人，道：「事實就是影子已經死去，我才是真正的勝者！因為我擁有戰勝天下的力量，所謂『無我道』，在我眼中，狗屁不值！」

「可是，王……」落日仍不敢輕易相信這是事實，可是仔細回想起來，眼前的「王」與他們以前所認識的王的確有許多令人費解的地方。

天衣、殘空、漓渚皆與落日有著同樣的想法。有些事情是他們親眼目睹的，並不是幾句話就可以推翻的，況且，這也可能是王所採取的戰術……

朝陽不再理會四人，他的目標是突破四大神殿，而眼前的星咒神才是他的阻礙。他的腳踏上了星咒神殿伸展下來的台階，一步一步朝虛空中的星咒神殿走去，黑白戰袍隨風而動。

占星家族的人雖然生活在星咒神山，但星咒神現身眼前，他們尚是第一次看到。

那些剛才被星咒神從朝陽手下解救之人，及所有占星家族所屬連忙跪伏於地，齊聲道：「神恩占星一族，神恩占星一族……」

星咒神看著一步一步向星咒神殿踏來的朝陽，臉上的笑容蕩漾開來，傾國傾城。

事情正朝她所認定的法則進展著：萬物皆是在行動之中，既在意料中，又在意料外，她可以占破天機，卻還是被朝陽騙了。不過，這對她來說並不是一件壞事，再無後顧之憂——她要將這狂傲之人永遠地留在星咒神殿。

轉過身，星咒神往星咒神殿內走去。

人雖離去，但那傾國傾城的笑容猶自凝於空中，久久不能離去。

漓渚見「影子」已經往星咒神殿走去，回望天衣、落日、殘空三人，道：「我們是否要跟去？」

落日、天衣一時之間也沒有定論，這時卻聽殘空斷然道：「我們既然來到了這裡，不論事情怎麼樣，已再無退路，我們必須去星咒神殿！」說完，也不管三人是否同意，隨『影子』之後，第一個踏上了那通往星咒神殿的台階。

落日、天衣、漓渚三人還沒有下定決心，殘空的舉動讓他們大感意外，平時不太愛發表意見的殘空自從來到這裡後，對遲疑中的事情往往有著他們所未有的果斷。

事實上殘空說得沒錯，他們已沒有退路！

三人相繼踏上了通往星咒神殿的台階……

五人站在星咒神殿的殿門口，身後的台階已然消失，隔斷了它與塵世間僅有的一點聯繫。裡面，星咒神的聲音傳來：「星咒神殿無一處不藏著另外一個世界，那是成千上萬結界的疊加，一棵樹、一株草、一片雪花、一粒沙塵……都有它自己的世界，你們可要小心啊，哈哈哈哈哈……」

星咒神的笑聲很自傲，剛聽之時，彷彿就在眼前，但話音落下，已經相隔了幾萬里。

無須星咒神提醒，朝陽已經感到了星咒神殿內每一處所潛藏的危險，這是他遲遲沒有進去的原因。那些無數疊加的結界內，都是另外一個世界，誰也不知道裡面到底有著什麼，若是無法突破，就將永遠困於這裡，直到死去。

殘空這時走到朝陽面前，道：「王，讓我先進去。」說完，也不待朝陽說話，便率先衝進了星咒神殿內。

雖然，殘空知道眼前之人的身分尚沒有確認，但他仍以「王」相稱。這個世界上，許多事情無須想得那麼複雜，正如他一生對劍的追求，眼中唯有劍！無論眼前之人是不是影子，既然他們一起來到星咒神殿，就必須同心協力突破它，其他事情以後再作定論。

落日、天衣、漓渚見到殘空的舉動，先是一驚，但旋即便明白了——殘空這是在以自己的行動做給他們看！

落日、天衣、殘空三人同時來到朝陽面前，道：「王，我們去了。」轉而，三人衝進了星咒神殿。

無論眼前之人是不是影子，此刻，他們都把他當成了心目中的「王」。

朝陽的眼中閃過一絲感動，他也邁開雙腳，往星咒神殿內走去……

當殘空衝進星咒神殿之時，從門口處所見到的殿宇已然消失。就在他衝進星咒神殿的一剎那，已經置身於另外一個世界，而在這個世界中，唯一的存在是一個人——星咒神殿的天狼護法！其他的則是一片黑暗的虛無，雙腳如同踏在虛空中。

天狼護法身著銀白色的天狼戰甲，頭盔上有著明顯的天狼徵記，俊美無儔的臉顯得很冷酷，有一種天生讓人不能接近之感。

「歡迎你來到天狼星宮，我是天狼星宮的護法！」

殘空道：「星咒神殿的天狼星宮？」

「不錯，要想突破星咒神殿，必須首先突破天狼星宮。」天狼護法冷傲地道。

殘空眼中餘光掃過四周，並沒有感到自己的所在是一座星宮，除了虛無，感覺到的是徹骨的寒意。

天狼護法似乎明白殘空心中所想，道：「你現在所處，是天狼星內的世界，除了寒冷，你什麼也看不到，什麼也感覺不到。唯有你戰勝我，才可以突破天狼星宮。不過，你根本沒有這個機會，天狼星宮內的所有力量都由我支配。」

殘空淡淡地道：「是麼？」顯得並不在意，但當他暗暗將自己的功力向外延伸時，其力量根本就找不到依附點，也就是說，他並不能像平常一樣，以自己的功力，借取虛空中的力量以形成強大的氣勢。他所擁有的力量是單薄和孤立的！心中不由暗暗一驚。

天狼護法早已察覺殘空暗下的舉動，他冷笑一聲，道：「你以爲我在騙你麼？不妨告訴你，我甚至能控制你所發出的力量。」

話音剛落，殘空頓時感到身邊有著風在繞著自己旋動，那正是他剛才暗中所發動的力量轉化而成。

是的，天狼護法說得沒錯，這裡是他的世界，他確實可以支配這裡所有的力量。

殘空並沒有感到氣餒，淡淡地道：「這又如何？」

天狼護法孤傲地道：「這注定你會敗！」

殘空道：「我一生求劍，是一個用劍說話的人。而以劍說話的人只尊重事實，而且，我今天必須突破天狼星宮！」

說話之間，殘空緩緩找出了自己的劍，在這一片虛無的空間裡，劍閃動著如水般淡淡的光。沒有因功力催發而產生的劍芒，但握在殘空手中，卻有著無限可能性。

天狼護法不屑地道：「你的劍沒有生氣，卻想以它來勝我，我爲你感到絕望！那我就讓你在死之前見識一下什麼叫做真正的劍！」

一片虛無之中，天狼護法駢指成劍。

殘空手中的劍緩緩揚起，眼神全力聚於一點，凝視著那不斷逼近的劍之鋒芒最盛處。

就在那駢指成的劍逼近殘空周身一米範圍之內時，殘空手中的劍突然動了……

第十五章　鳳凰星殿

落日是看著殘空衝進星咒神殿大門的，但當他雙腳跨放星咒神殿殿門的一剎那，殘空便在他眼前消失了，而與他一起衝進星咒神殿的漓渚、天衣，也失去了身影。他已經感覺不到他們中任何一人的存在，而此時，他所來到的是一個與外隔絕的世界，抑或他來到了另外一個世界。

落日的心頓時變得警覺，雙眼緩緩巡視著自己所在的這個世界，發現自己所在的是一個到處都閃動著星芒的宮殿裡，宮殿的四周及穹頂以及地面，都貼著成幅成幅的星圖，而在這些星圖的最中央，則是由數顆星組成的展翅欲飛的鳳凰。

「這裡是什麼地方？」落日心中不禁暗自問道，如此奇異和陌生的環境讓他感到訝異，儘管在進星咒神殿之前，他已經有了足夠的心理準備面臨任何意外。

「這裡是星咒神殿的鳳凰星宮，我是鳳凰星宮的主人鳳凰護法，歡迎你來到這裡，落日兄。」說話之間，落日前面的那面殿牆有一道門開啓，身著銀白鳳凰戰甲的銘劍從門口走了進來，隨即他身後之門便已關閉，合在一起，彷彿根本就不存在，以肉眼無法看出分毫。

落日已從影子處得知，銘劍乃星咒神殿的鳳凰護法，但在此處相見，仍不免感到有些意外。但隨即，他笑了笑，看上去顯得極爲輕鬆，道：「傻劍兄什麼時候混得如此好的差事，也不給老朋友介紹介紹，虧我們在一起喝了那麼多酒，談論了那麼多次女人，真是不夠義氣！」

說著，還提了提有些鬆垮的褲子，一副吊兒郎當的樣子。

銘劍道：「落日兄還是以前的樣子，從死亡地殿獲得重生，並沒有讓你有絲毫的改變。」

落日向前走了幾步，來到銘劍面前，將手放在銘劍的肩上，身子斜靠其身，擺出一副沒有出息的樣子，歎氣道：「我這人一輩子就這個樣，屬於爛泥扶不上牆的那種，連我自己都痛恨自己這個樣子，哪能像傻劍兄一樣身爲星咒神殿的鳳凰護法，威風八面？傻劍兄就不要再取笑我了。」

銘劍看著斜靠在自己身上的落日，道：「落日兄的嘴還是像以前一樣厲害。」

落日站直身子，彷佛哥倫布發現新大陸一般，極爲詫異地道：「我的嘴巴厲害嗎？我怎麼一直都沒有感覺到？倒是傻劍兄的變化挺大，不像以前那般風趣幽默，也不抓後腦勺了，彷佛換了個人似的，讓我感到有些見外。傻劍兄是覺得落日不配再與身爲星咒神殿鳳凰護法的你交往了麼？但在我的印象中，傻劍兄不應該是這樣的人啊！」說完又擺出一副十分納悶不解的樣子。

銘劍並不理會落日的嬉鬧，道：「落日兄似乎忘了來星咒神殿的目的。」

「什麼目的？」落日一時想不起來，抓了抓後腦勺，轉而彷若恍然大悟道：「哦，傻劍兄說的是突破星咒神殿啊，我怎麼會忘？只是一時之間沒有想起來罷了。難道傻劍兄也對突破星咒神殿感興趣？不如我們一起吧。」說到這裡，落日又猛地拍了一下自己的頭，接道：「你看我這記性，差點忘了傻劍兄乃星咒神殿的鳳凰護法，呵呵……看來我的記憶真的是有些不太靈光了。」顯得有些不好意思，又抓了抓後腦勺。

銘劍道：「落日兄想起來了就好，身爲星咒神殿鳳凰護法，銘劍將誓死護衛星咒神殿！」

落日見銘劍一本正經的樣子，有些害怕地道：「沒有這麼嚴重吧？」

銘劍道：「落日兄就不用在銘劍面前表演了，有些事情必須面對。」

落日顯得有些不甘心，伸出手，掐著一點點手指，一副討好的樣子，道：「有沒有一點點商量的餘地？看在我們一塊喝酒、一塊談女人的份上，傻劍兄……不，銘劍兄就放小弟一馬，讓我過去，小弟一定感激不盡！」

說完，一雙充滿渴望的眼睛緊緊盯著銘劍的嘴巴，生怕他一不小心說錯了話。

銘劍沒有說錯話，落日也沒有等到他說錯話的機會，因爲銘劍根本沒有用嘴說話，而是手中的鳳凰戰劍「說話」了。

劍出，一聲鳳凰的鳴叫響徹鳳凰星宮，自下而上，劃出一道飽含天地至理的弧線。

落日的身影頓時被從下至上一分爲二，但劍劃破的僅僅是落日留在原地的殘影，他的人早已從原地消失，站在了銘劍身前一丈處。

落日拍了拍胸口，自語道：「好險，好險……」然後沒好氣地對銘劍道：「喂，傻劍，就算你不願意放我一馬，也沒有必要對我動劍啊，是不是成了星咒神殿的護法後，人也變傻了？」

銘劍對落日的話毫不理睬，手中戰劍遙指落日，沈聲道：「落日兄，出招吧，今天只有一個人可以活著離開鳳凰星宮。」

落日也不再戲言相謔，他笑了笑，正色道：「看來銘劍兄已不再好玩了，不過，落日絕不可以留在鳳凰星宮。」

銘劍道：「很好，我也想知道，從死亡地殿獲得重生的落日有什麼值得驕傲的地方！」

落日那柄烏黑之劍此時已經出現在手中，他掂了掂手中之劍，對著劍道：「你知道的，在死亡邊緣掙扎的人是從來不驕傲的，因爲你不知道自己能否活著見到明天的太陽。」然後，落日擡眼望向銘劍，道：「但是，一個在死亡邊緣掙扎的人，應該是自信的，因爲他希望看到第二天早上的太陽，特別是一個死後重生的人，更懂得生命的可貴。」

銘劍道：「很高興能聽到落日兄如此精闢的生命感言，鳳凰與你相交一場，也算是在記憶中留下了值得可以回憶的東西，鳳凰不會忘記落日兄的這番話。」

落日笑了笑，道：「聽銘劍兄此言，看來落日是輸定了？不過在這個世上，真的沒有人願意成為那個失敗者，那就以殘酷的結果來證明一切吧。」

說完身子躍了起來，鳳凰星宮四周的星圖隨著落日身子的躍起升高而不斷變化著，位於中間的鳳凰星圖隨著周圍星圖的變化作出相應精妙的移動，但無論怎樣變化移動，鳳凰星圖都處於周圍變化的最核心。一切都圍繞鳳凰星圖而存在，一切變化都逃不過鳳凰星宮的主宰者——鳳凰星圖的掌控，包括已然躍起的落日身形的各種變化，以及所有進攻的路線。

而此時的銘劍，雙腳正踏在地面的鳳凰星圖上，他的頭頂正對著的也是鳳凰星圖，四面牆壁的鳳凰星圖亦正對著他，他就是整個鳳凰星宮的核心，所有的一切都以他的存在而存在……

天衣所來到的是翼龍星宮，此時，他正面對著翼龍星宮的翼龍護法——那個坐在玄冰王座上，身披翼龍戰甲之人。在其頭頂，一束星光投下，那是由二十顆星星組成的展翅飛舞的蒼龍圖案，周圍其他的地方則是一片黑暗。

翼龍護法坐在玄冰王座上，他的身形魁梧粗獷，左側臉上有一隻從雲霧中探出的龍的怒爪，脖頸處現出展露在雲霧中穿行的蒼龍的鱗紋。在他身上，顯然刺有龍的紋身。

翼龍護法的聲音很雄渾，以鄙夷的目光看著天衣，道：「你這可憐的人，是來送死的嗎？」

黑暗中，天衣的臉上是那嚴謹、一絲不苟的表情，道：「我是來取你性命的。」

「哈哈哈……」翼龍護法狂笑聲不止，整個翼龍星宮都隨著這笑聲而顫動：「就憑你？」

天衣道：「還有我手中的劍！」

「你這可憐的來自塵世中的凡夫俗子，你知道你在和誰說話嗎？從來沒有一個人可以戰勝神！」翼龍護法狂傲地道。

「那是因爲從來沒有神遇上我。」天衣的語氣始終如一，不疾不躁。

翼龍護法饒有興趣地看著天衣那張嚴謹的臉，足足看了半刻鐘的時間，最後他搖了搖頭道：「我看不出你與其他的人有什麼區別，難道就僅憑你從死亡地殿獲得重生嗎？你體內所蘊藏的能量在我眼中看來，簡直卑微如螢火，又如何與皓月爭輝？」

天衣道：「當沒有皓月之時，螢火也可以照亮一片世界。」

翼龍護法道：「難道你沒有看到我就是那皓月嗎？」

天衣搖了搖頭，道：「你最多只能算是那一瞬即逝的流星，當自己發出最耀眼強光的時候，也是你死亡的時候。」

翼龍護法又發出令整個翼龍星宮顫動的狂笑，他道：「好！說得好！但你有沒有想過，就算流星，也比螢火有著千萬倍的光亮，你以爲你有與流星相比的資格麼？」

天衣道：「我從不與死亡的東西相提並論。」

翼龍護法不再笑了，道：「你的嘴巴倒是挺厲害，還沒有動手，我就已『死』在了你嘴巴上，倒是第一次感到自己是如此弱小，只是希望在動手之前，你的身手能像你的嘴巴那樣厲害，如此，我也可以活動活動久未動彈的筋骨了。」

說話之時，翼龍護法的背後伸展出了一對銀白雪亮的羽翼，那組成羽翼的每一根「羽毛」都閃著刀般鋒利的寒芒，仿若數百柄鋒利尖細的刀刃。

那一對羽翼伸至翼龍護法面前，從上至下，一輪一輪地滑動，而他的臉，在這一輪輪閃動著的寒芒中若隱若現。

突然，羽翼扇動，一股強烈狂暴的罡風向天衣迎面撲來。

天衣頓感呼吸不暢，雙腳站立不穩，彷彿整個天地的力量都在向自己撲來，再加上他對翼龍護法的羽翼可以刮起如此強暴的風，沒有充足的心理準備，整個人頓時被這強勁的暴風掀了起來，身不由己地向後衝去。

「轟……」一聲沈悶的聲響，在一片黑暗中，天衣重重地撞在了翼龍星宮的牆壁上。

「哈哈哈……我以爲你有多厲害，原來竟是如此不濟，承我一扇之力都不能，看來今天你是要讓我失望了！」翼龍護法的羽翼收了回來，顯得極爲不屑地道。

天衣雖然撞在了牆壁上，但他的身子並沒有跌倒，邁開步子重向翼龍護法面前走來。在翼龍護法身前一丈處，他站定了，道：「原來你的強大只是憑藉羽翼來扇扇風而已，也未免讓我失望了。」

翼龍護法見天衣毫髮無損地站在自己面前，心中略有詫異，剛才羽翼一扇之力有多大，他心裡是清楚的，看來眼前這年輕人確非一般之人。但是，以天衣剛才的表現，仍無法撼動他的心境，傲然道：「那我就讓你見識一下，我這對羽翼的真正厲害吧！」

話音剛落，那一輪一輪從上至下在面前旋動的左翼，突然暴長出數丈長，拖著狂暴的罡風攻向天衣。

羽翼如一排排尖刃，在黑暗中閃著攝人心魄的寒芒，若疾電般推進。

天衣沒想到翼龍護法的羽翼可以暴長出這麼長，拖起強烈的罡風，比任何利器的攻擊都要厲害。幸而他早有心理準備，在羽翼振動的一剎那便迅疾後退，企圖躲過羽翼的襲擊。

雖然他退得快，但羽翼的速度更快。

天衣退到了死角，後背已緊貼著翼龍星宮的牆壁，退無可退，而那挾帶強暴氣勢的羽翼已經迫到眼前。

此時的翼龍護法坐在寶座上，臉上帶著狂傲的笑意，未曾有過絲毫的動彈，天衣似乎只剩下死路一條……

當漓渚衝進星咒神殿的一剎那，他感到自己站在了虛空中，頭上腳下是那漫天的星海，一顆一顆閃著寒光的銀粒在他身邊閃耀著，煞是好看，彷彿是夏天環繞身邊飛舞的螢火。

而這時，有一長髮及地、身著銀白素衣的女子，正在將身邊那閃著光芒的銀粒拾掇起來，一顆一顆，專心致志，而那些銀粒也極乖順，繞著她身邊飛翔，使她能夠很輕易地將之拾掇手中，甚至有些爭先恐後。

漓渚歪著頭，呆呆地看著這女子，她的臉色有些清冷，那些清冷的銀白映在她臉上，就顯得更爲清冷了，超塵脫俗，不是人間應有。漓渚一看就是半晌，嘴角一條晶瑩的「銀鏈子」已垂了很長，而且愈來愈長。

「好美喲！」漓渚眼神癡呆，由衷地道。

「你的口水已經快滴到地上了，不要弄髒了我的地方。」那女子清冷的聲音傳來，但手依然拾掇著銀粒，不曾有一刻的停歇。

漓渚一下子醒了過來，彷彿沒事般，以衣袖擦了擦嘴巴，一路小跑，跑到那女子面前，很癡情地道：「姐姐，你剛才是在和我說話嗎？」眼睛死死盯著女子的臉不放。

那些一顆顆浮於空中的銀粒，見到漓渚的到來，一下子就散了，逃到別處，一副唯恐避之不及的樣子。

女子擡起頭來，冷冷的目光看著漓渚，道：「你擾亂了我這裡的秩序。」

「是嗎？我沒有注意，不好意思。」漓渚一言帶過，一副毫不放在心上的模樣，眼睛看著面前的女子，卻是眨也不眨一下。

女子也冷冷地看著漓渚，眼睛同樣是不曾眨動。

也不知過了多長時間，漓渚彷彿意識到了自己的無禮，臉一紅，收回目光，有些不好意思地道：「姐姐是不是覺得我很無禮？這不能怪我，要怪也只能怪姐姐長得太漂亮了，讓我情不自禁，所以才那麼冒失地盯著姐姐看。」

邊說，還邊用手指捲著衣角，一副害羞的小女生態。

那女子彷彿想知道漓渚到底有多「無恥」，仍只是冷冷地看著他，一言不發。

漓渚擡起頭來，看到那女子依然死死地盯著自己，忙又低下了頭，道：「姐姐，你不要一雙火辣辣的眼睛看著人家，看得人家都不好意思了。」

一副忸怩之態過後，忽地又擡起頭來，充滿渴望地看著女子，道：「姐姐，我叫漓渚，你能告訴我你的名字嗎？」

「星咒神殿的玄武護法。」女子道。

「星咒神殿的玄武護法？」漓渚一邊重複著女子的話，一邊扳著手指在數，「姐姐，你的名字好長啊，有九個字，而我的名字只有兩……」

漓渚的話還沒有來得及說完，就將嘴巴閉上了，他不得不將嘴巴閉上！就在漓渚說話之時，那女子揮手一揚，漫天的銀粒鋪天蓋地向他襲來。

虛空中，彷彿是突然爆發的流星雨，一道道銀亮的軌跡劃過，呼嘯著奔向漓渚。

漓渚疾速後退，同時手中的青銅刀脫鞘奔出。

刀繞身轉，黃芒大盛，以刀勁形成的氣牆環身升起。

「錚，錚，錚……」連綿不絕的銀粒撞在青銅刀所形成的防護牆上，錚鳴聲響成一片。

漓渚雖以刀護身，身體重要部位沒有被銀粒所傷，但那銀粒撞在青銅刀上產生的強大衝擊力則讓他的身形以不受控的速度往後疾退，想停也停不住，而且在這一片虛空中，他根本無法找到可以止住自己倒退的用力之處，一切只是「虛」和「無」。

漓渚雖然早已有了各種心理準備，但是這種情況，卻是他始料未及。

可此時的漓渚只得往後疾速倒退著，他心裡想，自己唯一可以做的就是讓自己在退到不能再退的時候，再停下，反正不可能這樣退到天涯海角。

這樣一想，漓渚反而放心了，咧嘴笑了起來，大聲道：「那就讓我這樣自由地飛吧。」說罷，竟閉上了眼睛，徜徉在「飛翔」的幸福之中。

可待漓渚剛剛產生這個念頭，閉上眼睛時，卻聽得「噗通」一聲，漓渚掉到了水裡面。無法忍受的寒冷，就像風鑽一樣，深入他的骨髓。

「我的媽呀！」漓渚大叫一聲，從水裡跳了起來，可他跳起來之後，又不得不重新落回刺骨的寒水中，因爲他目光所及之處，全都是冰冷的水，水面上，閃爍著無以數計的銀粒，將水照的更加寒冷，讓人感到更加難以忍受。

「我這真是來到天涯海角了麼？」漓渚叫苦不迭，掙扎彈動著雙手雙腳，不讓自己沈下去，雙唇激烈地抖動著。

「那姐姐也真是太無情了，怎能這樣對待一個對她有傾慕之心的人呢？」漓渚在水中不停地游動著，顫抖的雙唇發著勞騷：「這樣游，可不知什麼時候才是盡頭。」

漓渚游啊游，也不知游了多長時間，游了多遠，所謂的盡頭仍是遙遙無期，可他似乎仍是「樂此不疲」……

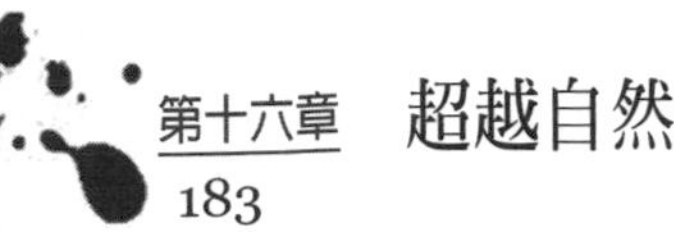

第十六章　超越自然

朝陽走進星咒神殿，他所來的地方是屬於白虎護法的白虎星宮。

白虎星宮有著一根根聳立著的玄武石柱，錯落有致，井然排列，柱子上雕刻著神態各異、長著雙翅的白虎，看上去似乎一模一樣。地面，以一塊塊大小相等的玄武石鋪成。

在暗淡的光線映照下，白虎星宮顯得森然冷漠，有一種天生對外物的排斥。

在這裡，朝陽的精神力沒有感覺到任何人的存在，除了他自己。但是，他所在的白虎星宮看上去是有限的，而精神力的感應卻是無限。也就是說，以朝陽的精神力，尚沒有感應到白虎星宮的邊界。這說明，有人以靈力將有限的白虎星宮進行了無限的精神力延伸，朝陽的精神力一時之間沒有突破那人精神力延伸成的世界。

朝陽的鼻子發出一聲冷哼，他知道，鎮守白虎星宮的定是白虎護法，以白虎護法的修爲，朝陽自信遠遠高於他。白虎護法之所以能夠延伸出一個讓朝陽感覺到無限的白虎星宮，在於白虎護法借用了白虎星宮的靈力。白虎星宮是星咒神殿的一部分，星咒神殿主宰著幻魔大陸，白虎星宮定然擁有著超越自然界的力量，這裡是白虎護法的世界，他自然可以將白虎星宮的靈力淋漓盡致地發揮。

朝陽邁開雙腳，向前走去，筆挺的黑白戰袍在走動中輕輕掀動一角，欲揚不揚。

白虎星宮內，他的腳步清晰地回響著，有條不紊，一下一下，可朝陽走了好幾圈，走來走去，還是站在最初的出發點，那一根根豎立著的玄武石柱讓白虎星宮變成了一座謎城，任朝陽怎麼走也走不出去。

朝陽傲然道：「憑這一點伎倆也想困住我？」

話音落下，聖魔劍愴然出鞘。

一片赤紅之中，聖魔劍靈怒吼著在白虎星宮纏繞飛舞，最後衝破穹頂，直擊虛空。

整個白虎星宮發出劇烈的顫動，搖晃不已，而星宮的穹頂，更是破開了一個大洞。

朝陽收劍回鞘，破洞之處，清冷的星光投了進來，那是真正來自大自然的星光。

隨著星光的投下，那一根根豎立的玄武石柱齊齊從中斷裂，接著是一聲響徹天地的巨響，白虎星宮轟然坍塌。

六芒星狀的星咒神殿已去了一角。

在倒塌的廢墟中，一個人躬著身子，噴射出一口鮮血，掙扎著從一片廢墟中站了起來，那正是白虎星宮的守護者——白虎護法。

白虎護法看著朝陽，不敢置信地道：「不可能！不可能！你怎能如此輕易地就破了我的白

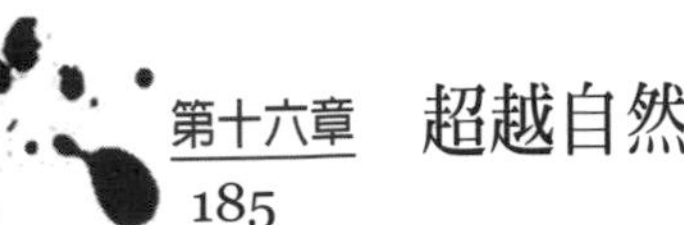

虎星宮？這不可能！」

朝陽不屑地看著白虎護法，道：「你此刻能夠站在我的面前，已經算是一個奇蹟了，你應該為自己感到慶幸才對。你根本不是我的對手，還是讓星咒神儘早出來見我吧！」

白虎護法看著眼前已成廢墟的白虎星宮，不停地搖著頭，似乎還是不敢相信這一既成的事實。他知道，自己可能無法阻止朝陽，但卻沒想到竟是如此不濟，連阻止都尚未來得及，整個白虎星宮便已被毀。而且，白虎星宮的被毀，靈力的消失，讓他與白虎星宮契合的精神力承受了巨大打擊，功力也大大損耗，從某種意義上說，白虎星宮的被毀，也就是他白虎護法的死亡——他沒想到朝陽的修為竟是如此高深！

虛空中清冷的風吹動著白虎護法那有些零亂的髮絲，身上的白虎戰甲在星光下閃動著沈沈的暗芒，只見他突然站直了身子，大吼道：「要想見主神，首先得過我這一關！」

暴吼聲中，白虎護法已然拔出了腰間的武器，那是一柄長約五尺、單邊鋒刃、尖部微微揚起的銀白戰刀。

白虎護法的雙眼脹得通紅，濃烈的戰意涌過戰刀，如水般蕩漾開來，身上的白虎戰甲也頓時爆綻出刺眼的光芒。

整個人看上去彷彿是一團燃燒著的烈焰！

朝陽以鄙夷的眼神看著此刻的白虎護法，道：「如果說，剛才你借用白虎星宮的靈力，可以勉強承受聖魔劍一擊的話，那麼現在，你連讓我動手的資格都已沒有了。」

說完，朝陽逕自向白虎護法走去。

白虎護法看著一步一步向自己靠近的朝陽，突然暴喝一聲，手中的戰刀在虛空中劃過一道銀白精美的弧光，以一往無回之勢向朝陽迎頭劈去。

清冷的星光照在他的臉上，那根根賁張的經脈如一條條青色的蚯蚓附在了臉上，眼睛的瞳孔隨著朝陽的靠近不斷放大，而朝陽的身影在瞳孔中所占的面積也愈來愈大。當朝陽那充滿鄙夷的臉整個占滿白虎護法的眼睛之時，突然，朝陽的眼中閃過一道電芒，直取白虎護法的雙眼。

白虎護法頓時只感兩柄無形的利劍射進自己的雙眼，大腦頓時一片空白，所有意識漸漸渙散，一切，開始慢慢變得虛無，直至最後什麼都沒有。

朝陽走到白虎護法的面前，伸出一根手指，輕輕在他胸前點了一下，白虎護法的身子便應聲倒在了地上。朝陽跨過了他的身體，向前走去。前面，是屬於天馬護法的天馬星宮……

天馬星宮。樓夜雨已經不在，這裡本該是由她守護的！

朝陽面對的是一幅站在面前的空殼天馬戰甲，裡面沒有人，整個天馬星宮也沒有一個人。

但朝陽感到，在這座空空的天馬星宮內，有一個人殘存的意志，一個死去之人所留下來的意志。才讓天馬戰甲站在朝陽面前，而不倒。

朝陽望著眼前銀亮的戰甲，道：「你阻止不了我。」

沒有人回答，天馬戰甲依然佇立於朝陽面前。

朝陽又道：「一千年前，你輸給了我，一千年後的今天，你又輸給了我，無論你以怎樣的欲望支撐著自己意志的不滅，但在我面前，你永遠只是一個失敗者！你的存在沒有任何意義，走向毀滅，才是屬於你的路，也是你最好的選擇！」

天馬戰甲佇立如舊，依然沒有任何反應，朝陽的話只是空落落地在天馬星宮內回響著。當回響的聲音停歇下來時，他就只能聽到自己的心跳和均勻的呼吸聲。

這是一個寂靜若死的地方，雖然有一個人殘存的意志，但是一切都是無法觸摸的虛無。在這樣一個以虛無構建的世界裡，朝陽發現自己的話變得多了。他應該毀去眼前佇立的天馬戰甲，但事實上他並沒有這樣做，在時間的推移中，朝陽凝視著眼前的天馬戰甲，而他現在做的也僅僅是凝視。

……

「你是在看晚霞嗎？」一個小女孩出現在他的世界裡，而他只是看著西邊的晚霞。

「聽說你每天都會來這裡？」小女孩續道。

「你一個人看晚霞不悶嗎？我陪你看好不好？」小女孩坐在了他的身側。

「對了，忘了告訴你，我的名字叫樓蘭，你能告訴我你的名字叫什麼嗎？」小女孩側著頭問道。

「我每天陪你看晚霞好不好……？」

「你覺得是我漂亮還是晚霞漂亮……？」

「晚霞上是不是有什麼好吃的……？」

「我要比晚霞漂亮一千倍……」

「我要成爲你眼中最漂亮的女人……」

「你告訴我，我是不是你眼中最漂亮的女人……？」

「你爲什麼不回答我？你害怕了嗎……？」

「你一定要回答我……」

「你不能不回答我……」

「我一定要你親口告訴我，我比晚霞更漂亮……」

一個人可以爲了這樣的信念堅持著，即使她什麼也得不到！事實上她現在確實什麼都沒有得到，連身體也已失去，只剩下意志，但她始終未曾放棄過。在她心裡，想得到的僅僅是一個肯定的回答，但他始終沒有給她。

朝陽曾經以爲，她只是一個征服欲望很強的女人，所以他沒有給這個女人任何希望。但是此刻，那殘存的意志所支撐的戰甲，讓他堅硬如鐵的心感到了一絲柔軟。

一千年前的死去，一千年後的死去，到此刻意志的不滅，一個女人的征服欲望到底有多大？在背後支撐著她的難道真的是對一個人的征服麼？或者是爲了得到她心中想要的？

在這殘存的意志面前，朝陽感到了樓夜雨與他有很多相似的地方，所以，他才遲遲沒有動手。

但是，他的路是絕對不容許任何人阻擋的，不管是什麼人，有著什麼樣的目的，都必須予以毀滅！所以，在朝陽的靜靜凝視中，聖魔劍也開始緩緩離鞘而出，那淡淡的血紅色劍芒使這寂靜的天馬星宮多了一種色彩。

在劍與劍鞘磨擦的「鏗鏘」聲中，聖魔劍指向了空蕩的天馬戰甲。

天馬戰甲亦開始有隱約的白芒散發開來，如水般，挾帶愈來愈強烈的戰意。

整個天馬星宮的空氣也似乎受到某種力的召喚，開始緩緩流動。

朝陽額前的髮絲隨著緩緩流動的空氣輕輕揚起，嘴角浮出一絲冷笑，道：「你，還是倒下吧。」

說話之中，聖魔劍劃出一道精美絕倫的赤紅電弧，天馬星宮霎時變成一片血紅之色，殺伐之意充斥著每一寸空間。

「鏘鏘鏘……」天馬戰甲零落成無數小塊，散了一地。

一切在朝陽的眼中都是不堪一擊。

聖魔劍收回，他額前揚起的髮絲緩緩回到原位，天馬星宮亦回復靜寂。

這時，在朝陽身後，四個人的聲音傳了過來：「王。」

朝陽並沒有回頭，只是移開步伐，向前走去……

星咒神殿主殿。

「你們終於來了。」

大殿最中央的神座上，星咒神意態慵懶地斜靠著。在她的身體四周，星芒縈動。

朝陽、天衣、落日、殘空、漓渚站在她的面前，與之相隔二十丈。

星咒神似笑非笑地道：「沒想到你們這麼快就可以突破六大星宮，到達主殿，本神還沒有來得及從剛才的夢中醒來。」

朝陽道：「你可以永遠不要醒來，那樣對你才是最好的選擇。」

星咒神搖了搖頭道：「可惜被你們驚醒了，不是每一個人都可以做自己喜歡的美夢的，能夠做美夢的人應該知足。但是，夢遲早都是要醒的，醒了就什麼都沒有了，不管你願不願意，若是有人長久沈浸於夢中不願醒來，那這個人一定是可悲的，因爲這種人在現實中一定是一無所有——不知你是否贊同我對夢的這番見解？」

朝陽道：「你的話不錯，但是，哪裡才是現實？哪裡才是夢？身在其中的人是不能夠分辨出來的。這便注定有些人會一輩子生活於夢中，直至死時才回到現實，這就是為什麼有人說『人生如夢』的原故。」

星咒神拍了拍手，十分贊同地道：「說得好！這是我聽到對夢最精闢的見解。只是有些人一世的夢醒不了，再以來世續接這個夢，這就讓人同情了。」

朝陽的嘴角浮出一絲譏嘲的冷笑，道：「我說過，身在夢中的人是永遠分不清何為現實，何為夢的，只有在他死的時候才能夠明白。你現在沒有資格說這番話，因為你還不知道自己到底是身在夢中，還是現實！」

星咒神似笑非笑地道：「這倒是一個問題，若是不去想何為現實，何為夢中，也就沒有必要去考慮這個問題了，因為這種問題往往是無法分清的，執著於這樣的問題就像執著於生死一樣，同樣是毫無意義。但是從自己的角度看別人就不一樣了，別人看不清的東西，自己反而會看得很清楚，那些沈迷著的夢就像幻覺一樣，很快就會從眼前消失，就像根本沒有發生過。從這個角度來看，就不存在夢與現實了，不知你同不同意這種觀點？」

朝陽並沒有對這個問題給予任何回答，面對這樣的問題，星咒神有著別人永遠不會駁倒的答案。但對朝陽來說，這一切都毫無意義，無論是置身夢中，還是現實，並不重要，重要的是，他來此的目的是為了突破星咒神殿，而現在，只剩下最後一步了！

朝陽道：「你想說的並不是這些吧?沒有人有興趣和你討論這些毫無意義的話題。」

星咒神移動了一下慵懶的身體，淡淡一笑，道：「你認爲這些是毫無意義的話題?如果我告訴你，你回答不了這些問題，就永遠都無法突破星咒神殿，不知你信不信?」

朝陽道：「你以爲玩一些小孩的把戲，在我的面前會有用?」雙眼直視星咒神似笑非笑的目光，兩人的眼神相視一起，久久的，彷彿都想從對方的眼神中讀出一些什麼。

星咒神道：「當然了，我知道你不會相信我的話，如果你相信別人的話，現在也不會站在我的面前了。在這個世界上，你相信的人唯有你自己!但是，一個缺乏『信任』的人，就算勝利，留給自己的會有什麼呢?一個人?一件事?一段過往?還是除了自己，其他的什麼都沒有?」

朝陽冷笑道：「只要我殺了冥天，就會擁有幻魔空間所有的一切!」

「真的麼?」星咒神以似笑非笑的目光注視著朝陽毅然的表情：「戰勝冥天，你就真的可以得到所有的一切?」

朝陽冷笑著反問道：「難道不是?」

星咒神沒有直接回答，只是道：「當你突破星咒神殿，殺死冥天後，這個世界上就再也沒有你戰不勝之物，上天下地，唯你獨尊，萬物及人都由你主宰，你可以讓這個世界以你喜歡的方式運轉，你可以隨意奪取某個人的性命，可以使花常年不敗地開，讓太陽永不落幕，使江河永不斷流，甚至可以讓死去的人重新活過來……長此以往，你什麼都擁有，什麼都得到，天地萬物都是屬於你的，你站在高高在上的天界，睥睨著眼下的一切！但你真的什麼都擁有了麼？這就是你想要的一切？」

朝陽的心一沈，他的眼前真的出現了星咒神所描述的那一幕：他站在高高的天界，身著黑白戰袍，睥睨著眼下的一切。他不但可以主宰自己的命運，還可以主宰萬物的生命，他已經擁有了一切，再沒有什麼他得不到的。但他卻感覺到冷，四周的風可以吹透他的身體，他的心是空的，他在問自己：為什麼得到了，反而感覺什麼都沒有得到？自己想要的究竟是什麼……？

這時，落日、天衣、殘空、漓渚都感覺到了朝陽的不對勁，剛才那犀利的眼神和高昂的戰意，此刻卻變得極為迷惑。

剛才，四人都高度戒備，密切注視著星咒神所有的動作，但是除了兩者的對話，其他的，星咒神什麼都沒有做。

「王……」天衣不由得喊道。

但朝陽卻什麼反應都沒有。

落日感到不對勁，也喊了一聲，但結果一樣，朝陽彷彿沈淪到某種思緒裡面，不能自拔。

漓渚望著星咒神道：「你到底對王做了什麼？」

星咒神輕笑一聲，道：「做了什麼？你們剛才不是已經看到了麼？」

漓渚一時不知如何回答，就是因爲什麼也沒有看到，他才有此一問。

殘空這時向前走出一步，沈聲道：「如果王有什麼不測，你也別想活著待在星咒神殿！」

第十七章　感慨無恨

星咒神聽得「哈哈」大笑，道：「就憑你們？能夠突破四大星宮，對你們來說，已經是萬分僥倖，你們四人的力量加在一起，在我眼中也只不過如同一顆微塵，竟也敢說出如此狂妄之言，這難道就是死亡地殿讓你們獲得重生後所擁有的『力量』麼？真是讓我大開眼界！」

星咒神的話充滿了無盡的諷刺之意。

殘空並不在意星咒神的諷刺，他道：「也許，你並沒有真正見到我們所擁有的力量。」

星咒神的表情頓時爲之一愕，殘空平靜沈著的話語一下子擊中了她的心，這是一件她從未想過的事情。他們能突破四大星宮她是「見到」過的，似乎並不能完全以僥倖解釋，只是當時，他們的表現在她眼中根本不值一提，所以她並沒有太過將之放在心上。此時殘空的話，不禁提醒了她：能夠來到星咒神殿，也許，他們表現出來的並不全是他們所擁有的力量，但他們還擁有著什麼樣的力量呢？星咒神以精神試探著他們所散發出來的氣機，可並沒有得到她想要的答案，四人所散發出的氣機並沒有表現出強者所應有的特徵。身爲星咒神，她似乎看不透眼前的四人。

星咒神所表現出的驚愕表情只是一瞬，甚至沒有讓人感覺到。她似笑非笑地道：「你們真的以爲眼前之人是你們心中所認爲的『王』麼？影子已經被他所殺，站在你們面前的是朝陽。那一場決戰，你們的眼睛被他所騙，若非昨晚讓你們喝了絕塵酒，差一點連我都被他騙過，他的表現，難道你們還沒有看出來麼？」

落日、天衣、濶渚禁不住皆擡起頭望向星咒神，在這個不適當的時候，他們不得不又一次面對這個問題。唯殘空並不爲之所動，道：「你害怕了，你害怕著我們，所以在這個時候提出這一個問題，無非是想借此攪亂我們的陣腳，我們的使命是相助王突破四大神殿，既然我們來到了這裡，命運已在無形之中安排了這樣一個結局，我們無須考慮太多。」

落日、天衣、濶渚聽到殘空的話，心中剛剛升起的不知如何取捨之意變成了一種慚愧。在這種時候，他們總是感到不如殘空冷靜果斷。是的，這時候，他們不應該再考慮其他的問題。

星咒神道：「『害怕』？這是我此生聽來感到最有意思的一個詞。如果真的有這種東西的存在，我倒願意嘗試一下，只可惜，我這一生從來不知何爲『害怕』！」言語之中，竟有無限感慨之意。

星咒神的話讓四人感到頗爲意外，其言語中的感慨之情並不像是裝出來的，雖然尊爲星咒神，但在她的生命中，似乎缺少了常人所擁有的東西。

四人沒有說話，星咒神此時的表現，與他們心目中所認爲的星咒神，有著天壤之別……

而此時的朝陽，眼中仍現茫然之態，他沈淪於自己的思緒中無法自拔，或許，他會永遠地這樣沈淪下去，站在這裡，了結他的今生今世。

天衣見朝陽此時的模樣，試探著將自己的功力輸入朝陽體內，想讓朝陽醒過來。但當他的真氣剛剛進入朝陽體內時，全身的功力就如決堤之江水，不受控制地被朝陽吸納，神志隨之變得一片迷糊，失去自我，腦海中出現的竟全是朝陽此時沈淪其中、無法自拔的問題。

落日見到天衣的手搭在朝陽的手臂上，臉上出現了與朝陽同樣的表情，頓感情況不妙，隔空劈出一掌，想將天衣的手震落，但那一掌的力量如石沈大海，不見蹤影，而他竟也身不由己地被一股莫名力量所牽扯，被朝陽吸去。

漓渚見狀，驚異地道：「落日兄！」伸手想將落日攔截，而他也身不由己地被扯了進去。轉瞬之間，三人臉上都出現了與朝陽臉上同樣茫然的神情，他們彼此與朝陽牽連在一起，無法分開。

殘空剛才把注意力全放在星咒神身上，沒想到落日、天衣、殘空一瞬間全都變成了與朝陽一樣，想出手解救，但落日、漓渚的前車之鑑讓他不敢冒然行動，轉而以僅剩的左手弩指星咒神，道：「他們到底是怎麼回事？」

星咒神見落日、天衣、漓渚三人的表情，不由哈哈大笑，那與她女性形象不相符的男性聲音此刻聽來，分外彆扭，道：「簡直是自不量力，以你們的力量，也想將沈淪於魔魘中的朝陽解救出來?這一下倒讓我省力不少，哈哈哈哈……」

殘空道：「魔魘？」

星咒神道：「是的，每個人都有自己的心魔，不論他看起來多麼倔傲，擁有多麼強大的力量，只要找到他的心魔，我就可以永遠讓他沈淪於我所設置的夢魔世界裡，直到心力交瘁而死！」

殘空這時才明白，道：「原來你與王交談時所謂的『夢』與『現實』就是爲了找到他的心魔。」

星咒神似笑非笑地道：「你也有的。」

「我也有？」殘空顯得有些惶然。

星咒神道：「你還想不想見到你已死去的妹妹法詩蘭？」

「法詩蘭？」

星咒神道：「是的，難道你沒有看到她麼？」話音落下，殘空便聽到了法詩蘭的聲音：

「法詩蘭。」殘空不由得叫道，隨即四處尋找。

「哥哥，我一個人好寂寞，你爲什麼不回家來陪我？」

「哥哥……」

殘空眼前倏地出現了法詩蘭獨自坐於一個幽暗的房間裡，面對著鏡中的自己的場面……

殘空沈淪在了星咒神所設置的魔魘中。

星咒神坐在玄冰王座上，看著眼前的万人，臉上的笑顯得很燦爛。她道：「你們終究不過是普通的塵世中人，還沒有資格與我爲戰，哈哈哈……」

星咒神放聲地狂笑，可笑著笑著，聲音卻突然停了下來，彷彿刹那間被人從中掐斷了一般，臉上的表情也隨即變成了凝重，她感到了來自心臟分裂的疼痛——

就在她縱聲大笑、心神爲之鬆弛的時候，一柄無形的先天之劍自其胸前刺過！殷紅的血一顆一顆滴落，染紅了雪白的長衫。

這時，星咒神看到殘空正目光犀利望著她，臉上是無盡的冷靜與沈著。她顯得不可思議，爲什麼殘空可以從她設置的魔魘中醒過來？就連朝陽也做不到，爲何殘空能夠做到這一點？

星咒神道：「爲什麼？」

殘空道：「我早說過，也許你看到的並不是我的全部——你太小看我了。」

星咒神壓制著殘空的先天之劍在體內所爆發的毀滅性力量，道：「爲什麼連朝陽都不能醒來，而你卻能做到？」

殘空道：「因爲你想讓一個已死之人沈淪於魔魘中，你忘記了一個『現實』。」

「已死之人？」星咒神不明白。

殘空道：「真正的殘空早已死了，所以我不再是你所認爲的殘空，你設置的魔魘對我沒有任何作用。」

星咒神此時才明白事情的原因，她以為，殘空也如落日三人一樣，是無法逃脫自己所設置的魔魘的，所以她一時疏忽，並沒有對沈淪後的殘空進行試探。她現在才注意到，其實殘空與落日三人所受的「魔魘」是不相同的，雖然落日三人與殘空一樣是從死亡地殿重生而出，但他們卻是身不由己地被朝陽的強大力量所制，而殘空卻沒有，這就是其中的原因。

星咒神道：「想不到我也有被騙的時候，但你以為這樣就可以殺死我星咒神麼？未免太小看我了！」

話音落下，星咒神倏地從玄冰王座上消失，殘空雖然早已有了高度戒備，但他遠來不及反應，一股強大無匹的力量便從星咒神殿每個角落向他湧至，他彷佛感到是整個幻魔大陸從四面八方朝自己擠壓而至，他無力作出任何的反抗，一隻修長纖細的玉手停留在了他的腦門，一剎那間他想起了妹妹法詩蘭，很快，他就可以見到她了。隨即，整個世界的力量都湧入了他的體內，意識潰散。

「轟……」殘空的身形隨著一聲炸響而灰飛煙滅，什麼都沒有留下來。

而此時，一柄血紅的斷劍自背後刺穿了星咒神的身體。

那是屬於朝陽的聖魔劍——朝陽從魔魘中醒了過來！

星咒神仰起了臉，那張擁有絕世容顏、傾國傾城的臉顯出無限的落寞，長髮隨著風輕輕揚起……

她道：「每一個占星師都無法占破自己的命運，我可以占破一切，卻無法感知最終會死於自己的一時疏忽之下！也許，這就是命運吧。」血一滴一滴從斷劍刃上滴落。

落日、天衣、漓渚也醒了過來，三人看著星咒神。剛才，殘空的先天之劍刺穿星咒神心臟之時，星咒神支撐魔魘的力量得以減弱，他們才從朝陽的魔魘中醒了過來，是殘空救了朝陽與他們三人！

朝陽拔出了手中的聖魔劍——不知不覺沈淪在星咒神所設置的魔魘中，這對他來說，是一種恥辱！他以爲自己所擁有的力量，足以戰勝星咒神，但事實並非如此，最後，還是殘空救了他。

星咒神回過頭，傾國傾城的臉看著朝陽，道：「知道你？你剛才所沈淪的魔魘，也許就是事實。」

說完，帶著傾國傾城的笑，星咒神倒了下去，長長的髮絲散於一地，雪白長衫上綻滿一朵朵鮮豔的紅梅。

此時，空中有一片碎布在朝陽身前掉落，朝陽伸手將之接住，這是一塊灰色的碎布，是殘空所喜歡的顏色，這也是煙消雲散的殘空留下的唯一東西。

朝陽手中拿著這樣一塊布片，久久未語。

天衣道：「王不用傷心，這是殘空的使命，他的重生是爲了相助王，其實他早已不是這個世界上的人，現在，他回到了他該去的地方。」

「該去的地方？」朝陽的口中輕輕念道，望著手中的碎布，他道：「你說你希望死後葬在星咒神山，我答應你，若是我戰勝冥天，整個星咒神殿都是屬於你的！」

朝陽將殘空消散的骨灰從星咒神殿每一個角落拾掇而起，然後用一個盒子將之盛裝，放在星咒神殿最高處的祭星台，漫天星光灑在上面，映出二十個字——

「在這個世上，曾經有一個人用自己的一生來求劍。」這就是殘空一生的全部詮釋。

朝陽與落日、天衣、漓渚默哀了十幾分鐘，然後擡起頭望向無限的蒼穹，道：「我們下一個目標要去的地方是月靈神殿。」

落日道：「可是王，月靈神殿並不在我們所在的這個世界，我們並不知道它在什麼地方，也不知如何通往那個世界。」

朝陽道：「在星咒神殿，一定有『路徑』通往月靈神殿。」

漓渚道：「可是我們並不知道啊？」

朝陽沒有說什麼，他們重新來到了星咒神殿的主殿，面前是星咒神的玄冰王座，只是此時的王座上卻空空如也。

朝陽早已感覺到，這個王座是整個星咒神殿靈力彙聚的中心，有隱約的靈力四溢，借助星咒神殿強大的靈力，一定可以打開通往另一個世界的大門。

朝陽坐在了王座上，立即感到了無窮無盡的力量自四肢百骸向自己彙聚。他感到身體無比充盈，有著無窮無盡的力量。朝陽明白，星咒神正是由於擁有這些強大的靈力，才可以主宰整個幻魔空間。而他又想到，先前，若不是星咒神一怒之下離開王座，擊殺殘空，而借用星咒神殿強大的靈力，朝陽是不可能如此輕易殺死她的，否則也不至於一開始便不知不覺沈淪於星咒神所設置的魔魘中。

落日、天衣、漓渚見朝陽坐到玄冰王座上之後，整個身上縈繞著炫目的光芒，讓人不敢靠近。

三人驚駭不已，不由自主地跪了下來，同聲稱道：「王！」

那炫目的光芒使朝陽渾身散發著令人懾服的魔力。

朝陽自是感到了自己的異樣，但這並不是他所在意的，他必須找到控制和使用這靈力的方法。

他移動了一下身子，手隨意地撫在王座的扶手上，一道藍色的光柱倏地自王座中心升起，連同王座直衝向星咒神殿上空。而主殿上方，正好有一個與藍色光柱相吻合的璣衡，璣衡緩緩轉動……剎那間，便衝破星咒神殿，從祭星台正中央衝向宇宙虛空。

落日、天衣、漓渚驚駭不已。

這時，只見光柱由藍而赤，一團類似火焰的東西上下飛舞，充斥於光柱之中。待光柱終於變成了通體赤色後，籠罩在光柱之內的朝陽發出炫目的白光，瞬即消失。

落日、天衣、漓渚見狀，知道朝陽已經打開了通往另一個世界的大門，三人迅疾擠進光柱中。

血光閃過，三人隨即消失，而光柱則迅疾往天空的一端收縮，轉瞬，便沒入虛空不見……

這是一條河，彎彎曲曲，從一片廣袤之中伸向虛無，在河的盡頭，有一輪冰藍色的月芽，清冷的光輝灑落河面，倒映出繁星萬點。

世界是冰藍色的，遠處層層疊疊的山巒如水晶做成，無垠的大地如同一個迷離的夢境，沈迷進去，讓人醒不了。

在這一片夢幻的世界中，隨處可感的是寂寥和清冷，一株草，也可感到在唯我世界的驕傲。

月靈神殿——這個驕傲世界裡的靈魂，就在那河的盡頭，離月最近的地方。

河水蜿蜒流淌，朝陽站在了河邊，放目河水奔流的方向，他感到了這個世界力量的泉源，知道那裡就是自己要去的地方。

這時，三道白芒自他身後落下，落日、天衣、漓渚出現在他身後，這冰藍色的月芒映照下的世界，讓三人感到，他們已經來到了另外一個空間。

天衣一直注意著朝陽的月光，隨著朝陽的月光，他看到了河盡頭的那一輪月芽。

天衣道：「王，那裡就是月靈神殿嗎？」

朝陽道：「是的。」

天衣道：「王是不是感到了有什麼不妥？」

朝陽望著前方，他的目光顯得很深邃，過了良久，他才道：「我有種預感，這是一個荒廢了數千年的世界。」

「荒廢了數千年的世界？」

天衣、落日、漓渚三人大驚，他們並不太相信這是一個事實。

朝陽沒有再說什麼，他的眼睛望著那一輪殘月，移動雙腳，沿著河流向前走去。

天衣、落日、漓渚互望一眼，雖然不是太相信朝陽的話，但他們不得不用自己的心，小心翼翼地去感知這個世界，求證這個事實……

第十八章　月靈神殿

河之盡頭，那一輪孤月顯得很大，孤月下是一座靜謐矗立、恢宏的殿宇，四角的飛簷如孤月向上揚起，森嚴的殿門緊閉，殿門前是一排整齊的三十六根玄冰寒柱，從殿門延伸而下，是一排一排長長的寒玉石階，綿延上萬米，整個殿宇在冰藍色的月芒下如水晶做成，唯美、精緻，讓人敬而遠之。

此時，在綿延而下的台階最後一級，一個女人挽起褲腳，將光潔圓潤的雙腳伸進流淌著的河水裡。

她的口中在唱著歌，輕輕哼著，雙足時時擡出呈現冰藍色的水面，表情透著恬淡和幸福。

「滄浪之水清兮，可以濯我纓；滄浪之水濁兮，可以濯我足……」反覆地吟唱著。

朝陽看著前面濯足的女子，心中感到有些詫異，在這個荒涼的地方，似乎是不應該有這麼一個人的存在的。他沒有感覺到有生命的氣息，但是，月靈神殿又不應該是空的。

朝陽踏上河面，腳不沾水地向月靈神殿走去。

女人突然顯得很警覺，臉上那幸福的表情收斂，轉過臉道：「有人想過月靈河嗎？」目光呆滯，神情卻是高度戒備。

朝陽看著那女人的模樣，停了下來，道：「你的眼睛看不見？」

女人沒有回答，卻肅然道：「月靈神殿禁地，任何人不可亂闖！」

朝陽感到有些奇怪，又道：「你也聽不見？」

女人還是沒有回答，過了片刻，奇怪地道：「你是何人？怎麼會來到這裡？」

說話之際，她的雙足離開河水，放下挽起的褲腳，站在了台階上。

落日、天衣、漓渚這時來到了朝陽身後。

漓渚道：「王，看來她是一個既聾又瞎之人。」

「但是，這樣的一個人爲什麼會在這裡呢？」天衣這時不解地道。

這也是朝陽想知道的問題，在這樣一個感覺荒廢了數千年的世界，有一個既聾又瞎的女人守於月靈神殿前，這未免顯得有些奇怪。

「你們到底是什麼人？怎麼沒有反應？」那女人這才感覺到落日、天衣、漓渚的存在，此時，他們的雙腳也踏在了河面上。

朝陽注意到，眼前這女人似乎只要有人踏到月靈河的範圍，她便會感覺到——她的心這時也處於高度戒備的狀態。

朝陽忽然記起懷中揣有屬於月靈神殿的月石，他掏了出來，月石發出璀燦的光芒，空氣充滿了無限靈動性，周圍的一切似一下子注滿無限生機。

而在月靈神殿內，彷彿有什麼東西感應到朝陽手中的月石，發出相同璀燦的光芒，與朝陽手中的月石交相輝映，無限生機向大地四處擴展。

那女子感覺到了這種變化，臉上突然現出驚喜之情，道：「你是水析，你找回了月石！」接著又兀自道：「太好了，有了兩塊月石，月靈大地有救了！」剛才的高度戒備蕩然無存。

落日、天衣、漓渚見女人突然大呼小叫的樣子，奇怪地道：「什麼水析？什麼月靈大地有救了？」

朝陽是從樓夜雨手中得到月石的，而月石是水析送給樓夜雨的，他當然知道月石對於月靈神殿的重要性，但朝陽所關心的並不是這些，他所關心的是月靈神殿內與他手中月石產生輝映作用的另外一塊月石。水析曾說過，擁有兩塊月石，就會有改天換地的力量，而月石的能量，他是見識過的。

這時，卻又聽到女子道：「水析，他們三個又是什麼人？是你從幻魔大陸帶來的朋友嗎？」

朝陽、落日、天衣、漓渚不知如何與一位又瞎又聾之人溝通，只是怔怔地站著。

那女子笑了，道：「對了，我忘了無論你說什麼話，我都是聽不見的。一時興奮，倒是忘了這一點，你和他們一起過來吧，只要摸著我的手，我就可以知道你心裡想說什麼，過來啊！」

朝陽舉步，欲向月靈神殿方向走去，天衣這時拉住朝陽的手臂道：「王，我們應該小心點。」

漓渚卻毫不在意地道：「天衣兄，你也未免太過小心了，她一個又聾又瞎之人能夠拿我們四個大老爺們怎樣？王，放心，有我在，不會有事的。」

落日沒好氣地道：「你以爲你很了不起嗎？我看你是看人家姑娘長得漂亮，想摸摸手，占人家便宜。」

漓渚對落日翻了一下白眼，道：「和你沒話說！」便把嘴閉上了。

天衣這時也放下了抓住朝陽胳膊的手。

朝陽舉步向那女人走去，天衣、落日、漓渚緊隨其後。

朝陽在那女人身旁停了下來，女人微笑著道：「有了月石，一切就都有希望了。水析，你能將月石給我摸一下麼？」

朝陽便將手中的月石遞給了女子。

天衣這時想說什麼，但終究還是忍住了。

女子接過月石，慘白纖細的手指輕輕磨擦著手中菱形的月石，道：「已經幾千年了，終於又回到了月靈神殿，月靈大地又會像往日一樣充滿生機，萬物勃發。」

說著，兩行淚水從微笑著的臉上掉了下來，然後良久不語。

漓渚看女子的樣子，不由歎道：「好可憐，難道這裡就只剩下一個人嗎？早知這樣，我過來陪她就好了。」

落日這次沒再奚落漓渚，女子落寞悲涼的語氣，讓人不忍心再說什麼。

天衣肅然的表情也因女子的模樣變得有些鬆弛，他不禁想起了妻子思雅，那個身在空城，他卻沒有去見過一面的女人，隨著空城的毀滅，也不知她是否還活著。

朝陽的神情看上去則是一成不變，傲然不可親近。

當女子從沈浸的情緒中回過神來時，便將手中的月石交還給了朝陽，兩人的手碰觸在了一起，她道：「你這一去，定然很辛苦，走吧，回月靈神殿先休息一下。」

說罷，轉過身，沿著一級一級的玉石台階，眼睛空茫地往星咒神殿走去。

朝陽看著她的背影，緊隨其後……

月靈神殿的門緩緩開啓，如水晶雕琢的宮殿內迎面撲來在時間中塵封的氣息，身在其中有一種心靈往無底的冰淵裡下沈的感覺，莫名的孤獨湧上心頭。

「這裡怎麼如此邪門？」漓渚用雙手抱住胳膊，忍不住道。

「是啊，我也有這種感覺。」落日隨意附和道，也忘記了與漓渚唱對台戲。

濬渚聲音有些顫抖地道：「落日兄，你有沒有覺得這位又聾又瞎的姐姐很怪？」

落日的聲音也同樣顫抖著，道：「我也有同感，她一個又聾又瞎的人，怎麼能生活在這麼大的宮殿內？她能照顧自己麼？」

濬渚道：「最奇怪的是，整個月靈神殿，似乎只有她一個人！月靈神呢？難道這個又聾又瞎之人就是月靈神？」

落日道：「我也不是很清楚。」

兩人邊走邊說，雜亂的腳步聲在空蕩的神殿內回響著，神殿內雖然沒有光源，但那到處都是的晶瑩水晶卻將整個殿宇襯托得無比明亮，與外面曖昧的冰藍色有著十分明顯的區別。

女子這時道：「自從你隨同華夷去幻魔大陸尋找月石後，我已在此等了五千年！我一直都在等著你將月石帶回，沒想到會是在今天，你已經長這麼大了，若非月石，我都不敢認你了，華夷現在怎麼樣？他怎麼沒有與你一起回來？」

朝陽沒有作聲，也沒有握女子的手。

見朝陽半晌沒有反應，女子停下移動的腳步，主動抓住朝陽的手。

但朝陽選擇的依然是沈默。

女子喃喃道：「難道他已經死了？」臉上的表情隨即露出哀傷之色。

半晌，她又道：「是了，已經五千年了，他也應該死了，當初受主神臨終所托時，他就已經老得不成樣子了，我還記得你那時稱他爲爺爺。」

落寞之中，女子將自己的手從朝陽的手中移了開來，空蕩蕩，無所依憑地垂了下來，繼續向前走去。

朝陽知道水析與月靈神殿之間的事情，但他不明白水析爲何五千年沒有回月靈神殿，月石水析早已得手，難道是水析將月靈神殿拋棄了？抑或是……

隨著女子，朝陽、落日、天衣、漓渚來到月靈神殿主殿，主殿最上方有一個神龕，上面供奉著月靈神的牌位，在牌位下面，有著一塊和朝陽手中一模一樣的菱形晶石，是女子口中的另一塊月石。

在神龕面前，女子跪了下來，道：「主神，水析沒有辜負你所托，終於將月石帶回來了，月靈大地有救了，你也可以安息了。」轉而道：「少主，你可以將月石放回神龕了，這樣，月靈大地的萬物就可復甦，月靈神殿重會變成原來的月靈神殿。」

朝陽依女子之言，手拿月石向神龕走去。

落日、天衣、漓渚曾聽影子談到過月石，知道月石的厲害和重要性，只是他們從未聽說過有兩塊月石，此時，朝陽毫不遲疑地將月石送往神龕，深怕其中有詐，落日忍不住道：「王可要三思。」

但朝陽並沒有放慢自己的腳步，月石放在了神龕上，與另一塊月石並排放在一起。

這時，兩塊月石均放出璀燦的冰藍色光芒，交融一起，緩緩地，兩塊月石相互融合，變成了一塊月石。頓時，一道冰藍色的光柱衝破月靈神殿，直達九天蒼穹，整個虛空奇芒大作，似層層波浪，向無盡的大地擴散。

奇芒所過之處，那些死亡、休眠的生命重新開始煥發生機，荒廢的世界從蒼涼和死亡之中走向了新生，一切都開始在慢慢地改變……

女子彷彿感覺到了這種變化的發生，淚流滿面，道：「終於等到了，這一天終於等到了！一切都會有新的開始，一切都會回到從前……」

落日、天衣、漓渚也被空氣中所帶來的生命勃發的激情所感，剛才那顆無限寒冷的心，彷彿感到了春天的到來，心靈充滿了無限希望。在這一刻，他們確實相信，一切都會有新的開始。

而朝陽卻冷冷地看著那光柱，似乎在等著什麼。

這時，月靈神殿外，一聲尖銳的呼嘯劃破虛空，女子臉上驚現莫名恐懼，自語般道：「怎麼回事？到底發生了什麼事？水析，你告訴我。」

朝陽回過頭來，看到月靈神殿門外，一個女人的頭在慢慢冒出，漸漸地，屬於月魔的臉出現在了視線中，而在月魔的身後，更跟著羅霞，還有地下城市內所有月魔一族。

只聽殿外所有人都高聲唱道：「恭迎主神重回月靈神殿！恭迎主神重回月靈神殿……」

朝陽臉上驚現詫異之色，他想過，月石會帶來千萬種可能的發生，卻沒料到月魔會回到月靈神殿，這是一件大出他意外的事情。

落日、天衣、漓渚見此情景，皆是不解。

「怎麼回事？怎麼一下子出現了這麼多人？」

月魔看到朝陽，滿臉堆笑，向朝陽走來，道：「謝謝你讓我重新回到了月靈神殿，回到了屬於我月靈神的世界。」

外面的天空此時一片晴朗，陽光普照。

朝陽道：「你從幻魔大陸回到了這裡？」

月魔道：「是的，只要月石能夠回到月靈神殿，我月魔——月靈神就可以和族人一起重新主宰月靈大地，這一天，我已經等得太久了，哈哈哈……」

月魔放聲地暢笑著。

「月魔，是月魔重新回來了！」女子顯得無比驚恐。

「是的，滄月，你這個又聾又瞎的女人，我終於又回來了！你給我聽好了，從今天起，我就是主宰月靈大地的月靈神！」月魔大聲道。

「不，不會是這樣的，水析，這到底是怎麼回事?!」滄月爬了起來，抓住朝陽的手問道。

月魔道：「他不是水析，他是幫我回到月靈神殿的人，他的名字叫做影子。」

「影子？」滄月重複著這個陌生的名字，雙腳有些站立不穩：「水析呢？水析現在怎麼樣了？」

月魔道：「水析已經死了。」

「死了?!」滄月一時呆在了那裡。

月魔道：「是的，他已經死了。他早已找到月石，卻一直不敢回來，因爲他知道，若是他帶著月石回到月靈神殿，我便會重新回來，所以他不得不在幻魔大陸一待就是五千年。當年我殺了姐姐月靈神，盜走月石，就是爲了能夠有重新回來的一天，如今，月魔的詛咒已經開解，我和我的族人又回來了！」

原來，有關月靈神殿的變故，並非如月魔當初對影子所言的那樣。事情乃是月魔想奪月靈神之位，一天盜走月石，結果被月靈神的男人發現，月魔遂起殺意，將之誅殺，然後又借用月石的力量殺害月靈神，最後又殺了所有月靈一族的人，只剩下滄月與華夷。就在月魔要殺死滄月與華夷之時，冥天突然出現，月魔不得不率領月魔一族借助月石的力量逃到幻魔大陸，但仍被冥天施以了詛咒。而有一點，月魔並沒有說謊，她與月靈神確實是姐妹關係，但並非如她所說的兩人同爲月靈神，分晝夜主宰月靈神殿。事實是，月靈大地共有兩大族系，一個是月靈一族，一個是月魔一族，平時由月靈神與月魔分管兩族，但真正主宰著月靈大地的是月靈神，而不是月魔。而月石確實也分爲兩塊，　塊是月魔一族的，另一塊是月靈一族的，當時，月魔是盜用了月靈一族的月石，以兩塊月石合一的力量才將月靈神殺死，最後誅了月靈一族。但是，在月魔逃離月靈大地的時候，屬於月魔一族的月石匆忙之間被冥天奪回，而屬於月靈一族的月石被月魔帶到了幻魔大陸。水析之所以沒有帶著找到的月石回到月靈神殿，是因爲若是兩塊月石合在一起，月魔便會重新回到月靈大地，所以水析一直都沒有回來，每隔一段時間去地下城市借助月魔一族的生命之樹吸收月能。

滄月終於明白道：「原來是這樣，我一心期待月石能夠被找回來，期待兩塊月石合在一起，讓月靈大地回復以前，沒想到等到的卻是這種結果……」

事實上，月靈大地是由兩塊月石共同維持的，若失去其中的任何一塊，月靈大地的一切就會處於衰亡與休眠狀態，也就不復原先充滿生機勃勃的繁榮景象了。

月魔得意地道：「這一切，都是因爲你幫了我。」月魔的目光轉向朝陽身上。

朝陽道：「你可知我並不是你所認爲的影子？我是朝陽！」

「朝陽？」月魔仔細地打量著朝陽，然後道：「不要騙我了，你以爲我連你都不認識了麼？」

第十九章　不可戰勝

朝陽沒有再作任何解釋。

此時羅霞走近月魔身後，道：「稟月魔，確實有一個與影子長得一模一樣之人叫做朝陽。」

月魔望著朝陽，卻對羅霞道：「你說眼前之人就是朝陽？」

羅霞道：「屬下不敢肯定。」

月魔沒有再說什麼，卻對著朝陽道：「那你帶著月石來到月靈神殿卻是爲何？」

朝陽道：「突破月靈神殿！」

「突破月靈神殿？爲什麼？」月魔道。

朝陽道：「我沒有必要向你解釋。」

月魔笑了笑，道：「看來你真的不是影子，影子突破四大神殿是爲了將我救出來，而我現在站在他面前，突破四大神殿對他也就沒有絲毫的意義了——但我所主宰的月靈神殿，你以爲你能夠突破麼？」

月魔仰起了頭，充滿無限自信。

朝陽平靜地道：「星咒神也曾經和我說過一模一樣的話。」

月魔傲然道：「你拿星咒神與我相提並論，不覺得自己犯了一個嚴重的錯誤麼？」說完玉手探出，神龕上那塊合二爲一的月石立時飛到了她的手中。

朝陽沒有作任何阻擋，對月石似乎並不感興趣，他道：「月石對我沒有任何作用，我所擁有的力量可以突破任何時間和空間的禁錮！」

月魔不置可否地道：「是麼？這個世上唯一可以說這種話的人只有冥天！」

朝陽冷冷一笑，卻沒有再說什麼。

月魔道：「你放棄吧，無論你是不是影子，我都會給你一次機會，如果你願意，還可以留在這裡，這裡有你的一席之地。」

朝陽道：「如果我是影子，你認爲我會留在這裡嗎？」

月魔道：「不會。」

朝陽道：「爲什麼？」

月魔道：「他是一個內心深處藏有太多矛盾和疑問之人，雖然他在有時會感到疲倦與苦累，但他不停下來，因爲他一直走在路上——而他所走的這條路，是永遠沒有盡頭的！」

朝陽道：「你倒是很瞭解他。」

月魔又道：「但我會讓他留下來。」

「哦？」朝陽頗感意外。

月魔道：「因爲我是一個女人，我知道他內心需要的是什麼，雖然我不能給予他，但我能給他安慰，讓他忘記心中所要的東西。」

朝陽道：「你很自信，但你卻忘了，一個男人不會爲了其他人而放棄自己的夢想，唯有不斷地追求，才能塡補他心理的需求！」

「那是因爲他沒有遇到可以讓他留下來的人。」月魔道：「人生是苦旅，從生下來的那一天便在走向死亡，無法釋懷的執著，換來的是一身傷口。當在黑暗深處舔著自己傷口的時候，也許需要的僅僅是一句簡單的問候。」

朝陽冷笑一聲道：「但你卻忘了，這個世上沒有人比我更瞭解影子，他需要什麼，我比你更清楚！」

月魔微笑著道：「也許你需要的是和他一樣的東西。」說話中充滿了自信。

朝陽看著月魔充滿自信的樣子，她的眼睛有一種令人中毒般的魔力，半晌才道：「所以你才開口讓我留下來，你覺得你可以讓我留下來。」

月魔道：「你說的不錯！」

剛才還箭拔弩張，轉瞬之間卻又變得無限溫和，令落日、天衣、漓渚有一種摸不著頭腦的感覺。他們不明白此刻的朝陽心中想些什麼，正如他們不明白朝陽毫不猶豫地將月石放在神龕上一樣，但此刻的朝陽確實是沈默了。他們發現，在朝陽的眼中，有一種少見的溫和，那是尚未悟透「無我道」之前的影子所有的，他們感到陌生，但又熟悉，到底眼前這爲己而戰的人是影子還是朝陽？他們感到恍惚。

這時，月魔又道：「你會留下來是嗎？就算我當初欺騙影子，爲了我，爲了月魔一族，他也心甘情願。每一個人在某個時候都是需要溫暖的，我可以給你——你可以在這裡睡一覺，明天再決定是否留下來。」

朝陽的眼神突然一跳，目光變得無比犀利，道：「你的這種蠱惑對我有用麼？」

月魔反問道：「你覺得我是蠱惑你？每一個人都有脆弱的時候，外表看來愈堅強者，其心也最需要安慰，因爲沒有人可以懂他。」

朝陽冷笑道：「看來你很懂我，那我就更要突破月靈神殿，殺了你了，我不能讓一個懂我的人活在世上！」

朝陽出手了，聖魔劍靈狂怒著從聖魔劍竄出，窮兇極惡地撲向月魔。

就在聖魔劍靈一口將月魔吞噬之時，月魔突然似煙雲般自原地消失。

朝陽明明看到聖魔劍靈將月魔吞噬，但她卻突然不見了，彷彿根本沒有存在過。而這時，朝陽卻感到身後有人的存在，他轉過身，月魔微笑道：「我說過，你殺不了我的。」

朝陽手中的聖魔劍再度揮出，強烈的赤紅劍芒若匹練般朝月魔橫斬而去，狂暴的風瞬間充斥著月靈神殿每一寸空間，沈靜的空氣被這一劍所帶動，似利箭般沿著聖魔劍帶動的軌跡疾射。

月魔的臉龐依然帶著微笑，可被聖魔劍帶動的空氣卻突然被撕裂，伴隨著一聲銳嘯，一道精美絕倫的白色電弧破空劃出。

只是一瞬，千分之一秒的時間，一聲金鐵相交的巨響讓月靈神殿發出巨震。

朝陽握住聖魔劍的手一陣震動，虎口發麻，所有攻勢頓時瓦解，身形搖搖欲墜，一時之間朝陽並沒有再出招，他不知道什麼兵器可以擋住聖魔劍的攻擊，而月魔的厲害也確實出乎他的意外。

勁風消盡，他看到在月魔的身旁，飛旋著一件月牙形的兵器，不停地變換著各種姿勢，外表鋒芒如雪，上面雕刻著各種奇異的圖案。

月魔道：「這是月靈神殿歷代傳承的月驚輪，不會比戰神破天的聖魔劍差，它的厲害是不是讓你大感意外？」

朝陽並沒有說什麼，月驚輪的厲害他已經見識過，但他在意的並不是月驚輪，而是月魔本人！與星咒神相比，月魔的修爲似乎真的比之高很多，她可以欺他的眼睛，從聖魔劍下消失，然後毫無聲息地出現在身後，連他都不能夠準確地把握。如果以此來推斷，月魔所表現出來的修爲絕對比他還高深許多，甚至可以用深不可測來形容。但是，沒有理由月魔與星咒神之間相差如此之遠，難道是月石給她的力量？但月石只不過具有巨大的靈力而已，與星咒神可以借用月靈神殿的力量一樣。

月魔見朝陽久不作聲，道：「如果你現在放棄還來得及，月靈神殿有你留下的空間。」

朝陽道：「我可以留下來，但我決不能放棄我等待千年的夙願！月靈神殿是屬於我的，整個幻魔空間也都是屬於我的！所以，我決不會放棄！」

說完再次攻出，兩人戰在了一起。聖魔劍的赤紅劍芒與月驚輪的白色鋒芒交相輝映，彼此滲透，連流動的空氣都具有了十分強悍的殺傷力。

落日、天衣、漓渚站在月靈神殿內，只感空氣似刀般從身體掠過，三人將功力提升到極限也無法阻擋，身上的衣衫更是襤褸不堪，成片片布條在飄動。無奈之下，三人只得往月靈神殿外退出，而此時的羅霞早已退出了月靈神殿。

當三人退出月靈神殿殿門外時，天衣突然想起還有一個人沒有出來，那個又聾又瞎的滄月！他朝月靈神殿內望去，但裡面除了相互戰在一起、無法分出彼此身形的朝陽與月魔外，根本沒有滄月的蹤影。

落日見天衣往裡張望，不由問道：「你在看什麼？」

天衣道：「滄月不見了。」

「滄月？你說的是那個又聾又瞎的姐姐？」漓渚這時搶著道。

天衣點了點頭。

「這不可能，我們根本沒有看見她離開。」說罷，漓渚稍稍朝殿門口靠近了一點，以期看得更真切。

這時，兩股交融在一起、狂暴至極的勁氣沖出殿門外。

第廿章 戰鬥機器

戰鬥在持續，在時間的推移中，不知是一天，還是兩天，朝陽面對著無法取勝的月魔，用盡了全身所有的解數。此時他才知道，自己並沒有想像中的那麼強大。

戰勝星咒神可以說是一種意外，他並沒有機會充分展現自己的實力，而這種「意外」不可能再發生第二次。月魔無論進攻還是防守，都是無懈可擊，而且每每可以事先洞察他所有的攻勢，在他的攻勢沒有形成之前，輕緩地一點變動，便將他可能的進攻全部堵死。而且到目前為止，月魔一次都沒有使用月石的力量，這讓朝陽想到，他當初將月石毫無顧忌地放在神龕上是一個多麼大的錯誤。那時，他自傲地認為，他現在所擁有的力量足以戰勝一切！他的唯一對手是冥天，有什麼事情，就儘快地讓它發生，所以他毫無顧忌地這麼做了。

現在，他第一次嘗到了什麼叫做不可戰勝的滋味。曾經，借助所擁有的力量，他毫不費勁地戰勝了所有對手，甚至面對對手之時，可以驕傲地施展自己的智慧，以睥睨天下的眼神看待眼前的一切，有著充足的信心贏得所有的一切！這讓他想到，這個天下再也沒有他戰不勝之物，甚至是冥天！但此時看來，曾經的對手在月魔面前，是何等的不堪一擊，他們所擁有的力量是何等的可笑，而他現在也真正明白，人與神之間的差別到底有多大，而破天給予他的力量並沒有他想像中那麼強大。

這讓朝陽第一次有了挫敗感。

但是，就這樣失敗了麼？所有一切的努力都將終結於此？他不甘心，是的，他不甘心！他已經沒有退路，唯有一條路走到底，他的重生不就是爲了得到所有屬於他的一切麼？

是的，再次來到這世上，他就是爲了得到一切，他不能失敗，失敗代表著生命的消失，代表著一無所有，而他再也沒有足夠的耐心去等待下一個千年的輪迴了。有誰知道，他的心裡其實已經很疲憊了，正如月魔所說，他並沒有自己外表看起來的那麼強大……

所以，他還在戰鬥，還在爲必勝而戰鬥，攻擊變得更快，氣勢變得更猛烈，全身的力量再一次爆發！

光與時間在來回穿梭，那是超越了界限的象徵，他們的戰鬥已經逃出了這個世界的束縛，上升到了他們從來沒有到達過的空間層次。世界以他們的戰鬥在旋轉，萬物以他們的存在爲中心，他們的戰鬥就是這個世界的主宰，月驚輪與聖魔劍就是這個世界的動力，他們的呼吸就是這個世界的風，他們的汗水就是這個世界的雨……

——這，就是朝陽的戰鬥達到的最高境界！

整個世界，一片靜寂。

落日、天衣、漓渚三人不明所以，張眼望去，發現月魔一族的目光都投向了月靈神殿內，三人凝神而聽，剛才還激戰慘烈的月靈神殿，此刻卻是沒有一點聲響，甚至是比死更爲靜寂。

「怎麼回事？難道王……」漓渚不敢說下去。

落日、天衣心中也陡然升起了不祥的預感：「難道王出事了？」兩人心中驚問。

天衣突然飛身縱起，從月魔一族眾人的頭頂往月靈神殿內掠去，落日、漓渚緊隨其後，待他們進入月靈神殿，不但沒有看到朝陽，連月魔的蹤影也不知去向。

羅霞早已站在了月靈神殿內，臉上現出了與他們三人一樣茫然不解的表情。她是第一時間發現月靈神殿內兩人不見的，而且是一剎那所有一切都消失，她也不知道到底是什麼原因。

「王呢？王怎麼不見了？」漓渚叫道。

沒有人回答漓渚，因爲所有人都和他一樣。

就在所有人都感到不解之時，一個人的聲音卻響了起來。

「因爲他們去了另外一個世界。」

落日、天衣、漓渚朝聲音所發之處望去，他們看到了滄月，那個又聾又瞎的女人，她空茫的眼睛望著他們的方向，腳步向前移動著。

「原來一切都是你在背後搗的鬼！」漓渚道，可話一出口，卻有些悻悻的，因爲他知道滄月是聽不見他所說之話的。

但漓渚錯了，滄月「聽」到了，她道：「是他們的戰鬥讓他們從月靈神殿消失的。」

漓渚一驚，道：「你的耳朵沒有聾？」

「不，我的耳朵什麼也聽不見。」滄月道：「但我的心卻可以聽見。」

落日道：「原來你一直都在裝。」

滄月並沒有否認，她道：「當我想聽到什麼的時候，自然什麼都可以聽到。」

天衣這時沈聲道：「我們對你是否聽得見並不感興趣，我們只想知道王去了哪裡。」雖然天衣是一個嚴謹內斂之人，但這時，他身上卻散發出了極強的殺氣，似酒一般濃烈，並移動著腳步向滄月走去。

天衣知道，要想找到王，眼前的女子是唯一的線索。她突然消失，隨即又突然出現，這其中一定有著什麼樣的原因，他已經等不及了，他不知道再等下去會發生什麼事。總之，他必須盡可能地讓這個又聾又瞎的女子道明一切，救出王！

而落日與漓渚也開始向滄月走去，他們身上散發出戰鬥的氣焰，手中的兵器因力量澎湃而發出震鳴的聲響。

三人一前二後，呈三角形，卻已經暗合了最凜冽的攻擊組合。因爲他們知道，儘管眼前這女子又聾又瞎，但絕不會是一個簡單的女人，這是三人第一次組合嚴肅地對敵，他們絕對不容許有任何閃失。

此時的滄月，眼睛仍是空茫的，除了看不見東西之外，這樣一雙眼睛應該是很漂亮的。她當然可以感覺到有三人在向她逼近，也感覺到了三人身上所散發出如烈酒般濃烈的殺氣，但她顯得很平靜，臉上神情就像一泊平靜的湖水。她沒有說什麼，只是將握著的右手張開，所有人的目光都望向了這隻蒼白、沒有血色的右手，所有人都看到了她右手心躺著的是月石，是那塊已被月魔取走的月石。但此刻，它真真切切地躺在了滄月的掌心中。

落日、天衣、漓渚三人先是一驚，但月石在滄月手中出現，更堅定了他們的腳步，也更明確地讓他們知道，只有這個女子，才可以讓他們救出王！

滄月這時道：「你們只要殺了我就可以救出朝陽，但你們是殺不了我的。我之所以變成今天這樣又聾又瞎，皆是我自己所爲，因爲我要獨守月靈神殿，不能讓眼和耳迷亂了我的心。也只有這樣，我才能熬住幾千年，一個人獨守月靈神殿的孤獨。經過這幾千年的無數輪迴，這個世界的人和事已經不能再入我的眼睛和耳朵，因此，任何有形的東西對我都是沒有用的，況且，連這虛幻的月魔一族這一關你們都過不了，談何殺我？」

落日、天衣、漓渚三人仍是不斷地逼近著，所散發出的殺氣也愈來愈濃郁，他們彷彿根本沒有聽到滄月的話。儘管他們知道月魔一族會阻止他們！

劍刺出了，首先是天衣的劍，然後是落日的劍，再是漓渚的刀。

三人組成的殺勢已經包圍了滄月周身一丈內的空間，一丈內皆是刀劍所形成的殺網，層層疊疊，密不透風，或者說，已經形成了牆，滴水不漏。但羅霞又出現在了他們面前，接著是整個月魔一族，三人已被月魔一族包圍。

三人體內的血在燃燒，招式化成了最凜冽的進攻，如暴風驟雨，如海嘯山崩，如江河決堤——他們從死亡中得到重生，這次用上了自死亡中得到的力量。

三人如剛從地獄中走出的魔神，渾身沐浴著從地獄中燃燒的魔火，眼睛也變成了瘋狂的紅色。

劍起刀落，殺氣縱橫，那幾千未參戰的月魔一族中人以月能所形成的精神力氣牆已無法再將三人的氣勢壓制住。

他們在進攻，月魔一族的人在倒下，一批又一批，無法阻擋，而他們的目標只有滄月，只有一往無回，刀砍在他們身上，也絲毫沒有知覺。他們要做的是殺盡眼前阻止他們的一切，其他的則不是他們所要考慮的。

倒下的人沒有再站起來，他們的腳踏著死去的屍體，用刀劍面對著殺不盡的月魔一族。但幾千人的數量，又豈是一下子就能殺完的？況且，若這些人換在平時，縱然一個，也是極難對付的。

滄月仍只是站著，她的雙腳在原地沒有動，空蕩的眼睛映出的是前伏後繼的身影，她的臉部表情平靜得近乎麻木，甚至有血滴飛濺到她臉上也沒有去擦拭。她知道，無論怎樣，落日三人都殺不盡眼前的月魔一族，因爲她們的數量遠不只幾千人，而是無以計數……

朝陽還在戰鬥著，他的戰鬥力已經達到了極限，而月魔卻表現得瀟灑自若，臉上永遠掛著得意的微笑。

月魔道：「你永遠都不可能戰勝我——你我之間的實力相差得太遠。」

以前，這種話是朝陽對別人說的，現在輪到別人對他說了，但他無能爲力，他已經盡力了，用盡了全身所有的力量。爲什麼?爲什麼月魔會如此強大?難道她真的是不可戰勝的麼?這比讓他死還要更難受，但他不能死，死了就沒有了希望。他要走最後一步棋麼?不!現在還沒到時候，那是爲冥天留著的。

朝陽重新振作了起來，聖魔劍蕩開月驚輪，戰神破天的力量使聖魔劍如貫穿九天蒼穹的怒龍，撕破層層空間限制，窮兇極惡地劈了出去。

氣浪翻滾，怒龍傲嘯，世界忽明忽暗，驚電若銀蛇般四處耀舞。

聖魔劍靈倏地從眼前消失，狂暴的虛空陡然變得靜謐，只有世界仍是忽明忽暗的，銀蛇耀舞。

月魔臉上現出微微的詫異，但很快便被毫不在意的微笑所取代，月驚輪在她周圍蓄勢待發地飛旋著。她道：「你想讓聖魔劍靈從另一個空間發動對我的攻擊麼？沒用的，對我來說，那只是虛幻！」

話音落下，飛旋的月驚輪發出一聲刺耳的銳嘯，隨即便倏地從他們所在的空間消失，就像聖魔劍靈一樣。

片刻之後，一條赤紅的怒龍從月魔的腳底竄出，可剛出一半，便潰然消散，取而代之的是飛旋而出的月驚輪。

強大的攻勢被破，朝陽全身一陣劇顫，所有的力量彷彿瞬間消失。他的雙腳不自禁地跪了下來，以殘斷的聖魔劍支撐著，才不至於倒下。

月魔向他走來，月驚輪伴著她飛旋。她並沒有對朝陽痛下殺手，只是在朝陽面前站定，低下頭，全身虛脫的朝陽可以看到她的腳。

月魔道：「再也站不起來了麼？這就是失敗！你能夠支撐到現在，已經是一個奇蹟，這就是你的命。」

「命……？」朝陽口中輕輕念叨，握著聖魔劍的手在顫抖，他從不相信命，但這，似乎就是他的命！以失敗告終的命！他想站起來，但他的力量已經不夠。

「是的，這就是你的命，注定失敗的命！就像我的命注定會重新回到月靈神殿一樣。命運是糾纏著每個人一生、無法逃脫的東西，無論你怎樣努力，最終結果都會以失敗告終。」月魔說道。

「真的是命？」朝陽的心動搖了，一千年前，一千年後，自己曾經戰鬥的身影一幕一幕地在腦海中出現。他發現，那個身影竟是如此孤寂，就像一個人面對著整個世界，承受著整個世界賦予的壓力。而此刻，他的力量已經消亡殆盡，連站起來都不能夠，這真的就是他的命麼？

「哈哈哈……」朝陽發出類似哭泣的笑，他擡起頭來，望向月魔的臉，道：「就算這是我的命，我也要用我最後的命戰鬥到底！」

突然，朝陽再一次躍了起來，聖魔劍劃出一道淒美的弧線，攻向了月魔……

第廿一章　亡魂之戰

月靈神殿。

倒下的月魔一族愈來愈多，但從殿門口湧入的卻是無窮無盡，彷彿取之不盡的江河之水。落日、天衣、漓渚三人這才知道，這些月魔一族是殺之不盡的，她們的數量遠遠超過三人的眼睛先前所看到的，不是幾千，也不是幾萬，而是無以計數。三人陡然明白，他們並不是與真正的月魔一族在作戰，而是死去的月靈一族的亡靈，是月石讓那些死去的亡靈重新活了過來，他們是在與亡靈作戰！

這樣看來，眼前的羅霞也並非幻魔大陸的羅霞，而是與她模樣長得一模一樣的亡靈，那月魔也並非真正的月魔，極有可能是死去的月靈神的亡靈——月魔與月靈神的模樣本就長得一模一樣。

三人大悟，事實並非月魔及月魔一族重新回到了月靈神殿，而是月石的力量讓所有死去的亡靈重新活了過來，這些亡靈乃是屬於月靈一族，只是每一個月靈一族中人都有與之相對應的月魔一族中人，她們的樣貌長得不僅僅相似，简直可以用相同來形容，便如月靈神與月魔一樣。

事實上，三人所猜並沒錯，每一個月靈一族與相對應的月魔一族，一個生活在月靈神殿所控制的地面上，一個生活在月靈神殿的地底下，她們因爲相同而存在，也正是因爲她們的相同，才使月魔與月靈神無法分出彼此，這才讓朝陽與落日、天衣、漓渚誤把她們當成了月魔及月魔一族，而滄月也借機利用了他們心中的誤認。

而外人若是不熟知月靈神殿，當然不會知道這一點。

落日、天衣、漓渚放慢了自己攻擊的速度，他們知道，在月石所提供的巨大能量面前，亡靈是不可戰勝的。他們更知道，眼前這個又聾又瞎的女子是令所有人、神、魔都恐懼的亡靈大祭司，而又聾又瞎的滄月也正符合傳說中斷卻五識的亡靈大祭司的模樣，怪不得朝陽說這是一個荒廢的世界。數千年來，一直都是由這個亡靈大祭司在鎭守著已經滅絕的月靈神殿。

三人最終停止了攻擊，在這殺之不盡的亡靈面前，他們已經被逼上了絕路，也已知道了該怎麼做。

亡靈重新將落日、天衣、漓渚圍在了中央，那些被三人「殺死」的亡靈，此時又全都站了起來。

漓渚望著前面不遠處的滄月，一改平日嬉笑的嘴臉，道：「亡靈大祭司，現在是做最後了斷的時候了。」

滄月的眼睛仍是那般空茫，表情依然平靜，道：「看來你們已經知道了一切。」

落口道：「是的，現在是該結束你的表演的時候了。」

滄月有些淒然地道：「表演？月靈一族被滅，月靈大地只剩下現在的一座空殿，這是在表演麼？作爲神族的四大護法神殿之一，月靈神殿必須有人鎮守，就算是耳不能聽、目不能視，成爲亡靈大祭司也好，和你們一樣，這是我，也是月靈一族的使命！」

天衣沈聲道：「看來，這是一場因各自的使命而釀就的戰鬥。」

滄月的語氣中含著歎息，道：「你們沒有這個機會的，亡靈是沒有生命的，她們永遠不會死，除非讓她們的形體消散，但你們無法讓這麼多亡靈的形體同時消散。」

天衣卻道：「也許還有另外一個辦法。」

滄月彷彿明白天衣的話語所指，道：「你們更沒有機會殺我，身爲亡靈大祭司，我的生命已經脫離了人、神、魔六道輪迴之外，無生無死。」

天衣冷笑一聲，道：「是麼？我卻是不相信這世界上有永不破滅的東西。」

漓渚這時亦道：「也許你忘了我們的身分。」說完，露出了極爲自信的笑容。

滄月仍是顯得極爲平靜，她道：「一個人的重生，不外乎兩種可能，一種是不滅的意念，形體雖然消失，但只要意念不死，便會重新轉世重臨於世，朝陽就屬此一類。另一種是人已死，但一種超自然的力量又重新讓死去的人活了過來，因爲他們被賦予了使命，使命完成，便是他們再次死去的時候，而可以做到這一點的唯有死亡地殿。你們每一個人身上都擁有死亡地殿超自然的力量，但其實，你們的形體都是已經死去的，而你們之所以能闖過星咒神殿，不外乎利用了星咒神對這一點的無知。而在我面前，你們根本沒有這樣的機會，因為我對死亡的掌控與瞭解，並不比死亡地殿的主神少。所以，以你們擁有的超自然力量，在我面前根本不值一提。」

落日、天衣、漓渚三人的臉色同時驚變，滄月的話無疑已經說到了他們的要害之處，他們的形體確實已經死亡，是使命、是體內所擁有的超自然力量，才讓他們看起來像常人一樣。

落日這時笑了笑，道：「我想你應該同樣也知道，身負使命而重生的人，其使命若是沒有完成，也就說明他不能死！相信亡靈大祭司也一定知道，我們的使命之一是相助王突破月靈神殿，也就是說，月靈神殿會被我們所突破，而你——亡靈大祭司——也會隨著月靈神殿一起消失，這就是使命的結果！」

滄月淡然道：「每一個人都肩負著自己的使命，當擁有的力量不能夠完成使命時，也就是一個人消亡的時候——你們所擁有的超自然的力量並不能損傷我分毫！」

漓渚立時道：「話可不能說早了，沒有見識到，卻說出這樣的話，未免顯得很愚蠢。」

滄月空茫的眼睛投向漓渚的方向，道：「如果我說得不錯的話，你的使命就是以自己的毀滅求得月靈神殿的突破！」

漓渚傲然道：「不錯！」

滄月道：「那就讓我見識見識你所擁有的超自然力量吧！」

說著，滄月手中的月石開始散發出冰藍色的光芒，那些已停止進攻的亡靈此時又發動了對落日、漓渚、天衣三人猛烈的攻擊，四面八方響起的都是刀劍劃破虛空的呼嘯聲響，無形的力量似泰山壓頂般向三人籠罩過來，而在週邊，無以計數的亡靈也若潮水般不斷向三人的包圍圈湧進。

漓渚的身子這時突然飄上虛空，手中的青銅刀早已回鞘歸位。

「以重生者的使命爲名義，偉大的黑暗之神，請賜與你黑暗的力量，毀滅一切對你的不恭！」

巨大的爆破聲從虛空中傳出，月靈神殿升起妖魔般的黑煙，耀亮的魔法光芒在月靈神殿內不斷閃耀，月石所發出的冰藍色光芒漸漸地有被壓制的現象。

漓渚的雙手手心隱現出金光閃閃的符咒，隨即合在一起，四溢的超強力量充斥著月靈神殿的每一寸空間，月石的能量一瞬間完全被壓制，狂風讓所有的人和亡靈都站立不穩。

滄月臉上現出一絲驚駭，臉上的肌肉被強暴的勁氣吹得變了形。

而這時，強大的黑暗力量彙集成如山體般的移動宮殿，與月靈神殿的清逸空靈不同，那宮殿內充斥著的是無窮無盡的黑暗力量，彷彿是這個世界的黑暗之源，竟將整個月靈神殿吞噬，變成了黑暗的城堡，翻騰的黑暗力量如暴風雨中的雲層。

滄月聲音有些沈重地道：「黑暗聖城！」她沒想到漓渚擁有的力量竟可以將死亡地殿的黑暗聖城祭請而來。

「不錯，你就嘗嘗黑暗聖城的力量吧！」

漓渚暴喝道，身形隨即隱入了那無窮無盡的黑暗力量的中心，彷彿他的人隨著這黑暗力量的來臨而消失——是他的生命祭請了這強大力量的來臨。

鋪天而來的黑濤將所有的亡靈籠罩在了一片黑暗之中，那些亡靈因失去月能的支援紛紛木然而立，失去了靈魂，更忘記了對落日、天衣、漓渚發動進攻。

黑暗的塵浪挾帶颶風，而在這翻動的塵浪中，更時時隱現飄逸著的死亡陰影和怪獸的血盆大口，向滄月撲面而來。

滄月不敢有絲毫的怠慢，黑暗聖城的毀滅力她是知道的，只是她沒想到在死亡地殿以外的地方——月靈神殿所控制的世界，漓渚也可以將之祭請而來。滄月心想，這就是他所擁有的超自然的力量了吧？黑暗聖城席捲過的地方，連骨頭都不會剩下一根。

月石發出極度耀眼的冰藍色光芒，一道強勁的逆風穿過了塵埃，黑風暴中出現了倒捲的旋流。厚重的烏雲中，有冰藍色的光束透了出來，黑暗聖城中隱現的死亡惡魔在月石所散發出的光束下現出原形。

而那道逆風卻從中不斷擴大，企圖從黑暗聖城的裡面瓦解這毀滅性的力量，滄月知道，絕對不能讓這力量成形！

可就在滄月以月石的能量對抗著漓渚以超自然的力量祭請而來的「黑暗聖城」之時，天衣的身體突然像烈焰般開始燃燒起來，是真正的像火一樣燃燒了起來。

在漓渚與滄月的力量對抗中，天衣的力量處於蓄勢而動的極度爆發狀態中，他的力量存在完全超越漓渚與滄月的力量，成爲更爲狂野、強悍的第三種力量。這股力量，以真正的毀天滅地之勢刺向滄月。

滄月心中出現了真正的驚駭，她此刻才知道，天衣的使命才是真正幫助朝陽突破月靈神殿的超自然力量，漓渚祭請的「黑暗聖城」只不過是爲了吸引她的力量罷了。但此時，她已經無法完全從與漓渚的對抗中將自己的力量抽離出來，也就是說，她必須竭盡全力對抗漓渚與天衣兩人。而他們兩人的力量，都是以生命祭請來的超自然力量，誰都不能保證最後到底是誰才會給她帶來致命的一擊。

就算是亡靈大祭司，也感到了超越生死之外的毀滅，那是永不能超生的消失！

「以月的名義，破除眼前一切力量的阻礙，升騰吧，月之靈魂！」

滄月手中的月石飛了起來，一聲巨響，月石爆發，極度的力量使整個月靈神殿化爲烏有，在空中飛碎，而月石的中間，一個旋轉著的光洞不斷擴大，充斥於虛空的所有力量如萬流入海般不斷地被月石中間的黑洞所吸入。

濡渚祭請的黑暗聖城的力量，天衣以燃燒生命而籲請的極世之劍，包括滄月自己所發出的力量，無一不被月石中間的光洞吸入，而那些亡靈因沒了月石能量的支援，也相繼不受控制地被吸入光洞之中……

滄月催發了月石將所有的一切轉移到另一個空間的力量！

而此時，在滄月的背後，一柄烏黑之劍，從上至下，將滄月一劈爲二。

沒有血滴落，只有利器切破骨骼的聲響。

滄月還未來得及看清背後之人是誰，一分爲二的身體相繼被月石中間的光洞吸了進去。

月石自空中落了下來，光洞盡散，而在滄月身後出現的是落日。

落日臉上含有沈痛之色，道：「難道以我們三個人的力量也不能將你毀去麼？」

朝陽手中的聖魔劍再一次朝眼前的月魔——不，應該是月靈神的亡靈劈去！

他沒想過這一劍能將對方怎麼樣，他只是揮動手中之劍，證明著自己還在戰鬥，證明著自己決不放棄的決心。

但他沒有想到的是，這一劍竟毫不費力地將眼前這不可戰勝的對手一劈爲二！

戰鬥瞬間停止，已是亡靈的月靈神只是一軀被聖魔劍劈中的軀體，沒有了靈魂，也不見有血滴落。

月驚輪失去靈力的支撐，頹然墜落，那無處不在的力量也瞬間消失。

因戰鬥而進入的最高戰鬥境界也隨著戰鬥的結束而停止。

朝陽重又回到了月靈神殿，月靈神的亡靈軀體彷彿沒有變化地站在他的面前，他以劍支撐著自己已經精疲力竭的軀體，看到已然被毀的月靈神殿，尚不明白是怎麼回事，已經敗定的他居然將對方一劈爲二。

而現在，他眼前唯一活著的人只有落日。

朝陽不禁問道：「天衣、漓渚他們呢？」他已經感到了隱隱的不妥。

落日單膝在朝陽面前跪下，沈痛地道：「王，他們已經去了他們該去的地方。」

「該去的地方？」朝陽心中一震，是的，他們已經死了，一定是他們以自身的生命救了他，是他們以生命換來了這場戰鬥的勝利，儘管他心中並不明白到底發生了什麼事。

朝陽的眼眶中第一次噙滿了熱淚，淚水順著臉頰滑落。面對死亡，面對情人的背叛，他可以不流淚，但面對以自己的生命爲代價救助他的天衣、漓渚，心中充滿了無限悲哀，這種患難與共的感情讓他感到了人世間那僅存的溫暖。在此之前，他以爲他的世界不會再有這些東西的，但此刻他發現自己錯了。

「大衣，漓渚……」朝陽的聲音哽咽了。

「王，這是他們的使命，王不用傷心。」落日安慰著，自己的眼淚卻忍不住流了下來。

誰也不曾想到，這個已荒廢的世界，一下子讓他們失去了兩個人……

從落日的敍述中，朝陽已經知道了一切──他之所以能一劍將月靈神的亡靈一劈爲二，皆因滄月以月石的能量全力對抗天衣與漓渚的攻擊，而亡靈若是沒有月石提供能量，就等同於沒有意識的行屍走肉，無法作出任何有意識的舉動。當然，月靈神的亡靈口中所表達的話，也全是滄月的意思。

原來，一直以來，他都是在與月靈神的亡靈作戰，而擁有月石支援的月靈神的亡靈，從某種意義上講，比真正的月靈神更爲可怕，因爲它永不知疲憊，力量更是取之不盡，用之不竭。而從本質上講，朝陽其實是在與亡靈大祭司作戰，滄月是在同時與他們四人對抗，最後才讓落日有機會將之擊殺。亡靈大祭司的可怕讓朝陽對突破剩下的死亡地殿和日之神殿有了更全面的心理準備，也讓他認識到了冥天的強大。他的心態發生了很微妙的變化，要想戰勝冥天，他目前所擁有的力量顯然還不夠強大，但信念並沒有因此而動搖──

戰勝命運之神冥天，是他活著的唯一目標！

月靈大地，那詭異的冰藍色漸漸退卻，久未出現陽光的大地，此時已陽光普照，一切開始恢復正常模樣，荒廢了的世界已現生機，而那彙聚著月靈大地全部能量的月石正一點一點消解，月的能量散向了月靈大地，直到月石完全消失。

而月靈神殿，已成一片廢墟，那一級一級長長的玉階將這曾經至高無上的地方，與月靈大地連為一體。

也許，若干年之後，當這裡重新生活著一些人時，不會再有人記得在這片廢墟上，曾經有一個叫做月靈神殿的宮殿存在。

但那也只是也許。

朝陽、落日看著月靈大地的一切，風吹動了他們身上的衣衫，他們的眼睛望著那遙遠的地方。在目光所不能到達的地方，有著他們並肩作戰的兄弟，留在了這個世界。

而現在，他們必須繼續腳下的征程……

第廿二章　主宰地獄

死亡地殿。

那些失去生命的靈魂將在這裡開始全新的一段生命，投入另一種生活。

傳說中的死亡地殿有十八層，而第十八層是一個誰也不曾到達的地方，那裡住著這個世界的主宰者——黑暗之神，那個傳說中只會給這世界帶來死亡和災難的四大護法神之一。而他，也是除了命運之神冥天之外，最深居簡出的一個神。而這樣的一個神，無疑是最爲神秘和不爲人所瞭解的。

當朝陽以他的力量打開空間之門，來到死亡地殿大門時，漓焰已在等著他和落日兩人的到來。

「你們終於來了。」漓焰說道。

朝陽道：「你在等我們？」

「是的，是主神讓我在此等候你們。」漓焰答道。

壓抑沈鬱的黑暗氣息通過殿門不斷湧出。

朝陽只道了聲「好」，便隨著漓焰走進了死亡地殿的大門。門關上，殿內一片漆黑，殿門關上時的回響聲此起彼伏，久久不絕。並且，聲音有一種向無盡的地底傳送的感覺，愈來愈遙遠，直到消失——這是一個大得可怕的地方！

而事實上，死亡地殿並不是一座普通意義上能理解的殿宇。從上至下，是巨大的空間直貫地心，它的盡頭，是熔岩洶湧的烈火之湖，它的面積相當於幻魔大陸西羅帝國帝都阿斯腓亞這麼大，這也是這個地下空洞的直徑，而在這近百里長的洞壁上，從底層的烈火湖往上共有十七層，而在第十八層，烈火湖的下面，才是黑暗之神所在的地方。

漓焰的手中點了一盞燈，那豆大的光亮在巨大的黑暗中閃滅著，也成了這個世界唯一的光亮。

朝陽與落日跟在漓焰後面，三人的腳步聲在巨大的黑暗中回響著。

他們沿著洞壁，一層一層往下穿行著，而每經一層，在光亮所及的範圍之外，他們時時感到邪惡氣息的瘋狂撲至，然後便又退縮，似乎因這微弱光亮的原因，那些擁有邪惡靈魂的生靈沒有撲上來，將他們撕碎。

一路上，十七層，那些擁有邪惡靈魂的生靈隱藏在黑暗中，緊隨在他們的周圍。朝陽與落日就這樣穿行於死亡與黑暗的邊緣。

等到了十八層，那扇緊閉的鐵鑄大門前，那些邪惡和死亡的威脅才離他們遠去，而他們也停下了腳步。這巨大的門，看起來才像殿宇所擁有的門。

濄焰道：「到了，主神就在裡面等候你們。」

朝陽道：「你不進去麼？」

濄焰道：「這裡是屬於主神的地方，不是其他人所能輕易進去的。」

朝陽問道：「你應該知道我們來到死亡地殿的目的，爲何你們卻沒有絲毫的阻攔？」

濄焰道：「這是主神的旨意，我們只是依命行事。」想了想，又接道：「抑或，你們已經來到了死亡之境，殺你們豈不是多此一舉？」

朝陽、落日心中同時一驚。

這時，那扇巨大的鐵鑄門自行開啓了。

濄焰道：「祝你們好運。」

說完，舉著手中那微弱的燈光，轉身離去。

落日這時突然道：「等一等！」

濄焰轉過身來，道：「什麼事？」

落日道：「爲什麼你要我們相助王突破四大神殿？」這是一直藏在落日心頭的疑問，現在，他終於有機會問出來了。

濄焰道：「這是你們四人的使命。」

落日道：「難道死亡地殿不是四大神殿之一嗎？你既要我們突破，現在卻又要阻止我們！」

漓焰道：「這是你們的使命，孩子，沒有人能夠回答你。」

「孩子？」落日心中一陣劇痛，他記得在曾經的一片花海中，他看到過漓焰的這張臉，他用十年的時間遊歷幻魔大陸，就是爲了能夠再次見到這張臉，見到這張臉的主人，現在，她居然稱自己爲「孩子」。

漓焰看著落日失魂落魄的樣子，微笑道：「你似乎仍沒有忘記你應該忘記的東西，看來你的重生並不是很徹底。」說完，轉身重新離去。

「等一等！」落日再次喊道。

漓焰轉過身來，微笑著道：「還有什麼事？我的孩子。」

落日強忍著心中的劇痛，道：「你到底有沒有在一片花海中出現過？」

漓焰道：「這很重要嗎？」

落日道：「是的，很重要！」

漓焰道：「沒有。」她的回答十分乾脆。

「沒有？」落日怔在了那裡。

漓焰道：「你見到的只是海市蜃樓，那並不真實。好好保重自己，別忘了你的使命。」

說完，漓焰舉著燈的背影漸漸遠去。

此時，那巨大的鐵鑄門已經完全洞開。

朝陽將手放在了落日肩上，道：「走吧。」

隨即便走進了死亡地殿的第十八層……

朝陽、落日走進了死亡地殿的第十八層，殿宇兩邊各排有十九尊神態各異的魔神雕像，張牙露齒，窮兇極惡……不一而足。在最上面的尊位上，端坐的是一尊滿目赤紅、口中吐出長長獠牙、頭上長有犄角、頭髮是蛇的雕像。

那就是傳說中的黑暗之神！

在這巨大的殿宇內，朝陽並沒有看到任何人，卻有著人酣睡時發出的呼嚕聲，而且似打雷般十分響亮，整個殿宇彷彿都隨著這呼嚕聲而震動。

黑暗之神似乎已經睡著了！

隨著這呼嚕聲所傳來的方向，朝陽看到了一個人面目朝下、趴在最上端那座雕像的基座下酣睡，而且四肢張開，睡姿十分不雅。

朝陽與落日沒想到會看到這一幕，在他們的印象中，黑暗之神應該渾身散發著黑暗與死亡的氣息，但這人卻顯得如此滑稽。若不是漓焰帶領他們來到此處，他們甚至會懷疑走錯了地方。

落日似乎已從剛才的失魂落魄中恢復了過來，他不敢相信地道：「王，他就是傳說中的黑暗之神麼？」

朝陽看著那睡在地上的人，沒有回答落日的話，只是沈聲道：「你不用再裝了。」

聲音不是很響，但相信處於這殿宇內的任何一個角落都會聽到。

可那睡著的黑暗之神卻沒有絲毫的反應，如打雷般的呼嚕聲卻是一波未平，一波又起，連綿不絕。

落日不由得好奇心大起，道：「王，他似乎沒有聽見，要不要我去給他一劍？」

朝陽沒有反對。

落日於是拔出了那柄烏黑之劍，向酣睡的黑暗之神走去，邊走邊抖了抖手中的劍，嘿嘿笑了兩聲，道：「我倒也想求證一下，有沒有人在被刺一劍後還能夠不醒。」

落日走到了黑暗之神的面前，側頭看了看那趴在地面上的臉，卻只看到半邊。他想了想，道：「我這一劍刺在哪個部位比較合適呢？是頭上，還是屁股上？抑或刺在他的心臟——這樣便可以輕而易舉地殺了黑暗之神，突破死亡地殿了。但是，這一舉動若被傳出，那我的名聲就不好聽了，別人會說我落日趁人之危。」

落日拿著手中的劍，左右比劃了一下，卻找不到下手的地方。

「對了。」落日突然想到了一個好得不能再好的地方，他的目光停留在了黑暗之神雙腿之間，胯下的根部，臉上露出邪邪的笑，他道：「沒有一個地方會比這個地方更適合刺上一劍了。」

說著，落日手中的劍便刺了下去。

劍一寸一寸地朝目標推進，呼嚕之聲一陣一陣地起伏，兩者配成了和諧的樂章。

正當劍即將刺中目標之時，那酣睡的身體卻剛好翻了一下身，變趴爲側。

劍刺中了大腿之上！

酣睡的人立即被強烈的疼痛驚醒，身子猛地彈跳坐起，赫然是空悟至空！

「怎麼回事？剛才夢中怎麼有人用劍刺我？」空悟至空自言自語般道。

落日趕緊將劍拔了出來，滿臉堆笑道：「做夢嘛，又不是真的。」

空悟至空「哦」了一聲，隨即伸手往疼痛處摸了一下，卻發現滿手是血。他望著滿是鮮血的手，奇怪地道：「咦，怎麼做夢被刺中還會流血？」

落日道：「當然做夢刺中會流血，你看過做夢刺中不流血的人嗎？」

空悟至空想了想，卻不知道別人有沒有做過被劍刺中的夢，道：「好像沒有。」

落日道：「這就對了，上次我做夢被劍刺中，也是流了血的。」

「是嗎？」空悟至空將信將疑地望向落日。

落日道：「當然是真的。」

空悟至空好像忽然想起了什麼，道：「我怎麼沒見過你？你是死亡地殿的嗎？又是什麼時候進來的？」

落日回答道：「我是落日，不是死亡地殿的人，是漓焰剛才領我們來到這裡的，說黑暗之神要見我們。見你睡得正香，沒敢打擾你。」

空悟至空盯著落日的臉看了半天，而落日卻顯出一副真誠的樣子，看上去並沒有絲毫的欺騙。

空悟至空摸著被刺傷的大腿，站了起來，忽然伸手拍了一下落日的頭，道：「你這小鬼真的以爲我是冤大頭，連被人用劍刺了都不知道？還想騙我！」

說罷，繞過落日，向落日身後的朝陽走去，高興地道：「老朋友，我已等你很久了。」

說著，張開雙臂，緊緊抱著朝陽。

朝陽的雙手藏在黑白戰袍內，神情肅然，並沒有絲毫熱情的反應。

過了半晌，朝陽才道：「我想你是認錯人了，我不是你所認爲的那個人。」

空悟至空卻道：「你不用開玩笑了，我難道連你都認不出來了麼？如果是這樣，我更願意相信認不得的人是自己。」

朝陽沒有再說什麼，眼前之人顯然把他當成了影子，而影子與眼前之人定然有著非同一般的關係。

朝陽就這樣沒有絲毫的舉動，任由空悟至空緊緊地抱著。

旁邊的落日將這一切看在眼裡，卻怎麼看，怎麼覺得彆扭，心想：「難道王有那個傾向？我怎麼平時沒有發現……？」

空悟至空這時道：「你知道嗎？從星咒神殿一別之後，我以爲這輩子再也見不到你了，沒想到星咒神讓我回到了死亡地殿，而不是她所說的無間煉獄……」

朝陽打斷他的話道：「而你也成了死亡地殿的黑暗之神。」

空悟至空這時才鬆開了緊抱朝陽的雙手，陌生地看著「影子」，道：「你不是我所熟悉的影子。」

朝陽道：「你也不是我所熟悉的漠。」

空悟至空重新打量著眼前之人，道：「你是聖主。」

朝陽道：「是不是讓黑翼魔使大失所望？」

空悟至空的心神稍定，道：「我以爲來的是影子，這的確讓我大失所望。」

朝陽道：「而黑翼魔使卻是讓我感到驚喜，竟然成了死亡地殿的黑暗之神。」

空悟至空彷彿這時才想起了自己的身分，那個不願意面對的身分。曾經，他極力想改變這個世界的秩序，想看到另一個世界的出現，重置天地間的一切，但他現在卻成了死亡地殿的黑暗之神，那個他所逃避的、擁有無限黑暗力量的神。

他笑了笑道：「是的，現在我是主宰死亡地殿的黑暗之神。」

朝陽道：「你用兩千年的時間追尋著自己的夢想，但你現在卻放棄了。」

空悟至空道：「因爲我知道，就算再過兩千年，我依然什麼也得不到。所謂的夢想，只是不切實際的虛幻，是伸出手就會破滅的泡沫，我永遠都看不到那一天。」

他的眼神顯得極爲悠遠，在想著曾經的自己，想著曾經經歷的人和事，但那一切，現在都離他遠去了，比他剛才做的夢還要遙遠，彷彿，那是另一個他。

朝陽看在眼裡，他知道空悟至空是痛苦的，是放棄的痛苦。一個人執著於夢想，執著於心中的信念，雖然不能實現，但他在追尋著，他的心是充實的；如果一個人放棄了自己的夢想，那他的生命中還剩下什麼？什麼都沒有，他的生之意義已被架空，找不到自己，甚至不知道自己是誰，這種痛苦比夢想不能實現所帶來的痛苦還要強大千百倍！

朝陽很想知道，是什麼讓空悟至空、讓執著於信念兩千年的人最終將之放棄，究竟有什麼東西比讓他失去自我更重要呢？

朝陽道：「到底是什麼讓你改變了？」

空悟至空的臉上露出微笑，雙腳向後退著，拉開與朝陽之間的距離。他張開雙臂，轉動著身形，看著殿宇內的一切，道：「你看，我現在已是黑暗之神了，主宰著死亡地殿，擁有著除命運之神外最強大的黑暗力量。我是死亡空間的王者，所有一切死去的生靈都在我的掌控中，我可以讓任何一個人生，也可以讓任何一個人死——我擁有著如此強大的力量，難道不好麼？又還要苛求其他的什麼？」

朝陽道：「但你已經不是以前的你了，以前你總是思考著這個世界，思考著世界上的一草一木，思考著這個世間的秩序，但你最終卻放棄了自己的夢想。」

空悟至空微笑道：「那是因爲我以前太笨了，不知道什麼才是自己想要的。這個世間的秩序是什麼樣的與我何干？我只須關心下一頓應該吃什麼，吃不吃得飽，合不合胃口，吃完之後可不可以好好地睡一覺，睡的時候可不可以做一個好夢。難道人活著還有比這更重要的嗎？其他一切虛妄的追求，只不過是給自己徒增煩惱而已。這個世界有太多的人不知道什麼叫做幸福，去他媽的夢想吧！」

隨著所說的話，空悟至空臉上洋溢著滿足和幸福。

朝陽知道這「幸福」中的虛假，他道：「你在欺騙著自己！以往，與無語大師一樣，你是唯一兩個值得我尊重之人，現在我只會爲你感到可惜。」

空悟至空顯得並不在意，道：「你儘管可惜吧，這個世界有太多的人癡迷於夢中，不是每一個人都能像我一樣看得透徹。如果不能及時抽身，等到後悔之時，什麼都已經晚了。」

朝陽沒有再說什麼，空悟至空心中藏著巨大的痛苦這是肯定的。這樣一個人，是絕對不會輕易背棄自己的夢想的，但這，並不是此刻的朝陽所應該關心的，從他來到這裡，看到空悟至空，就注定了他們已經是對手，他們之間只有一個勝利者！而朝陽知道，自己絕對不應該是那個失敗者，所以，眼前的空悟至空是他必須除去之人！

朝陽拔出了手中的聖魔劍，劍刃上泛動著淒豔的赤紅，道：「出招吧！」

空悟至空回過頭來，他看著朝陽手中已斷了一半的聖魔劍，笑了笑，道：「這個世界有太多奇妙的事，很多事情不能事先去揣度，就像我們之間這一場不可避免的決鬥，在開始之前，誰也不知最後誰勝誰敗。我想說的是，這裡是死亡地殿，來到這裡的人都是死了的人……」他把頭轉向落日，續道：「就像他一樣！」

落日道：「我早已死了，只是獲得了重生而已。」

空悟至空的眼睛又投向朝陽，道：「那你有沒有發現，你也已經死了？」

朝陽心中一震，這是他第二次聽到這種話，平靜地道：「你覺得有必要說這毫無意義的話麼？我自己的事，自己最清楚，沒有人可以蠱惑我！」

空悟至空微笑道：「我知道你不會相信的，但你不妨用手觸摸一下自己身體，看你的手是否能觸摸到任何有實質的東西。」

朝陽依言照做，竟發現自己的手穿透身體而過，身體竟然沒有任何實質，儘管看上去與平時並沒有任何異樣。他的臉色劇變，不解地道：「怎麼會這樣？」

第廿三章　至死無悔

空悟至空道：「沒有人可以進入死亡地殿的第十八層，除非靈魂，你的身體被關在了門外，從某種意義上說，你現在已經是一個死人！」

朝陽迅疾朝殿門處望去，卻發現那巨大的鐵鑄門不知何時已經緊緊關閉，根本沒有發現自己的身體。

朝陽沒想到自己連什麼時候「死」了都不知道，他的心裡不知湧起了何種滋味，有一種強烈的挫敗感。

連自己「已死」都不知道，又如何能與之爲戰？

空悟至空這時道：「這就是死亡地殿的力量，拒絕任何實質的東西，連你手中的聖魔劍也都是無形的『質』，只是看起來是聖魔劍而已，你想用這樣無形的東西來殺我麼？況且，沒有身體，你也就沒有絲毫的力量可言，唯一擁有的是無形的靈魂——你根本無法與我爲戰！」

「但我手中的劍剛才明明刺傷了你。」落日這時不禁道。

空悟至空轉而望向落日，道：「你真的刺傷我了麼？你再仔細看看我的傷口。」

落日朝空悟至空剛才被刺傷的大腿看去，卻根本沒有發現任何傷口，而空悟至空剛才滿是鮮血的手，此時看來也是乾乾淨淨，原來剛剛看到的都只是幻象，他的劍根本沒有刺傷過空悟至空，只是他自己這樣覺得而已。

現在，朝陽不知道「已死」的自己如何突破死亡地殿，他所擁有的只是靈魂與思想，而沒有力量又怎麼能夠戰勝眼前這掌管死亡與黑暗力量的黑暗之神呢？

他首先必須找回自己的身體，但是，他的身體雖然在殿門外，相隔的，卻彷彿是兩個世界。

如果這算作失敗的話，那他未免敗得太過徹底，也太過冤枉了。

朝陽心有不甘。

空悟至空望向朝陽，彷彿知道朝陽的心裡想法，他道：「你覺得這樣太不公平對嗎？這樣敗了，你心有不甘，但世間的事本就如此，生存與死亡只是一線之間，許多人以爲自己活著，其實他已經死了，勝和敗也是很難分清的。從不同的角度，可以得出不同的結論。即使你突破四大神殿，戰勝命運之神，坐擁天下，你以爲你就勝了麼？到時，或許你才覺得，其實你敗了，你敗得比任何時候都徹底！因爲在你坐擁天下的時候，你又感到了自己的一無所有。所以，若是等到來日後悔，還不如現在拋棄這身懷執念的生命更好。」

朝陽仰起了頭，歎道：「真的能夠拋棄麼？」他搖了搖頭，道：「不！我做不到！我只有一條路，必須走下去，就算永無盡頭，我都不能放棄！我不知道，若是放棄，自己的生命中還剩下什麼，那千年的等待又是爲了什麼，我不敢想像連自己都感覺不到存在的感覺，那比死還要難受。我不像你，放棄了夢想，還有另一條路可走，還能讓自己活著。從我重新回到這個世界的那一天起，就注定了必須戰鬥到底，否則，唯有毀滅！我害怕失敗，無法承受失敗所帶來的打擊。我拒絕著所有人，緊鎖在自己一個人的世界，因爲我害怕看到千年前的傷害，所以我殺人，傷害著身邊的每一個人，希望看到每一個人臉上都帶著痛苦，希望每一個人都在艱難地掙扎著，這樣，我才會感到安心，感到這個世界不只我一個人痛苦，感到自己不是孤獨的……所以，我決不會放棄！」

聽著朝陽的話，落日的眼睛不由濕潤了。這是一個心中藏著巨大痛苦的人，他永不放棄地戰鬥著，讓自己顯得強大，而事實上，他是如此可憐，他害怕放棄之後，連自己都找不到，他要讓這個世界知道自己的存在。

這是一個謎一樣的人，落日發現直到此刻才真正的瞭解他，不管他是朝陽還是影子——這樣的人都是值得落日爲之獻出生命的。

此刻的空悟至空臉上卻露出了笑意，道：「既然如此，不願放棄，那我就只好將你毀滅，免得你再遭受這無盡的痛苦！」

「不——！」落日意識到不妥，大聲喊道。

這時，只見空悟至空的手一揮，彷彿整個天地的力量都向朝陽壓來，而朝陽卻根本無力反抗……

死亡地殿的第十八層。

那巨大的鐵鑄門緩緩開啓，滴焰走了進去。

巨大空蕩的殿宇內，十九尊雕像面目猙獰。

那代表黑暗之神雕像的基座下，空悟至空顯得有些疲憊地倚在雕像上，彷彿什麼東西耗盡了他極大的心神，而現在終於得以釋放。

整個殿宇內只剩下他一個人。

滴焰走到空悟至空面前，先是單膝跪地，然後便又自行站了起來。

她道：「你終究還是這樣做了。」

空悟至空疲憊的臉上露出了釋然的笑，道：「是的，我終究還是這樣做了。我現在才知道能夠按照自己的意願去生活是一件多麼幸福的事情。」

滴焰道：「可你知道這樣做的後果嗎？」

空悟至空道：「我知道，但我不會後悔，這樣做很值得。」

滴焰看著空悟至空的臉，眼珠久久沒有轉動。在這張疲憊卻帶著微笑的臉上，她看到一個人長期痛苦掙扎後做回自我的放鬆，不用再承受壓力的釋然。此刻他的樣子雖然疲憊，卻是幸福的。

空悟至空的目光盯著殿宇的穹頂，透過透明的穹頂，上面是烈火海洶湧咆哮的滾燙岩漿。空悟至空以疲憊的聲音說道：「自我從星咒神殿回到死亡地殿以來，就一直沒有快樂過。我屈從於命運，放棄自我，成了黑暗之神，原是為了逃避後世在無間煉獄度過，我害怕一個人在那冰與火的煎熬中度過餘生。」

「我本不該作這種選擇，因為我對自己已經不夠自信，兩千年的追求距我的夢想還是遙不可及，我的內心在動搖，我不知道有沒有一種力量足以改變這個世界，建立起新的秩序，於是我退讓了，平生第一次背叛了自己。但我沒有想到，這次背叛帶給自己的是如此大的痛苦，我存在著，卻不知道自己每天在做些什麼，每一天就像是行屍走肉一般，大腦已經不能再思考，因為我害怕若是思考，曾經的那些疑問、那遠去的夢想又會出現在眼前，我害怕一思考便又會質疑這個世界，質疑這個世界的秩序。」

「我知道這是一種背叛，是神主所不允許的，於是，我每天痛苦地壓抑著自己，強迫自己睡去，永遠不要醒來。可在夢裡，我仍是無法逃避自己，逃避那些曾經的念頭，於是一次一次在深夜從夢中驚醒，獨自面對著這空蕩殿宇內冰冷木然的雕像，面對著殿宇內的一切，我甚至能數清每一尊雕像是由多少刀雕刻而成的，能數到當時的匠人滴了多少滴汗水在上面，這代表威嚴和權力的一切，在我眼中看來，竟不如在陽光下生長的一株小草可愛，我懷念那些對一株草、一棵樹說話的日子，懷念在廣袤的天空下一個人的沈思……而現在，這一切都已不再屬於我，我甚至開始懷疑自己到底是否還存在著……直到影子，不！朝陽的到來，我才明白，其實夢想並不是遙不可及的，只要你戰鬥著，不放棄心中的信念，你就可以做到！你就可以按照自己的意願幸福地存在著！」

「本來這一切我也是可以做到的，但是最終我還是放棄了。而我現在可以做的是幫助這樣一個人去實現自己的夢想，實現自己的信念，無論這個人是朝陽還是影子。這樣做，我才感到這樣的我才是真正的我，才是自己想成爲的真正的自我！而不是冥天，還有主神（上一屆黑暗之神）所要求的我。」

漓焰道：「所以你不惜背叛死亡地殿，不惜以毀滅整個死亡地殿爲代價？」

空悟至空滿腹幸福地道：「是的，若是能重置整個天地，這點犧牲又算得了什麼？」

漓焰一陣冷笑，道：「你真的以爲朝陽是那個能實現你夢想的人？」

空悟至空道：「是的，我相信！」

漓焰道：「空悟至空，爲何你現在還看不透？一切只是一場表演，主宰權永遠只會在一個人手上，那就是命運之神！」

空悟至空笑著望向漓焰，道：「所以，我才要重置這個世界的秩序。」

瀉焰感到空悟至空簡直已是無可救藥，她道：「你知道爲什麼死亡地殿要讓落日、天衣、瀉渚、殘空死後重生去幫助影子麼？你知道爲何要讓你成爲死亡地殿新的黑暗之神？」

空悟至空笑著道：「爲什麼？」

瀉焰大聲道：「因爲這是命運之神的旨意！」

空悟至空一驚，臉上的表情瞬間凝滯，口中自言自語重複著瀉焰的話：「因爲這是命運之神的旨意，因爲這是命運之神的旨意……」

良久，空悟至空才回過神來，道：「爲什麼？他這樣做到底是爲了什麼？」

瀉焰道：「這個世間本就是這樣，你不用問爲什麼，誰也逃不過自己的命運！誰也無法擺脫命運的安排！冥冥之中，一切早已注定，沒有人可以改變！」

「冥冥之中，一切早已注定，沒有人可以改變？哈哈哈哈……」

空悟至空突然仰天發出撕心裂肺的狂笑，笑聲讓整個十八層死亡地殿不停地震動著。

「一切真的不可改變的麼？我不信！」

暴喝聲中，死亡地殿突然坍塌，熊熊地獄之火燃盡整個死亡地殿。

烈火之中，空悟至空仰天狂嘯著……

「空悟至空死了！」

朝陽突然驚醒了過來，心被無限的悲傷揪住。

此時，他坐在一片草地上，綠綠的草葉閃著金燦燦的光芒，頭頂上掛著明晃晃的太陽，而在他的不遠處，落日還沈睡著沒有醒過來。

他們沒有死，空悟至空並沒有殺他們，只是將他們送到了這樣一個陽光燦爛的地方。朝陽的眼睛望著遠處，彷彿生命的一半突然給丟失了，再也找不回來。

他道：「就這樣走了麼？就這樣走了麼？」

沒有人回答他，只有溫柔的風拂動著草地上的青草，搖動著一身的光芒。

他又擡頭望著太陽，此刻的陽光似乎顯得格外光亮，他卻絲毫沒有迴避的意思，彷彿想讓這猛烈的光芒刺瞎這樣一雙眼睛，良久良久……

落日也醒了過來，他站起，走到了朝陽的身後。他看著以往冰冷無比、孤傲殘暴的朝陽變得如此脆弱、無助，心中充滿了和朝陽一樣的悲傷。

他以爲世界上有一種人的心裡是永遠不會懷舊的，但他現在知道自己的想法錯了。

他道：「王，他讓我們突破死亡地殿，就注定了他會走向這樣一個結局。他的死和天衣、漓渚、殘空一樣。」

朝陽道：「他心中那隱藏的巨大痛苦有誰能夠明白？一個放棄夢想的人以自身的毀滅來成全別人，他這樣做到底值得麼？」

落日道：「王，他值得的，因爲他按照自己的意願選擇了死。他是自由的，死時感到了幸福。」

朝陽閉上了眼睛，也不知是因爲眼睛被陽光刺痛，還是心中的悲傷，眼角有兩行淚滑了出來，順著臉頰，滴落在雜草的葉子上。

這時，朝陽突然又睜開雙眼，對著太陽大聲吼道：「這是我麼？我怎麼會流淚?!不！我不需要淚水！我永遠都不會流淚！」

他的身上陡然散發出駭人至極的強大氣機，站在身旁的落日無法抵擋，身形疾往後退。而氣機所及的範圍內，所有樹木、花草……一切生靈，悉數枯死，方圓十里內，大地一片焦黃，呈現出地獄般的慘景。

疾速後退中的落日見到朝陽的樣子，心中卻是感到欣然，道：「不管你是朝陽還是影子，你現在是一個有血有肉的人。」

朝陽與落日來到了日之神殿主宰的世界，但他們並沒有找到日之神殿的所在地。

憑藉以往的經驗，無論是星咒神殿、月靈神殿，還是死亡地殿，在它們各自所在的空間，神殿所在地都是強大的靈力彙聚的地方，所以他們能夠輕易便找到，但是在日之神殿所主宰的這片空間，他們並沒有感到任何彙聚著強大的靈力，只是在此刻他們所處的地方，感到了這個地方的與眾不同——這裡的太陽比這片大地任何一個地方都要大，都要圓，而空氣也更熱。

這個地方就是日冥城！

當朝陽和落日進入日冥城時，太陽剛剛從東方升起，碩大無比的太陽竟佔據了日冥城約十分之一的天空。巨盤冉冉升起時，整個日冥城便籠罩在它的光環內，似乎將之一起升上天際。

在日冥城的中心，有一座巨型雕像，高逾百丈，占地約三千平方，初升的陽光照在雕像頭部上，發出奇異的光芒，彷彿是一尊自開天闢地以來便矗立於此處的龐大古佛，凜然面對這片大地上的一切。

而這尊雕像，也是整個日冥城的精神象徵。

城中央的廣場上，來來往往的人們開始了一天的生活。廣場四周的店鋪相繼開張，忙碌的人們匆忙吃著早點，小販的叫賣聲此起彼伏，在廣場的一角甚至有人已經在進行雜耍表演。而另一邊，兩個年輕人正在爲一個女子大打出手……相同的模樣，相同的膚色，相同的話語，相同的衣著裝束，一切看起來與幻魔大陸並沒有什麼區別。而朝陽、落日的到來，也自然沒有讓這裡的人感到他們是來自另一個世界。

但一切又並非表面看起來的那樣。

落日道：「王，在空悟至空將我們送到這片空間之時曾告訴我，日之神殿的主神是四大神殿中最強大的，實力也最接近冥天。傳說其力量可以瞬間顛覆整個大地！而與此同時，他也是最富智慧的，與冥天走得最近。」

朝陽卻彷彿並沒有聽到落日的話，他的臉上重現著孤傲冷峻的表情。望著那高逾百丈、占地三千平方的巨型雕像，道：「落日，你知道他是誰嗎？」

落日明白朝陽話中之意，道：「難道王認爲他是日之神殿的主神？」

朝陽沒有直接回答，卻道：「當一個人的自信心極度膨脹之時，都希望所有人以瞻仰的目光看他，無論他是人，還是神！」

落日道：「王所說的意思我明白，但這只是一尊雕像呀！」

朝陽道：「他離雕像不會太遠。」

落日這才恍然大悟，道：「王的意思是說，日之神殿的主神就在這日冥城？」

朝陽道：「至少不會很遠。」

而便在此時，朝陽覺得一股異力漫延而至，如潮水般。朝陽不由一驚。

他回過頭，卻看到落日站在原地沒有動，眼神空洞，臉上沒有表情，而在他身旁則空無一人。

一個匆忙而過的人碰了一下落日的肩膀，他的人便突然倒了下去，掀起渾濁的塵土。

落日死了！

朝陽一下子呆住了，站在原地一動不動。他與落日之間相隔是如此之近，竟然不知道落日是什麼時候死的，而且身上沒有任何傷口。

能在他毫無察覺的情況下將落日殺死，這個人實在是太可怕了。

朝陽迅速朝四周來來往往的人群望去，同時精神力無限延伸感應，卻沒有找到可疑之人。

還沒有見到日之神殿的主神，落日便這樣莫名地死了，而且連怎麼死都不知道，這對朝陽來說，確實是一種極大的打擊。

現在，所有人都離他而去了，只剩下他自己，孤身一人，面對著接下來的戰鬥。

第廿四章　劃分生死

而在此時，巨大的雕像在驟然間化為塵粉，似被空氣吸納，與整個日冥城一起分解，在朝陽的眼前剎時出現了一片虛無空闊的平原大地，便連落日的屍體也化作了虛無！

當一切停下來時，他錯愕地回轉身子。在他前面，地平線升起的地方，那裡的空氣出現了透明的漩渦，有一種力量在其中貫徹天地，朝陽知道，那是靈力卓越的象徵。

當靈力平定、漩渦慢慢散去之時，他看到了一座氣勢恢宏、直矗蒼穹的殿宇出現在了地平線上，巨盤般的太陽自背後升起，神殿發出令人目眩的光芒。

「日之神殿。」朝陽的口中輕輕念著。是的，日之神殿，剛才他與落日所看到的只不過是一個幻象。而落日竟死於這幻象之中！

「想突破日之神殿的人，歡迎你的到來。」

宏亮的聲音自神殿內傳出，落滿朝陽的整個耳腔，他的耳朵有著針一樣的刺痛。

朝陽道：「你就是日冥神？是你殺了落日？」朝陽心中生出一絲滄涼的恨意。

日冥神道：「不錯，你不是想突破日之神殿麼？那就讓你憑著自己的力量來向我挑戰。所以落日只是多餘的。」

當朝陽走進日之神殿之時，他看到了端坐上方、身形至少有兩個自己高大的日冥神，日冥神的神態和相貌讓他想起了幻境中那高逾百丈的雕像。

日冥神看著朝陽，笑了笑道：「年輕真好，可以無畏地與命運相抗爭，只是可惜，很多事情一去就不會再回來了，當回想起年輕時戰鬥過的姿態，實在是一種安慰。」

朝陽聽出日冥神這話是在對自己說的，他不屑地道：「日冥神也有這些凡俗之人的感慨麼？」

日冥神並不以爲忤，道：「當一個人成千上萬年面對一成不變的自己時，他也會有著和我一樣的感慨。」

朝陽冷笑道：「因爲你們早就該死了。」

「死？」日冥神輕輕一笑，道：「如果可以，我也願意和『他』一樣重新經歷一次年輕時的戰鬥，那樣，我也會感到自己的存在。」

朝陽道：「他？」他不明白日冥神口中所說的「他」到底是指誰，難道是冥天？

日冥神道：「你不要問我，等你戰勝了我，你就什麼都知道了，命運的輪迴不到最後一刻是不會向世人展示真相的。」

朝陽道：「你知道自己會死？」

日冥神道：「你沒聽說，日冥神是和命運之神走得最近的人嗎？他的力量和智慧是可以讓他探悉一些未來的事情的，也知道一些別人不知道的事情。」

朝陽道：「看來你已經做好了死的準備。」

日冥神道：「這得看你有沒有這個能力了，沒有人願意死在一個不如自己的人手上，歷史也不是一成不變的，當出現偏差時就會駛入另一個方向。」

朝陽再一次打量著端坐於上面的日冥神，那揚起的劍眉，寬闊的臉龐，高挺的鼻樑，大大的眼睛，他彷彿看到了這個人曾經的桀驁不馴和充滿戰鬥的心。但此時，他的眼神卻是遲暮的，雖然充滿了睿智，卻已失去朝氣，這樣的人說出這樣的話，朝陽為他感到悲哀，雖然其語氣揭示了命運的奧秘，但他的心卻已經死了，已經向命運屈服。

這是智慧的代價，是他的智慧和力量洞悉了命運，看清楚了那個「未來」，從而讓他的心死了。而這樣的人，無論擁有多麼強大的力量，到最後一刻，必然會走向死亡。

朝陽不屑於這樣的人！

朝陽思忖間，日冥神突然攻向了朝陽，他端坐於王座上，手卻無限伸長，似破空而出的疾電，又似遮天蔽日的黑雲。

而朝陽對這一切卻渾然未覺……

就在朝陽在日冥神的攻擊下即將被毀之時，眼中突然射出精芒，聖魔劍靈發出一聲龍嘯，窮兇極惡地撲了出去。瞬間，狂暴的力量就像火山爆發，吞噬一切，天地因突然爆發超越自然的力急劇震顫，日之神殿轟然爆碎，天際烏雲白四面向中間狂湧，密雲彼此相互撞擊，產生高壓電流，閃電自天際直劃而下，千萬道同時耀亮……

日冥神驚駭，他沒想到朝陽突然之間可以爆發出如此強大的力量，感到自己的力場在瞬間完全被壓制，聖魔劍靈邪惡的氣息讓他感到了千萬年積壓的怨氣，他陡然想起了戰神破天，這正是他所熟悉的戰神破天的力量，也只有戰神破天才擁有如此強大的力量。

是的，這正是戰神破天的力量，朝陽一直沒有完全掌握的力量，在面臨死亡的一瞬間，終於在朝陽體內徹底爆發了。朝陽一直認爲「不過如此」的戰神破天的力量，終於展現出了它的摧毀一切！

日冥神無法逃避，此刻，他唯有與戰神破天的力量全力一擊。他的身體突然似火般燃燒起來，丹田處一個小小的光團升起，爆發出奇光，奇光散出，天地間無窮的力量和生機不斷地向他體內奔湧，身形也隨著力量的補充變得愈來愈高大，就像那一尊高逾百丈的雕像矗立於天地間，整個人成爲一個吸納天下力量的容器，彷彿欲將整個日之神殿主宰的一切力量盡納於身體之中。

當日冥神體內所擁有的力量達到極限之時，巨掌轟出，一個如天上太陽般強悍霸道的光團迎向朝他狂撲而至的聖魔劍靈！

兩者就在相交的一剎那，聖魔劍靈卻巨嘴張開，將那碩大的如太陽般的光團一口吞入肚中，劍身頓時又暴長一倍，更爲兇狂地撲向日冥神。

日冥神一震，沒想到聖魔劍靈竟然可以將他發出的能量光團化爲己用，大喝一聲道：「看你到底能承受多少！」言罷，雙掌同時轟出，兩個比先前還要強大一倍的能量光團呼嘯著衝向聖魔劍靈。

聖魔劍靈毫不猶豫地又將之吞入肚中。

但在這時，聖魔劍靈發出一聲尖銳的鳴叫，萬道強光自腹中透出，接著便是一聲巨響。

「轟……」

地動山搖，狂暴的氣浪如同海嘯，將黑雲疾走的天空衝破一道巨大的裂縫。

朝陽被四散的氣浪高高拋起，隨即又重重地墜落。

以戰神破天的力量竟然不敵日冥神！聖魔劍靈形神俱毀——日冥神借用整個天地的力量實在太過恐怖！

但是此刻的日冥神卻沒有絲毫戰勝的喜悅，就在他雙手同時推出兩道能量光團之時，一道紫電自天而下劈中了他，正中眉心，無比避讓的一擊！

氣浪散盡，他看到了一個人正在向自己走來，在他高逾百丈的身形面前，就像是一隻爬動的螞蟻。

來者竟是剛才死去的落日。

「你沒有死？」日冥神驚詫地問。

「是的，你殺的只是落日的軀體，但是你忘了經過死亡地殿之後，落日早就不是以軀體的形式存在。而當我來到這個世界之時，我便已經知道了一個使命。那便是取代你成爲日冥神殿的主人！儘管那是一百年之後！」落日聲音冷而平靜。

「原來你早已知道自己的命運？」日冥神的眸子裡閃過一絲無奈。

「不錯，在你利用幻境毀滅我的軀體的時候，我的靈魂便已經穿越了百年，也只有汲取百年之後的力量才能夠對你一擊而中！」落日不無傲意地冷然道。

日冥神頓時面若死灰，苦苦一笑道：「我終究還是逃不過命運。我早就清楚未來，我極力想改變的不是未來的歷史，而是我對未來的預見。我知道自己會死在落日的手中，所以一開始我便殺了你。卻沒有想到，正因爲我殺了你，反而讓你擁有來自未來的力量。這真是有趣。或許，這就是命運！」

「不錯，這就是命運，永遠不可能全部被預知。殊不知道在你改變命運的過程時，你正順著命運爲你所設定的路線行走。所以你能夠做的，便是做好你自己。」

日冥神顯出一絲惆悵，高逾百丈的身體竟僵在原地，凝成一尊巨大的雕像。

朝陽自地上站起來，眸子裡閃過一絲錯愕，他在想落日的話——自己極力改變命運的過程，這是不是正是命運之神爲自己安排的路線呢……

未來的日冥神單膝跪地道：「王，日之神殿已突破，落日的使命也完成，王保重！」

說完，整個人化作一道流星，縱往天際，瞬間消逝不見。

朝陽望著那流星消逝的方向，口中喃喃道：「未來……自己真的擁有未來麼……？」

第廿五章 顫抖之心

神族天界。

漫天的雲霞舒卷著，就像一個一個接連不斷白色的夢，不知從何處來，也不知往何處去，無始無終，充滿整個世界。

朝陽一路走著，這裡的景物有一種熟悉的感覺，彷彿早已存於記憶中，抑或是夢中曾夢到過，憑著雙腳牽引著身體，踏玉階，過虹橋，去往一個地方。

但每走一步，朝陽心裡便莫名的恐慌，彷彿巨大的、無窮無盡的寒冷自四面八方包裹著自己，讓人窒息，無法逃離，千萬年糾纏著……

心，於是顫抖著，那是害怕，朝陽感到了自己的害怕，就算是面對死亡，也從未有過的害怕——隨著每走一步，害怕的感覺就愈來愈強烈。

他看到自己手中的聖魔劍不停地抖動，那是因爲手的原故。就算是用另一隻手抓住，也無法遏制它的抖動。

「害怕，自己到底在害怕什麼？有什麼是讓自己害怕的？是冥天麼？不！不是！是失敗麼？不！也不是……！」

朝陽只感到自己害怕著，卻不知到底害怕什麼，隨著腳步的移動，那股濃重的陰影堆積於心頭，愈來愈重……

但是漸漸的，他的手不再抖動，身體似乎已經麻木。他再看向自己的心，那裡是一片漆黑和寒冷。

一切，只不過還沒有習慣過來，習慣了，就什麼都沒有了。

「你終於來了。」

朝陽擡頭看到了泫澈，她手中掛著一隻竹籃，竹籃裡盛滿嬌豔的花，花瓣上有露珠在滾動，陣陣清香沁人心脾。

泫澈臉上堆滿舒展的笑，她道：「我這是給神主送花去，這是我每天的工作，其實這項工作原來是由花之女神來完成的，可自從她……現在由我擔任。」

朝陽心中一陣顫動，卻沒有說話。

泫澈又道：「我現在還學著歌之女神在唱歌，她的歌聲是那麼悠美，這個世界上所有的聲音都沒有她的歌聲好聽。聽神族的老人說，她唱歌的時候，所有的聲音都會靜下來，就算是風兒也不再流動，害怕驚擾她的歌唱，而我現在連她的皮毛都沒有學到，但我相信終有一天會唱得像她那麼動聽，到那時，我便可以唱給神主聽了……」

朝陽眼前出現了那張世上最驕傲的臉……

「……現在只剩下霞之女神了，但她現在也只是待在自己的落霞宮。」泫澈的神情有些黯然，但很快，臉上的笑又舒展開了，接道：「你現在要不要去看看紫霞？我可以帶你去落霞宮，雖然落霞宮在神族的最西邊，太陽落下的地方，路程有點遠，但我想還來得及領你去後，再給神主送花。」

「太陽落下的地方？」朝陽想起雲霞後飛舞的身姿，小時候的誓言和夢想浮了上來，冰冷黑暗的心有了分裂破碎的痛楚。一切因她而起，開始了這段生生死死兩千年的戰鬥，但是現在，那曾經刻骨銘心的感覺已經逝去，由對一個人的愛變成了爲自己而戰。他已經不能夠愛了，曾經的誓言只是在心底沈浮的痛，但也僅僅是一種痛，很快便會過去，不再屬於自己。

泫澈看著朝陽的表情，臉上的笑意漸漸淡去，轉而浮上的是深深的怨恨，她突然大吼道：「她們爲你付出了這麼多，而你卻沒有一點反應，你到底是不是人?!」

吼完，眼淚便大顆大顆地沿著臉頰流下，落在那嬌豔的花瓣上，變成了一顆顆滾動的露珠。

「你自己痛苦著，也讓每個人和你一起痛苦！」泫澈蹲在地上，悲泣起來。

朝陽望向前方，道：「姑娘，你這話不該對我說的吧。」

說完，便向前走去。

前方，瑞氣祥雲的縈繞中，非天宮若隱若現。他踏上了玉階，而這時，祥雲散開，玉階上站立的是一排排神情冷漠的神將，千百張臉就像一個人的一樣，冰冷的戰甲猶如一座座不可逾越的高山矗立於面前。

朝陽知道，這是他直面冥天之前，要過的最後一關。

他望著這一張張千篇一律的臉，手中的聖魔劍緩緩拔出，風，徐徐翻動身上的黑白戰袍。

突然，一聲暴喝，朝陽化身一道赤芒衝了上去，黑色的身影挾著狂風，劍氣如同燃燒的烈焰，在天際間縱橫馳騁，吞吐閃滅。

沒有誰擋住他的身影，所過之處，一排排屍體躺臥玉階之上，一股股鮮血匯成河流，浸滿玉階，殺伐之聲使這沈靜了千萬年的世界在戰鬥中沸騰——火在水中燃燒，死亡奏響生命激情的樂章。

那一張張冷漠的臉龐，那一個個前伏後繼的身影，將英雄戰鬥的身姿不斷昇華，天地間的一切力量彷彿都彙聚在他身上。

他在戰鬥著！

踐踏一切神的威嚴，毀滅一切活著卻已死去的靈魂，粉碎神殿巨大的玉石柱，讓高貴的圖紋化成塵埃，那通往非天宮九千九百九十九級玉階上，每一級都留下他戰鬥過的痕跡，每一級都爲千百年後留下一個傳說。

血紅色的劍氣在非天宮縱橫馳騁，將天界染上激情的色彩，那些流星般趕至的神將，在若烈焰般的劍氣中碎滅肢解。

泫澈淚流滿面地看著鮮血流到她的腳下，「為什麼？為什麼要所有人都和你一樣痛苦？你真的已經厭倦了麼？這個世界真的沒有什麼值得你留戀麼……？」

人一個接一個地倒下，那戰鬥的身影離非天宮愈來愈近。

神界因這場戰鬥而窒息，遙遠的神山，那些神族中人居住的地方，那些仰起的腦袋，遙望著非天宮如烈焰般燃燒著的劍氣，他們感到世界改變的腳步聲來臨，但他們也知道在不久的將來，一切又會復歸平靜。

塵世間，一個小孩指著天道：「爺爺你看，天上有人在戰鬥！」

爺爺道：「不，那是一場大火，燃完了也就過去了。」

最西邊的落霞宮，紫霞悲傷地道：「這一天終於到來了麼？」

一道道閃電劈過，一聲聲巨響若雷鳴般蕩開，整個神族都在顫抖著。

當赤紅的劍芒穿透最後一個屍體，釘在非天宮那厚重的大門上時，一切又都靜了下來，就像什麼都沒有發生。只是在朝陽的腳下，長長的玉階上，鋪滿了一具一具的屍體。

朝陽站在非天宮門前，此刻他是真正力量的象徵。

「冥天，出來與我一戰！」

朝陽暴吼著，眼中所含的戰意，如兩道燃燒的烈焰。

「冥天，出來與我一戰！」

聲音迴盪於整個神族。

非天宮的巨門緩緩開啓，那沈重的聲音如同敞開另一個世界。

朝陽望著一團漆黑的非天宮，第三次道：「冥天，出來與我一戰！」

聲音傳入，很快便不見，彷彿沈入了海底，沒有一點聲息。而裡面所散發出來的氣息則讓朝陽的心再一次顫動了一下，幸而剛才的戰鬥讓他的血仍在燃燒，但只是這一下，那燃燒的血便迅速地冷卻下來，而那氣息中，則是比死亡還要可怕的無盡的孤獨感，比冰雪更寒冷。

「如果你有勇氣，就進來吧。」自非天宮的最深處，傳來了冥天毫無生氣的聲音，一個對生命百無聊賴的聲音。

朝陽卻遲疑著，雙腳沒有移動。這樣的聲音讓他感到了比死亡還要可怕的東西在侵噬著自己，彷彿這聲音的主人就是自己——他若走進，就是走向了自己所逃避的命運！

「你不敢麼？你戰鬥了兩千年，到了最後一步，卻又不敢邁進——你不是早就在等這一天麼？看來你仍在害怕著，你害怕自己會失敗！」冥天一字一頓，十分緩慢地道，彷彿說話是一件十分困難的事情。

朝陽暗問自己：「我害怕麼？」沒有聲音回答，但他知道自己真的在害怕著什麼，就像上次一樣，只是這次他知道自己害怕什麼，不是冥天，不是失敗，而是害怕非天宮的氣息！害怕裡面的孤獨！他怕自己會變成像冥天一樣。

思及此處，朝陽走進了非天宮。

非天宮內空空蕩蕩，巨大的殿宇內什麼都沒有，那高高在上的黑色身影端坐於上，面對著黑暗中空蕩蕩的一切。

朝陽的腳步十分響亮地回響著，雙眼始終盯著那黑色的身影，卻是怎麼也看不清冥天的面目，冥天臉上蒙了一層漆黑的光彩，彷彿陷入了某段遠去的時光歲月，遙遠而不可觸及。

朝陽不知道冥天為什麼要掩飾自己的面孔，但這對他並不重要。他的目的是戰勝冥天，取得天下！現在，他已經懂得簡單思考問題的重要性，而在突破四大神殿的這段時間，他卻把這一點給丟了，連他自己都差點認不得自己。

朝陽在冥天面前站定——剛才站在門口所感到害怕的東西，此時看來卻什麼都沒有，他還是他自己，甚至比以前更想戰勝冥天。這裡冰冷的一切，只讓他極為厭惡，極欲毀之而後快。

他犀利的眼神穿透黑暗，怒視著冥天，道：「冥天，今天就是你的末日！」

「你以為你可以戰勝我麼？這一路突破四大神殿，我是看著你戰鬥過來的，你身上所有的弱點全都暴露出來，你心中所害怕的，所逃避的，力量的極限，每一次進攻的方式，無一不在我的掌握之中。在我眼中，你即使擁有破天那強大的力量，也與一個孩童無異，又憑什麼與我鬥？」

朝陽道：「憑我站在你的面前！憑幻魔空間所有試圖掌握自己命運的人的決心！憑所有因反抗命運而死去的人的意志！憑所有為夢想而戰鬥的人的勇氣！」

冥天冷笑一聲，道：「這些就是支撐著你戰鬥到現在的理由麼？我卻不信，如果說做一件事一定要有理由的話，那也是為了他自己——我更願意相信你是為了自己而戰鬥！」

「哈哈哈……」朝陽突然狂笑不已，他道：「當你看到那一雙雙對你充滿期待的眼睛時；當你不得已殺死身邊共同戰鬥的人時；當你看到最愛的人背你而去時；當你被騙，殺死自己最好的朋友時；當你看到數十萬人在戰鬥中死去時；當共同戰鬥著的人為你而犧牲自己的性命時；當最好的朋友為了你而背棄自己的使命時——你還能說出這樣的話麼？不！不能！你永遠都不會懂得背離自己的意願，而不得不作出選擇的痛苦。你只是高高在上端坐於所有人的頭頂，將一個一個的生命玩弄於股掌之間，然後看著他們死去。你永遠都不會知道一個戰鬥著的人心裡到底在想些什麼，你總是把自己的意願變成天下所有人的意願，讓所有人按照你設定的方向生活著，看著他們出生死亡，看著他們掙扎著卻又無可奈何的樣子，你不懂得他們心裡在想些什麼，你不懂得除了生存，他們還需要其他的東西，你什麼都不知道……！」

朝陽說著，最後連眼淚都流了下來，那是積壓在心底深處，長久的痛苦。

冥天不屑地道：「他們的痛苦算得了什麼？這個世界需要一種秩序，就需要一種力量去維持它。若每一個人都按照自己的意願生活，按照自己的想法生活，那其他人又會怎樣？世界又會怎樣？他們抗爭著，是想讓自己逾越於所有人之上，想讓自己優於別人，從而更能顯示自己的智慧和能力，於是，他們就想改變這個世界。我之所以設定他們的生命，是想讓他們知道，只有符合世界的秩序規則，他們才能夠生活下去，否則，沒有人可以想像這個世界將會變成什麼樣！」

朝陽冷笑道：「這就是你的理由麼？難道只有你才能設定這個世界的秩序？我卻不信！每個人的命運都應該掌握在自己手中，只有自己才可以主宰自己的命運。我戰鬥到今天，就是為了證明自己的命運可以主宰在自己手中！沒有人可以設定我的命運！這個世界所有人都可以和我一樣，我要重置這個世界的秩序！」

冥天道：「你可以麼？破天主管神族大事，為了想知道自己的命運，發動了神族的百年大戰，最後死去，元神被關在三族祭天台之下；空悟至空為了重置世界的秩序，遠離死亡地殿，流浪幻魔大陸兩千年，經歷各種身分，最後還是回到死亡地殿，繼承了黑暗之神的身分；無語離開星咒神殿，終其一生想尋求世界的第二種可能，最後連回到星咒神殿都不能夠，死在你的手上，這就是他們的命運，他們主宰不了！」

朝陽厲聲道：「那你呢？你主宰著天下所有人的命運，難道也主宰不了自己的命運麼？」

「我……」冥天默然，久久沒有言語。

朝陽冷笑道：「無話可說了吧？你可以把自己的命運掌握在自己手中，卻忽視其他人的命運——因爲你不想其他人和你一樣！唯有如此，你才能夠成爲凌駕所有人之上的命運之神，才能安然地看著所有人在你手心痛苦地作無畏的掙扎。出招吧，我要爲天下所有人將你除去！」

聖魔劍直指冥天，血紅劍芒在黑暗中彌漫開來，瘋狂的戰意透過身體，透過虛空，透過非天宮，透過神族天界，充斥著整個幻魔空間，天上地下，黑雲低壓，颶風暗湧，一片森然，四處呈現出一派天地即將毀滅前的徵兆。

星咒神殿、月靈神殿、死亡地殿、日之神殿，每個神殿所主宰的世界巨雷轟鳴，從東滾到西，閃電若銀蛇，在黑雲中穿梭耀舞，而那些塵世中人惶然地看著天際所出現的異象，感到世界末日的來臨……

與此同時，幻魔大陸西羅帝國阿斯腓亞皇宮，褒姒自幻雪殿走出，站在櫻花樹下，看著黑雲疾湧、閃電耀舞的天空，道：「又要下雪了麼？爲什麼今年的雪總是這麼多？」

……

而在離雲霓古國帝都不遠處的一座高山之巔，一個孤獨的身影站在怒捲的風中，望著天際，任憑巨雷在頭頂炸響，閃電在身旁虐掠，卻一動不動，那張憔悴削瘦的臉，已經讓人不再認得她是可瑞斯汀，曾經的魔族聖女……

……

幻城沙漠。

羅霞和月魔一族所有人站在地面，幾千雙眼睛望著天際，所有人的心裡都默默祈禱著，「快了，就快回到月靈神殿了。」

……

妖人部落聯盟那棵巨大的櫻花樹下面，樓蘭摸了摸自己的肚子，道：「孩子，你的父親在戰鬥！」

……

神族天界西之盡頭的落霞宮，紫霞倚在欄杆上，望著非天宮的方向，眼中流著淚，卻面帶微笑地道：「很快，你就可以解脫了……」

非天宮內，冥天端坐著，卻沒有動，任憑朝陽的氣機不斷瘋長，影響天地。

突然，朝陽暴喝道：「我命由我不由天！冥天，你受死吧！」飛身掠起，一道赤紅電芒直竄九天蒼穹。九天之上，頓時出現一個大洞，來自天外的雷電如水銀般快瀉而下，烈焰使整個天界都燃燒了起來。

非天宮轟然倒塌，淹沒在一片火海之中。

這時，朝陽在燃燒的烈焰中化成一道亮麗的彩虹，伴隨著聖魔劍，虛空裂開一道如河流般的雲峽，燃燒的火海一分爲二，而在這空隙中，便是怒破蒼穹的聖魔劍直指端坐神座上的冥天！

悲泣的泫澈擡起頭，她看見飛身中的朝陽雙眼被火映得通紅，神情分外兇殘猙獰，他的身體則彷彿是醞釀著狂暴力量的能量體，隨時可能擊出毀天滅地的力量。

冥天坐著一動不動，他的臉在激烈的劍芒中依然看不真切。

「沒想到你擁有了破天的『破天之力』，看來你的真正實力一直都在隱藏著！」

話音落下，便是聖魔劍以毀天滅地之勢從他頭頂狂劈而下！

而這時，冥天的手擡了起來，看似極慢、極優雅地擡了起來，但在聖魔劍以疾電般的速度劈中他的毫釐之間，兩根手指夾住了聖魔劍！如此狂暴、攜著毀天滅地力量的攻擊頓時化爲無形，就像一陣春風蕩來，所有陰霾煙消雲散。而這一切，僅僅是兩根久未見陽光、慘白修長的手指。

朝陽頓時驚呆了，他根本無法弄清楚自己如此狂暴強大的力量怎麼會瞬間煙消雲散，而他

體內所有的力量則彷彿突然間被鎖定，欲發不能。

這時，兩根手指之間，白光閃過，朝陽頓感自己的右手如遭電擊，不禁一鬆。待白光閃過，他想再次握緊劍柄時，卻發現摧金斷玉的聖魔劍已不在他手中，空氣中飄散著一陣白霧。

聖魔劍竟然瞬間蒸發！

「砰……」

驚駭中，冥天的手化掌推出，擊在朝陽胸前。

朝陽的身子頓了一下，隨即全身發出骨骼碎裂的聲音，身子像流星一般倒飛出去，跌落於熊熊燃燒的火海中。

一切發生在眨眼之間，而眨眼間，是驗證兩個人差距的最直接、最快的速度，是兩個人實力最遠的距離。

烈焰將朝陽吞沒，而那被劍捅破的天穹，此時卻又下起了雪。

雪與火在空中相互交融，相互衍生著……

冥天望著被烈焰吞噬的朝陽，不屑地道：「就算你擁有『破天之力』，在我眼中也不值一提——這個世界已經沒有什麼力量可以與我一戰！」

「真的沒有麼?別忘了我還沒有死！」

烈焰中，朝陽忽然又站了起來，黑白戰袍將他的身體裹護著，沒有受到任何灼傷。他犀利的眼神盯著冥天，伸手擦去了嘴角的血跡，而碎裂的骨骼已經完全續接好。

冥天似乎沒料到朝陽如此快便恢復過來，但很快，他就平靜了下來，道：「你的表現的確出乎我意料之外，但力量與我相差太遠，你根本沒有任何機會！」

說完輕輕一掌揮出，很愜意、自如的樣子，雪與火頓時暴長，以排山倒海之勢向朝陽席捲而去，中間還夾著隱隱的風雷之聲，閃電穿透其間。

朝陽頓時感到彷彿天地間所有力量都向自己擠壓而至，而自己體內的力量，在怒捲的火焰與雪花面前，被一股無形的力量壓制著，彷彿重逾億鈞的高山當頭壓下。

而且剛才，他強行以修復魔法將碎斷的骨骼在瞬息間修復好，已耗盡了他強大的精神力量，使心神受損。

儘管如此，但此時朝陽的氣勢絲毫沒有受到這些因素的影響，氣浪和鬥志在這壓力面前，反而比先前更爲強盛，空前高漲，潛力因面對強大的壓力被挖掘出來。而體內，來自戰神破天的力量，更在這壓力面前激起了無窮的戰意，若燎原烈焰，瘋狂滋長，直沖虛空，與九天激烈的電閃相接，發出巨雷的炸響！身體周圍形成的氣場與四周擠壓而至的力量相碰撞，驚電不斷，而面前排山倒海的力量則以摧枯拉朽之勢怒壓而至。

朝陽盯著自頭頂高壓而下、可以摧毀一切的力量，眼睛若鋒利的劍芒。右手中，則有功力不斷吐出，而功力遇到空氣便慢慢凝而成型，片刻之間，以自身功力化而成型的晶體之劍赫然出現在朝陽的手中，與曾經的聖魔劍一模一樣，散發著赤紅的劍芒，只是比聖魔劍更晶瑩剔透，彷彿以晶石鑄成。

第廿六章　破天之力

朝陽發出一聲長嘯，手中之劍拖起長約十數丈的赤紅劍芒，飛身劈出。

那占了約半邊天、以排山倒海之勢形成的力量，與朝陽狂暴的劍勢相撞，頓時發出幻魔空間有史以來最爲狂暴的巨響。

「轟……嘩……」

彷彿天在一瞬間塌了下來，虛空之中的烏雲竟像是炸成了無數的小塊，被不可約束的氣勁衝擊得向四面炸開，若怒潮奔湧。

那燃燒著的烈焰與飛雪交融，將瘋狂的氣焰捲到神族每一個角落。

神族天界，所有的建築物摧枯拉朽般燃燒起來。

塵世間，人們第一次看到有天火墜落下來，殃及無辜。

而朝陽並沒有因此而停歇，他攜劍衝過撕開的裂縫，將全身的力量催發至極限，以戰神破天所傳之「破天之力」，用毀滅的戰意讓自己燃燒起來，與手中化功而成的劍連成一道宇宙極光，怒攻冥天！

自然界維護天地平衡的力量遭到破壞，一個個攜著烈焰與飛雪的龍捲風拔地而起，虛空就像抽絲的繭，開始扭曲。

冥天也因這超越自然力的攻勢而略爲驚異，朝陽此時表現出的力量比先前更盛一倍，彷彿他的身體是無窮無盡的能量源泉，只會愈戰愈勇，愈戰愈強。

冥天手掌再度翻動推出，排山倒海的力量再度形成一座巨山，佔據半個天際壓向朝陽，而在中間更有一個金光閃閃的魔法封印。

閃閃的金光形成千萬道光柱，將朝陽鎖困其中。朝陽疾速前進的速度頓時變緩，一道以魔法封印爲中心的光柱將他籠罩其中，體內的血脈流動和氣勁頓時被封禁，就像水在瞬間遭到凝固。

數以億鈞的力量形成的巨山將朝陽壓了下去，托住神族天界的祥雲瑞氣四散蕩開。

塵世間，人們看到閃電耀舞、巨雷轟鳴的天空，以黑雲累積而成的高山疾速下墜……

「轟隆隆……」一陣巨響，整個大地搖晃巨震，彷彿天真要塌了下來。

大地如同地震爆發，開裂無數裂縫，高山倒塌，城牆傾倒，河斷其流，世界即將毀滅。

而被數以億鈞的力量壓入地面的朝陽剛觸地面，一座震裂崩塌的高山頓時將他壓在下面，塵埃彌漫，直掀虛空……

世界靜了下來，當天上的閃電和巨雷漸漸遠去時；當塵世間彌漫的塵埃漸漸落定時；當人們從世界毀滅的絕望中回過神來時——一座新成的高山矗立於天地間，而時間也在這時靜靜流逝。

一天、二天、三天……日出月落，光陰流轉，天地依舊，只剩某些活著企盼的人，還在苦苦守候。

……

幻城沙漠。

月魔一族依舊望著流雲未定的天際，從戰鬥開始到現在，她們一直站在這裡。

「羅霞，你說他就這樣敗了麼？」有人道。

「不，不會的，他答應過月魔，就一定會算數，他會再站起來的！」羅霞充滿自信地道。

「可現在已經七天過去了。」另一人懷疑道，七天的時間，足以讓一個人死去。

「他就會在今天重新站起！」

眾人沒有言語，這句話她們已經聽了七天……

……

雲霓古國帝都外的高山，可瑞斯汀那孤獨的身影仍在守望著，臉上沒有表情，只是眼睛望著天際，這種守望，也許是一年兩年，三年四年……直到死去……

……

妖人部落聯盟的櫻花樹下，櫻蘭仍在對著攏起的肚子自言自語：「……孩子，你知道嗎？這個世界需要英雄，英雄永遠不會放棄，英雄的倒下是爲了以更威武的姿態站起！等你長大之後，也要像父親一樣，做一個與天作戰的英雄，做一個永不放棄的英雄……你會做到的……」

山底。朝陽沒有死，他也不能死！死是屬於別人的，他沒有這個資格，如果真的有命運的話，他的命運決定了他必須再一次站起來，戰鬥到底！死是一種解脫，對他來說，卻是一種幸福，那說明他可以安靜地躺下去，什麼也不想，什麼也不思考，但他可以麼？不！他不能！他又怎麼能放棄一切，讓自己獲得解脫？千年前他已死過一次，但那在黑暗中煎熬的靈魂、那不屈的欲望每時每刻都在啃噬著他！這種死又怎能稱之爲死？他不能再用一千年去忍受這種折磨，必須徹徹底底地讓自己獲得解脫，要死也要像平常人一樣死去。所以，他必須再一次站起來，繼續戰鬥！直到消滅冥天，直到自己的形神完全在這個世界消失！

他抗爭著，拚命地積蓄體內的力量，以戰神破天所傳的「破天之力」，揉和師父梵天在他體內打造的天脈的力量，企圖破除冥天所施予的封禁，但最終他還是失敗了，一次又一次無功而返……

他的人被封禁著，手腳不能動彈，血液不能流動，功力無法運行，整個人是僵硬的，就像一塊冰冷的石頭。身體上，重壓著崩塌山體的億鈞力量，唯一可以活動的是思維，也只有這活動的思維說明他還活著，並沒有死！

時間一天一天地過去，他已不知道自己被壓在山底多長時間了，只感到腦海中有一條河流在緩緩地流逝著，一次次的努力和失敗讓他感到極爲疲憊，儘管他沒有放棄，但卻有些不能控制自己了，緊繃的神經在一點點地放鬆，疲憊所帶來的睡意一點一點地侵噬著他，他發現自己已經很睏了，腦海中的一切開始變得模糊。「就這樣睡去，就這樣睡去……」輕柔的聲音在腦海中一遍一遍地響著，他的睡意也一點點地加深。

「不——！」腦海中，一個聲音突然大吼，他一下子又醒了過來，「不！絕對不可以就這樣睡去，絕對不可以這樣睡去！」

是影子的聲音，像是透過靈魂，深深地刺激了每一根神經，他感覺到淡而綿長的靈力自靈魂深處甦醒，引導著丹田內那漸欲熄滅的火焰。

是來自創世之神最後遺留的力量，沒有人知道，影子並未死去，而是在那驚天動地的一戰之中與朝陽結爲一體。

朝陽與影子本就是同一個人的分離，而命運卻爲他們設下了對立的方向。沒有人比影子與朝陽更希望戰勝命運，是以，影子放棄了自已，只有兩個強者的結合，才有更多的機會戰勝命運之神。不過爲了不讓冥天察覺，影子一直隱而不發。

命運之神希望兩個人拚個你死我活，但二人卻逆命運而行。

朝陽再一次摧發著體內的力量，極力揉合破天與梵天所給的力量，那一團火在丹田深處開始燃燒起來。

力量在燃燒，如他所想，一點一點地從丹田升起，他興奮至極，只要力量衝破丹田，封禁就會破除。他覺得自己的血液已開始流動，手腳可以動彈了——他奮力讓那團燃燒的力量衝出，可就在突然之間一道電擊衝入體內，正是封禁的力量，那一團燃燒的力量頓時潰散，化爲無形，他也因爲過度使用精神力而暈了過去……

這時，昏睡過去的朝陽丹田處，卻有一股力量在自行運轉，一點點將剛才潰散的力量重新聚起，一點點地開始壯大。而在地心深處，那些沈睡著的九幽罡勁和地獄之火，彷彿受到了某種召喚，開始暗暗湧動，向地表升起，並且向某一處彙聚，形成萬流歸宗之勢。而這一彙聚點，正是朝陽丹田那運轉燃燒的能量團，九幽罡勁和地獄之火的彙聚，讓那能量團在丹田不斷壯大，運轉的速度也愈來愈快，半炷香的時間，只是半炷香的時間，朝陽丹田的能量強大得已經不能再承受，並且還在不斷地加強！強大的力量急需找到一個突破口，開始往丹田外衝。

冥天的魔法封禁極力壓制著，金光閃耀，從體內透出，並且滲出山體，在天地間大放其芒。

神族天界的冥天心中一震，眉頭皺起。

這時，隨著愈來愈強大的力量，封禁無法再壓制得住。

「轟……」如江河決堤，強大的地獄之火與九幽罡勁混和的力量終於衝破冥天施加在朝陽身上的封禁，地獄之火和九幽罡勁的黑氣頓時燃遍朝陽全身。

朝陽從昏睡中再度醒了過來，無窮的力量讓朝陽全身經脈賁張，體格暴長，瘋狂的地獄之火將他包圍著，如同戰神破天的元神在煉神鼎內掙扎的情形一樣。而朝陽體內的這股氣勁，正是被創世神靈力啓動的破天的力量之源，才在他昏睡的情況下自行運轉，吸引了地心深處的地獄之火和九幽罡勁，而破天的力量之源以冥天的魔法封禁是無法封住的。破天在煉神鼎中數十萬年元神不滅，是因爲他力量源泉的屬性來自地心的地獄之火和九幽罡勁，也正因爲如此，破天才可以在數十萬年的時間與冥天、梵天的封禁抗衡著。這時的朝陽，可謂是真真正正得到了戰神破天的力量真髓！

一聲長嘯從地底傳出，直震天地蒼穹，隨即，大地巨震，一座高逾萬丈的山體被掀了開來。

「轟……轟……」巨響連連。

山底下一個渾身繞著九幽罡勁和地獄之火的人站了起來，邪惡的毀滅氣焰直竄蒼穹，天際重現疾走的烏雲和耀舞的閃電，巨雷滾滾，從東到西，從西到東，世界的末日彷彿再一次開始降臨，此時離上次剛好整整七天。

只見朝陽再次發出一聲長嘯，蹲地曲足，縱躍而起，拖起長長的黑氣縈繞的地獄之火冒上了天際——千百年後，這一縱仍停留在傳說中。

神族天界。

朝陽與冥天戰在了一起，在光與電的交彙中，在天火與風雷的交融中，兩個身影上演著幻魔大陸有史以來最爲經典的戰鬥。

每一次進攻都是一次毀滅，每一次交手都是一個惡夢。

天不再是天，地不再是地，風不再是風，雲不再是雲。

沒有人能夠想像那是怎樣的一種可怕場面，只是感到世界的毀滅，感到末日的來臨，而每一個人也都在等待著自己的死亡。

在這一片混沌中存在的是一次次氣流衝壓所產生的巨爆與高壓電流，是對命運的挑戰，是生存與死亡的決戰，是永不言放棄的信念！

……

「爲什麼？爲什麼還沒有完？還要繼續到什麼時候？」泫澈哭泣著。

……

「轟……」

朝陽被數以千鈞的力量擊在了肚腹上，身子疾速倒退撞到一座宮殿。

那是落霞宮。

當他再一次準備挺劍躍起時，他看到了一個女人微笑著的眼神，似春風般掠過他的心田。

那是紫霞！

朝陽突然覺得這個人很熟悉，卻又不記得這個人是誰。

他道：「你是誰？」

好陌生的言語，沒有什麼比這一句話更冰冷，那代表著一無所有。

紫霞微笑著道：「我是紫霞。」

「哦？」說完，朝陽頭也不回，衝入天火與飛雪中。

紫霞望著那戰鬥的身影，道：「這麼快就忘了麼？忘了就好，忘了才有這樣無畏的力量，而你也可以真正的獲得解脫！」

卻不知這個「你」指的是誰……

朝陽又一次跌倒了，數萬次的進攻皆讓他無功而返，連冥天的衣襟都沒有觸摸到，雖然他體內強大的力量無處發洩，雖然他的進攻一次比一次更爲猛烈，但他的每一次進攻，彷彿都在對方的預料之中，不是落空，擊中的就是幻影。

冥天無處不在，又無一處是他。

朝陽以最快的速度自四面八方同時出手，每一個「冥天」都在他的攻擊中，到最後卻什麼都不是，待他停下來之時，無端的攻擊便會狠狠地擊中他，彷佛是來自另一個空間！而此時的冥天又會站在他的面前，那張隱藏著的臉就像一個無底的黑洞，將一切可能與不可能、真實與虛幻、一切的原因和結果都攝入進去，如此的無可奈何。

戰鬥繼續著，四方激射的力量就像太陽無處不在的光線，沒有死角，速度快得已經超越了人的想像。朝陽甚至感到自己的肉體和意志在分離，彷佛是兩個各不關己的存在，只是戰鬥讓它們連在了一起，因爲他的思維已跟不上他的進攻速度，只是「看到」自己戰鬥著，就像一個第三者。

但每一次的進攻依然沒有結果，彷佛冥天——天地間至高無上的意志並不存在，只是一個虛體。

無數次的進攻已經讓朝陽的身體產生了疲態，經歷了最頂盛的高峰，他的速度又漸漸緩慢下來，顯然他體內充斥著無窮無盡的地獄之火和九幽罡勁，但每一次進攻，都讓他的力量弱一分，他又豈能無休止的支撐下去？況且冥天的每一次進攻，都讓他體內的力量化解一部分，這樣下去，朝陽唯有死路一條——畢竟他還是一個人！

終於，朝陽讓自己停了下來，他不能再作任何無謂的進攻，望著前方，激蕩的勁氣和天火散去，冥天出現在他面前。

「怎麼，你的力量已經用盡了麼？」冥天輕蔑地道，神態悠然得無以復加，彷彿沒有經歷一場毀天滅地的戰鬥。「你現在應該知道什麼叫做不可戰勝了吧？這世間不是任何東西只要努力就可以改變的！如果可以，沒有人願意活數十萬年生活在孤獨與黑暗中。有一種力量，就算是主宰萬物生靈的神也不可改變！」

「哈哈哈……」朝陽縱聲狂笑道：「是麼？你真的以爲自己不可戰勝麼？我現在就讓你永遠在這天地間消失！」

地獄之火無盡地在他周圍燃燒，手中以真氣凝成之劍遙指向冥天，烏雲似狂潮般湧動，來自地心深處的地獄之火與九幽罡勁感應到朝陽的氣機無盡燃燒，自地心滲出地面，一股一股，穿過虛空向朝陽身體彙聚，無窮的力量讓朝陽彷彿是矗立天地間的巨人，整個世界都以他爲中心，狂暴的力量在他周身形成席捲天地間的氣旋，而他就是這力量的主宰。

天地，那遭到破壞的平衡帶來的是災難性的毀滅。

海嘯、山裂、雪崩、無盡的天火……將幻魔空間變成了真正的地獄！

雖然冥天臉上的神情無法看清，但可想而知，他的臉色發生了巨變，再不能保持神態的悠然。

第廿七章　命運遊戲

冥天甚至有些驚恐地道：「你將無盡的地獄之火與九幽罡勁引至天界，只會導致幻魔空間的毀滅！」

「哈哈哈……你害怕了麼？我就是毀滅你和你統治的這一片天地！只有這樣，我才能重新設置這個世界的秩序！」朝陽狂笑著。此時的他，不再是朝陽，而是來自地獄的凶靈惡魔！他的靈魂彷彿被至邪至惡的幽靈主宰，不再是朝陽！

泫澈幾次站起，幾次被狂暴的氣勁沖倒，此時，她已不再悲泣，臉色變得鐵青，沒有一絲血色，巨大毀滅的恐懼衝擊著她的心靈，已經不再讓她記得其他……

與此同時，在另一邊，紫霞卻在毀滅的氣勁和天火中起舞著，那飛天的舞姿彷彿在爲這世界的毀滅作最後祭禱，歌聲隨著舞姿在天火中飄出，是曾經的歌盈的歌……

冥天沈聲道：「我絕對不會讓你毀滅這個世界！」

事情已經朝他想像之外的方向發展。

他的身體開始蕩出金色的浩然之氣，頭頂疾竄的烏雲和腳下燃燒的天火盡數散去，形成強烈的金色佛光。

而此時，在毀滅的力量所主宰的天地間，隱隱有生機透現，穿過毀滅氣浪的阻擋，向天地散去，而這力量的泉源則來自冥天。同時，無盡的虛空和天地受到冥天身上所散生機的引發，來自大自然最爲廣闊的生機在一片毀滅力量所主宰的世界開始萌發，並且開始與毀滅的力量對抗，和冥天所散發出的生機相呼應，形成與朝陽周身那不斷壯大的氣旋相抗衡的龐大氣場，兩者，佔據著整個世界。

「冥天，你的末日到了！」

劍劈了出去，是半個天地的力量，一次曠古絕今的進攻，一個毀天滅地的決心，撕破了冥天所形成的強大氣場，若怒海狂潮，撲向冥天。

最後的一擊，也是孤注一擲的一擊，來自世界一半的力量，攜著烈焰和黑氣。

「不——」一聲絕望的呼喊，來自泫澈。

可突然，泫澈的嘴巴又閉住了，眼睛睜得大大的。

朝陽一愣，他看到自己攻向冥天那半邊天地的力量在冥天的強大氣場內慢慢消解，慢慢變得無形，而冥天的氣場則在不斷壯大，變成整個天和地。

「怎麼可能？這怎麼可能？」朝陽不敢相信自己的眼睛，冥天以天地間的生機將他來白地心的地獄之火和九幽罡勁化爲己用——冥天不是人！也不是神！而是萬物的主宰！是天地間一切力量的泉源！唯有天地間的力量之源才可以將所有的力量化爲己用！

而這時，整個天地、真正的整個天地的力量向他撲來……

但這時的朝陽卻又笑了，是發自內心心底的勝利的笑……

天地靜了下來，天是天，地還是地，那和煦的風自天地間吹過，帶著令人心醉的溫柔。

冥天低下頭，看著自己的心臟部位——在那裡，一柄冷劍刺了出來，鋒利的劍刃閃著寒芒，卻沒有血。他笑了，是一種獲得解脫的痛快的笑，彷彿等待這一天等了很久很久，現在終於到來了。

他的臉擡了起來，那隱藏著的光暈散去，露出一張孤獨而蒼白的臉，是和對面的朝陽長得一模一樣的臉，只是他此時在笑著。

「原來，自己是真的可以殺死自己的，我終於可以解脫了。」

朝陽沒有死，因爲那一劍，冥天攻向他的所有力量分崩離析。但此時，他的臉色巨變，寫滿臉上的驚駭之情比天和地倒逆過來還要有過之而無不及。

冥天和他長得一模一樣！冥天竟然和他長得一模一樣！

而與朝陽有著一樣驚駭之情的還有另一個人，他此時自冥天的背後走了出來，也露出一張與朝陽一模一樣的臉，正是他從背後刺了冥天一劍。而這個人是影子。

這一直是影子所等待的機會，他一直在朝陽的靈魂深處隱而不發，即便是在四大神殿的征戰之中，連冥天也被影子騙了！

而在剛才那一剎那，他自朝陽的靈魂裡再次分離而出，以他們現在所擁有的力量，分離是輕而易舉的事，但對於冥天來說，卻等於死亡。這也正是朝陽與影子預設的結果！

而唯一沒有絲毫驚懼之情的是冥天，也只有冥天才知道這其中的一切原委，這也正是冥天不讓朝陽看到自己面目的原因。

「你……你到底是誰？」朝陽無法從驚駭中恢復過來，冥天有著和他一模一樣的臉，這實在是有些匪夷所思。

冥天依然笑著，道：「我就是你們，你們也就是我——你們是從我性格中分離出去的兩半，是我自己跟自己玩的一場有關於命運的遊戲。不過，我沒想到居然爲你們所騙，看來命運之神也並非無所不知。」

朝陽與影子怎麼也沒有料到事情竟然會是這樣！他們無法相信，卻又不得不相信！事情的一開始就是一場精心的安排，也預示了今天的局面，他們精心策劃、想撕破這個迷局，最後卻不料殺死的竟然是「自己」！這是一件連最偉大的天才也不會想到的事情。

影子道：「你爲什麼要這麼做？你這樣做到底是爲了什麼？」

「爲了什麼？」冥天冷笑著，他望向影子道：「如果你數十萬年沒有人說話，數十萬年無法睡覺，數十萬年生活在黑暗與孤獨中，獨自面對整個天地，你又會怎樣？人人以爲你是高高在上的命運之神，主宰著這天地間的一切；人人把你視爲天地間至高無上的意志，對你仰視、敬畏，在你面前連大聲說話都不敢，更不敢擡頭看你，偌大的天地只有你一個人，你又會怎樣？數十萬年的時間，年復一年，日復一日，你把自己關在空蕩蕩的殿宇內，黑暗與孤獨侵噬著你的神經，這是怎樣的一種折磨？你們嘗過嗎？連死都不能夠……這就是偉大的主宰一切的命運之神！連自己的命運都不能主宰的命運之神！你們現在知道了吧？！」

朝陽與影子看到那張笑著的臉在每說一句之時因痛苦而變得扭曲，數十萬年的時間生活在自己一個人孤獨的世界裡，那是一種何等的折磨？這就是人們眼中的命運之神！冥天每問一句，朝陽與影子就感到自己的心變得更冷一些，冷得讓他們渾身發抖，無法承受，彷彿他們身臨其境，體驗著冥天所感受的無盡孤獨。朝陽現在才明白，爲什麼他來到神族天界之時，會感到寒冷，原來是他內心深處一直害怕著這樣一種生活，本能產生的一種反應。

這就是命運之神，連他都不能完全主宰自己的命運，這是一件多麼可笑和悲哀的事情！

「不過，現在我終於可以解脫了，而這一切，將輪到你們——未來的命運之神——幻魔空間的主宰者，哈哈哈……」

笑聲中，冥天的身子緩緩倒下。

「不——！」一個人衝了過來，托住了冥天倒下的身體，是紫霞。

冥天側頭望向紫霞：「你是誰？」

紫霞全身一陣哆嗦，沒有比這更冰冷的話了，那代表著一無所有，一無所有的紫霞、一無所有的冥天，從來就是零，什麼都沒有發生過。

紫霞的眼淚落了下來，滴在冥天臉上。

「我是紫霞。」

冥天忽然笑了，壞壞的笑，「我當然知道你是紫霞，但我什麼也不能給你，我一無所有。」

紫霞的眼淚大顆大顆、成串成串地滴落下來，就像壓抑了一整天，突然傾瀉而下的驟雨，那是幸福的眼淚，暢快的眼淚，從一無所有變得擁有一切的眼淚。

這樣一句話，生生世世，她等了兩千年！

「我什麼都擁有了，我什麼都擁有了，只要你獲得解脫，我就擁有了一切！」

冥天道：「我欠你太多，只好來世再還，如果有來世的話。」

說完，那雙滿含幸福的眼睛就緩緩閉上了。

「是的，如果有來世的話，就讓我們在一起。」

紫霞抱起冥天，向天邊走去，天邊激蕩了紫色的晚霞，她跳了下去，隨著沈下去的夕陽跳了下去。

天際，一道淒美的彩虹橫空劃過。

影了與朝陽望著那化爲彩虹的身影，眼中閃過複雜的情感。紫霞不屬於他們之中任何一個，而是屬於冥天的，一無所有的冥人擁有了紫霞，而他們卻什麼都沒有，他們這才感到什麼叫做真正的「一無所有」。

「都走了麼？我也該走了。」

泫瀓望著那淒美的彩虹，然後轉過身，向一個方向走去，無窮孤獨的方向走去，歌聲在她背後響起——

「古老的陶罐上，早有關於我們的傳說，可是你還在不停地問：這是否值得？當然，火會在風中熄滅，山峰也會在黎明倒塌，融進殯葬夜色的河；愛的苦果，將在成熟時墜落。此時此地，只要有落日爲我們加冕，隨之而來的一切，又算得了什麼？——那漫長的夜，輾轉而沈默的時刻……」

彷似歌盈唱的。

當歌聲消逝，只剩下朝陽與影子。

朝陽望向影子，道：「現在是我們了結的時候了。」

影子道：「你我無論是誰，只會有一個人存活於這個世上，這是你我當初的約定！」

朝陽笑了，道：「還記得小時候嗎？你我望著天上的晚霞。」

影子道：「是的，那是一個有夢的年齡，什麼都是最美的，什麼都可以不在乎，什麼都想擁有。」

朝陽道：「等擁有了一切，才發現其實什麼都沒有。」

影子道：「或許，這就是人一生的命運……」

五年後。

幻魔大陸，雲霓古國帝都郊外的小村莊。

「媽媽，媽媽，你今天給我講什麼故事？」一個小男孩在母親的懷中仰起頭，望著母親。

此時，母子兩人正依偎在床上，一輪明月透過窗戶流瀉一地。

母親溫柔的手輕撫著小男孩柔軟的頭髮，道：「今晚媽媽給你講大灰狼的故事。」

小男孩嘟著嘴道：「我不要！這個故事媽媽已經講了十幾遍了！」

母親又道：「那就給你講白雪公主的故事吧。」

小男孩不滿意地道：「媽媽也已講了十幾遍了。」

母親顯得有些無可奈何地道：「那你想聽什麼故事？」

小男孩眨了眨天真的眼眸，想了想道：「我要媽媽講我從來沒有聽過的故事。」

母親道：「可媽媽和奶奶知道的故事都已經講給你聽了啊。」

小男孩撒嬌道：「不嘛，我一定要媽媽講我從來沒有聽過的故事。」

母親顯得無可奈何，透過窗櫺，望向天空的那輪明月，臉色有些憂鬱地道：「那媽媽就給你講講聖魔大帝的故事吧……」

……

此時，在妖人部落聯盟的那棵櫻花樹下，一個四五歲的小女孩正在凝神傾聽著媽媽講給她的故事，也是有關於聖魔大帝的故事。

今天，是她第一次來到這個奇怪的地方，也是媽媽第一次給她講故事，但故事沒有講完，媽媽就停住了，望著天上明月的眼中卻有著晶瑩的東西在閃動，小女孩知道那是眼淚，是媽媽在傷心委屈的時候才有的。

小女孩小心翼翼地道：「媽媽哭了？」

媽媽連忙背著小女孩擦乾眼中的淚水，道：「媽媽沒哭，你知道媽媽今晚爲什麼要給你講聖魔大帝的故事嗎？」

小女孩回答道：「媽媽是要讓我成爲像聖魔大帝一樣偉大的人，但是……」

「但是什麼?」媽媽道。

小女孩不敢掩飾心中的疑問，如實道：「到底他們誰才是聖魔大帝?他們戰勝命運之神後，有沒有真正主宰自己的命運?」

媽媽一時啞然，她無法回答小女孩的問題。

小女孩見媽媽良久未語，怕媽媽擔心，於是道：「他們兩人都是聖魔大帝。連命運之神都不是他們的對手，一定能夠主宰自己的命運，成爲這個世界上最厲害的人，是我太笨，一時沒有想起來。」

媽媽的眼眶中又有淚珠湧了出來，沿著臉頰成串地掉落……

……

雲霓古國帝都郊外的小村莊。

聽到媽媽故事沒有講完就停住了，小男孩迫不及待地道：「他們戰勝命運之神後怎麼樣了?是誰成爲新的命運之神?」

媽媽搖了搖頭道：「媽媽不知道。」

無間煉獄，一個孤獨的身影來到了這裡。

月魔雙手緊抱著身體，瑟瑟發抖地縮在一個角落，當她看到那到來的身影時，突然撲了上去，將那孤獨的身影緊緊抱住，痛哭著道：「影子，是你麼？你終於來了！你終於來將我從這裡救出去了，這一天，我已等了將近六年……」

而那裹著黑色斗篷的身影卻是筆直地站立著，任月魔抱著他痛哭、訴說。

「……你知道我在這裡忍受著多大的痛苦麼？每天我都在盼著你的到來，我在心裡說著你一定會來救我出去的，一定會戰勝命運之神！如今我終於等到了這一天！我又可以重新帶著族人回到月靈神殿，重新生活在月靈大地，我們也可以永遠地在一起，永遠永遠都不要分離，我們……」

月魔將藏在心中達六年之久的話一一哭訴出來，六年冰與火的煎熬已經讓她堅強的意志徹底崩潰，無法讓人想起驕傲、睿智、充滿野心的月魔，此時的她只是一個女人，一個需要傾訴和安慰的普通女人，不再在乎權力，不再在乎其他。此時的她，只想離開這裡，但那孤獨的身影一動不動，也不說一句話，只是如木偶般站立著，絲毫沒有離開的意思。

終於，月魔感到了異樣，感到了這抱著的人比無間煉獄還要讓人無法承受的寒冷。她鬆開了自己的手，望著眼前這極度讓自己陌生的人，停止了一切哭訴。

「你……你不是影子。」月魔道。

那孤獨的身影沒有說話。

「你到底是誰？」

「我是誰並不重要，我來是想告訴你，月魔一族已經獲得解禁，她們在幻城沙漠中建起了一片綠洲，形成了十萬人居住、頗具規模的城市，連通西羅帝國與雲霓古國，成爲兩國之間唯一的驛站。大量雲集的大賈及商品，已經讓那裡具有當年幻城的雛形，相信在不久的將來會成爲幻魔大陸最富有的地方。」那人有條不紊、語氣冰冷地道。

「你對我說這些是什麼意思？你到底是誰？」月魔有了某種不祥的預感。

那孤獨的身影道：「我是想告訴你，你違反了神族的戒律，殺死月靈神，竄逃至另一空間——你的後半世將會永遠在這裡度過。」

「不——你騙我！我知道你是影子，你騙我！你答應過我要將我救出無間煉獄的，現在卻出爾反爾！你爲什麼不承認自己是影子？爲什麼要騙我？這到底是爲什麼?!」月魔歇斯底里地哭訴著，淚如雨下，墜落時已成爲一顆一顆的冰粒。

那孤獨的身影道：「沒有爲什麼，一切是因爲你當初的選擇，也是你必須承受的。」

說完，便轉身離去，不再理會月魔。

月魔卻彷彿沒有聽到他的話，再一次道：「你爲什麼不承認自己是影子？我知道你是影子，爲什麼要騙我？這樣做到底是爲什麼？爲什麼要這樣做？你回答我！」

月魔向那孤獨的背影撲去，想問個明白，但陡然升起的烈焰一下子便她給吞沒了，而那孤獨的背影距月魔伸出想抓住什麼的手愈來愈遠。

淒厲的聲音像陡然升起的烈焰一般，充斥著無間煉獄每一寸空間，令人毛骨悚然。

神族天界。

已經毀去的非天宮在那廢棄的原地上重新矗立起來，紫氣祥雲縈繞其間。

那孤獨的身影走過長長的玉階，站在厚重冷硬的巨門前。

門吱吱吖吖緩緩開啓，陰暗孤獨的氣息迎面撲來。

他的眼睛穿過非天宮的黑暗，落在那代表天地間最高權力的神座上，久久未動。

而在他眼前，則看到了什麼東西，正在一步一步地向他靠近，無可抗拒，他知道那是命，屬於他未來的命，如一根根冰冷鐵鏈般的命，穿過琵琶骨緊緊束縛著他，愈是掙扎，勒得就愈緊，深嵌入他的骨頭裡，連他的骨頭都在滴血，一顆一顆，落在冰冷的地面上，發出震盪靈魂的回響聲，是如此巨大，佔據著他全部的世界。他彷彿看到自己緊緊抱著自己的身體緊縮在那個黑暗的角落，無盡的黑暗和孤獨像千萬隻噬骨的蟲子，侵入他的骨髓，噬吸著他，他的嘴裡不停地喊著：「不，不，不……」卻怎麼也無法將之趕走。

五年了，他逃避著，但有一句話卻始終縈繞在他的腦海中，讓他無法逃避：「……有一種力量，就算是主宰萬物生靈的神也不可改變！」五年前，他並不明白冥天說這句話是什麼意思。現在，他終於明白了，就像面前的非天宮，他不得不走進去，這裡有他的命，因爲他是——

命——運——之——神！

全書完

·龍人作品集

★ 購買套書85折優待 ★

東方奇幻境界新視野　全球奇幻迷最期盼的小說

著名華人奇幻小說作家。一部《亂世獵人》奠定了奇幻小說宗師的地位，其著作《滅秦》、《軒轅·絕》在美、日、韓、港上市後，興起了一股全球東方奇幻小說的風暴，引發網路爭先連載，網路由此而刮起一股爭先閱讀奇幻小說的熱潮。新浪讀書頻道、搜狐讀書頻道、騰訊讀書頻道、網易文化頻道、黃金書屋、起點中文網、龍的天堂等幾大門戶網站和「天下書盟」等原創奇幻文學網站瀏覽人數的總點閱率達到億兆。

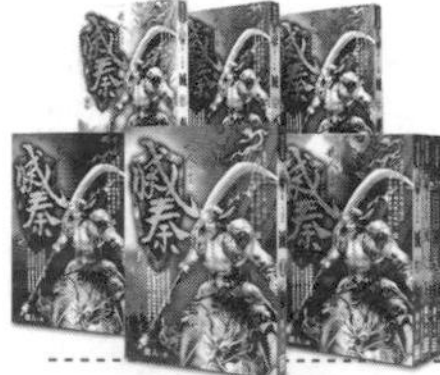

滅秦（1~9冊）

15X21cm　單冊$240

龍人絕世巨著《滅秦》挑戰黃易巨著《尋秦記》

大秦末年，神州大地群雄並起，在這烽火狼煙的亂世中。隨著一個混混少年紀空手的崛起，他的風雲傳奇，拉開了秦末漢初恢宏壯闊的歷史長卷。大秦帝國因他而滅，楚漢爭霸因他而起。十面埋伏這流傳千古的經典戰役是他最得意的傑作。這一切一切的傳奇故事都來自他的智慧和武功……

封神雙龍傳（1~10冊）

15X21cm　單冊$220

古典與奇幻的極致結合

商紂末年，妖魔亂政，兩名身份卑賤的少年奴隸，於一次偶然的機會被捲進神魔爭霸的洪流中……輕鬆詼諧的主角人物，玄秘莫測的神魔仙道，天馬行空的情節架構；層出不窮、光怪陸離的魔寶異獸，共同造就了這一部曲折生動、恢宏壯闊的巨幅奇幻卷冊！

霸·漢（1~10冊）

15X21cm　單冊$220

無賴？英雄？梟雄？霸王？無恥與高尚只在成功與否的結局

戰火燎燃，民不聊生，逆賊王莽篡漢。奸佞當道，民不堪疾苦，卒不堪其役，聚山澤草莽釀就亂世。無賴少年林渺出身神秘，紅塵的污穢之氣，蓋不住他體內龍脈的滋長。憑就超凡的智慧和膽識自亂世之中脫穎而出。在萬般劫難之後，因情仇憤起。聚小城之兵，巧妙借勢，以奇蹟的速度崛起北方，從而對抗天下。

亂世獵人（1~10冊）

15X21cm　單冊$220

要在狩獵與被獵的亂世中生存，必須要成爲強者……

北魏末年，一位自幼與獸為伍的少年蔡風，憑著武功與智慧崛起江湖，他雖無志於天下，卻被亂世的激流一次次推向生死的邊緣，從而也使他深明亂世的真諦——狩獵與被獵。山野是獵場，天下同樣也是獵場，他發揮了自己狐般的智慧、鷹的犀利、豹的敏捷，周旋於天下各大勢力之間，終成亂世中真正的獵人。

軒轅·絕（1~8冊）

15X21cm　單冊$220

引發全球東方奇幻小說風暴　刮起網路閱讀奇幻小說熱潮

黃帝姓姬，號軒轅，人稱軒轅黃帝，被尊為華夏族的祖先。我國早期的史籍《國語》、《左傳》，都把黃帝說成是神話人物。本書述說華夏帝祖——「黃帝軒轅」創下了神州的千秋萬業的傳奇故事。作者根據古籍《山海經》等多部上古傳說，加之人物間的恩怨錯綜，形成了一本充滿冒險與傳說的奇情故事。

戰神之路 卷6 不渝之戀 (原名:幻影騎士)

作者：龍人
發行人：陳曉林
出版所：風雲時代出版股份有限公司
地址：105台北市民生東路五段178號7樓之3
風雲書網：http://www.eastbooks.com.tw
官方部落格：http://eastbooks.pixnet.net/blog
Facebook：http://www.facebook.com/h7560949
信箱：h7560949@ms15.hinet.net
郵撥帳號：12043291
服務專線：(02)27560949
傳真專線：(02)27653799
執行主編：劉宇青
美術編輯：許惠芳

法律顧問：永然法律事務所 李永然律師
北辰著作權事務所 蕭雄淋律師

版權授權：蔡雷平
初版日期：2014年5月
初版二刷：2014年5月20日
ISBN ：978-986-352-000-9

總 經 銷：成信文化事業股份有限公司
地　　址：新北市新店區中正路四維巷二弄2號4樓
電　　話：(02)2219-2080

行政院新聞局局版台業字第3595號 營利事業統一編號22759935

定價：280元　特價：199元

國家圖書館出版品預行編目資料

戰神之路 ／龍人著. -- 初版-- 臺北市：風雲時代，
2014.03 -- 冊；公分

ISBN 978-986-352-000-9（第6冊；平裝）

857.7　103001635

有華人的地方就有

龍人的作品